U0083955

古典詩歌研究彙刊

第六輯

龔鵬程 主編

第 **24** 冊

王令詩研究

楊 良 玉 著

朱希真及其詞研究

孫 永 忠 著

國家圖書館出版品預行編目資料

王令詩研究　楊良玉著／朱希真及其詞研究　孫永忠著 — 初
版 — 台北縣永和市：花木蘭文化出版社，2009〔民98〕

目 2+124 面／目 2+130 面；17×24 公分
（古典詩歌研究彙刊 第六輯：第 24 冊）
ISBN　978-986-6449-75-8（精裝）
1.（宋）王令　2.（宋）朱敦儒　3. 傳記　4. 宋詩　5. 宋詞
6. 詩評　7. 詞論
851.4514　　　　　　　　　　　　　　　　　98013960

ISBN - 978-986-6449-75-8

9 789866 449758

古典詩歌研究彙刊
第六輯　第二四冊　　　　　　ISBN：978-986-6449-75-8

王令詩研究
朱希真及其詞研究

作　　者　楊良玉／孫永忠
主　　編　龔鵬程
總 編 輯　杜潔祥
出　　版　花木蘭文化出版社
發 行 所　花木蘭文化出版社
發 行 人　高小娟
聯絡地址　台北縣永和市中正路五九五號七樓之三
　　　　　電話：02-2923-1455／傳眞：02-2923-1452
網　　址　http://www.huamulan.tw 信箱 sut81518@ms59.hinet.net
印　　刷　普羅文化出版廣告事業
初　　版　2009 年 9 月
定　　價　第六輯 25 冊（精裝）新台幣 35,000 元

王令詩研究

楊良玉 著

作者簡介

　　楊良玉，民國五十一年出生於台北市。民國七十八年畢業於東吳大學中國文學研究所 碩士論文《王令詩研究》民國九十七年畢業於輔仁大學中國文學研究所，博士論文《胡仔苕溪漁隱叢話研究》。

　　曾擔任私立金甌商職兼任國文老師，國立中央圖書館古籍整編小組，世新大學兼任講師，今為醒吾技術學院通識中心專任副教授。

提　　要

　　本論文係以王令之詩為研究對象，全一冊，約九萬餘字，分六章二十二節，內容大要如下：

　　第一章：王令的生平及交遊，本章分四節，旨在考辯王令的生平、思想、個性及重要交遊，以便進一步瞭解其人其詩。

　　第二章：王令的時代背景與文學環境。本章分四節，旨在探討王令所處的時代背景與文學環境。此外，一窺韓派產生的背景及其表現手法，及整理王令詩文中所流露的文學理論。

　　第三章：王令詩歌的內容與題材。本章共分八節，藉由詩歌內容及題材之分類，以窺探王令的心境思想，及其表現手法。

　　第四章：王令詩歌的技巧表現。本章共分三節，由王令詩歌技巧表現，歸納其最常用之三種方式：善用疊字、比喻豐富、擬人化的手法。

　　第五章：王令詩歌的體製及風格。本章分三節，詳列王令詩歌所應用之各種體製及其成就。探討王令詩歌所呈現之兩種風格「雄健奇崛」及「悲慨苦吟」，其形成之緣由及表現方法。此外，從性情操守、生活境遇及詩歌創作上，比較孟郊、韓愈、盧仝、李賀與王令之異同。

　　第六章：結論。從詩歌傳統與宋初詩壇兩方面，探討王令詩歌之承襲與創新之價值。

目

次

緒　言

　　宋詩自元明兩代，頗遭輕視，明前後七子「詩必盛唐」的復古主張，完全否定宋詩的價值。李東陽曰：「唐人不言詩法，詩法多出宋，而宋人於詩無所得」，陳子龍則誣蔑地說：「終宋之世無詩」，一筆抹煞所有宋詩的價值。

　　王令字逢原，爲北宋仁宗時詩人，而得年僅二十八（1032～1059）。《四庫全書提要》惜其「得年不永，未能鍛鍊以老其材」，英材早逝，卻也留下不少詩作（四百六十餘首）足供後人吟誦。

　　王令在當時雖家貧無勢，又未曾舉進士，沒有政治上的影響力，卻是江淮一代頗負盛名之青年詩人。其聲名隨著時代的軌跡而漸次湮滅，終至大多數人不知其人其名。

　　人有幸有不幸，比起李賀，王令雖多活了一歲，卻同屬短命詩人，而從近年研究趨勢看來，李賀的廣受注意，與王令的沒沒無聞，實不可同日而語。

　　王令在當代以道德文章著名：「初王回、常秩，王令皆有盛名，令行能尤異諸公，稱述之最早」〔註1〕，「處士之有道者，孫侔，常佚、王令⋯⋯令亦揚州人，時落拓不檢，未爲鄉里所重，後更折節讀書，

─────────────

〔註 1〕《廣陵集》附錄先生行實（哲宗皇帝實錄）。

作文章有古人風，王介甫獨知之，以比顏回也。」〔註2〕

　　安石於人少所許可，然於後輩之逢原卻厚愛有加，不但為其行媒娶妻，妻以其妻之女弟，更「慨然嘆以為可以任世之重，而有功於天下」〔註3〕。對於逢原，介甫自謂：「始余愛其文章而得其所以言，中余愛其節行，而得其所以行，卒余得所以言，浩浩乎其將沿而不可窮也，得其所以行，超超乎其將追而不可至也」〔註4〕，在《與舅氏吳司錄議王逢原姻事書》二通中，介甫亦一再稱讚逢原：「王令秀才，近見文學才智行義皆高過人……雖貧不應舉」，又「王令秀才見在江陰聚學，文學智識與其性行誠是豪傑之士……安石深察其所為，大抵只是安節守貧耳」〔註5〕。

　　〈與王逢原書〉中，安石更謂：「始得足下文；特愛足下之才耳，既而見足下衣刓履缺，坐而語未嘗及己之窮，退而詢足下終歲不食葷，不以銖忽妄售於人，世之自立如足下者有幾？」〔註6〕。可見安石乃是以其文章德行與之定交。

　　時代比逢原稍晚的江西詩派宗主黃庭堅，在其〈與元勛不伐書〉中曰：「今代少年能學詩者，前有王逢原，後有陳無己，兩人而已」〔註7〕，給予逢原極高之評價。以黃庭堅之詩歌修養看來，講出此話，絕非偶然泛泛之語。惜王令得年不永，未能像陳師道一般證實山谷的評語，而在宋詩史上佔更輝煌的一頁。

　　歷來評介王令詩歌者，大都以極少的篇幅，籠統的三言兩語帶過，如：

　　　今視其（王令）詩，信多瓌奇矣。〔註8〕

〔註2〕《廣陵集》附錄先生逸事（翰林傳讀學士劉公敞雜錄）。
〔註3〕《臨川集》卷九十七〈王逢原墓誌銘〉。
〔註4〕同註3。
〔註5〕《臨川集》卷七四〈與吳司錄議王逢原姻事書〉二。
〔註6〕《臨川集》卷七十五〈與王逢原書〉。
〔註7〕《山谷別集》卷十八與〈元勛不伐書〉九（之三）。
〔註8〕陳延傑《宋詩之派別》。

> 他的詩文中頗多不滿現實，寄託抱怨之作，風格則雄健瑰
> 奇，富於浪漫主義的色彩。〔註9〕
> 懷經國濟民之志……氣魄宏偉，想像獨特，富於浪漫主義
> 之特色，為宋詩所罕見。〔註10〕
> 風格開闊而雄健……這種氣魄，這種精神，給他（王令）
> 詩篇增添上了浪漫主義的光彩。〔註11〕

以上所論，要之大率不離《四庫全書總目提要》所評「令才思奇軼，
所為詩磅礴奧衍」的範疇。

唯胡雲翼舉逢原之〈春遊〉、〈江上〉二詩，謂其「少年風味很重
——宋人詩大都正經莊嚴，老氣橫秋，很缺乏少年風味」〔註12〕，然
亦所見未全，未能概括逢原之詩。

歷來詩話，或記其軼事，或拈出其一二佳句記載之。如劉克莊《後
村詩話》評王令之〈暑旱苦熱〉詩「骨力老蒼，識度高遠」然而亦未
能涵括逢原詩之風格。

以筆者所見，除大陸學者吳汝煜有兩篇單篇論文——〈北宋青年
詩人王令及其詩歌〉外〔註13〕，尚無其他有關著作，惜資料來源困難，
至今未能得見。

當初選擇此一題目，一方面是基於對宋詩的愛好，一方面則由
於一份好奇心——安石的執拗與才氣是我所欽佩的，如此狷介而執
拗的人，能對後進之士（逢原小安石十一歲）這麼傾心，則此人必
有其特節偉行。再對其詩集作一瀏覽，深覺其詩歌應有人做進一步
探討與整理，遂徵得黃師之同意，以「王令詩研究」為研究題目，
一方面盼能進一步瞭解逢原而得其完整面目，一方面則希望能客觀
而公正地予以其詩適當的評價。

〔註 9〕 劉大杰《中國文學發展史》（華正 74 年）頁 699。
〔註 10〕 李曰剛《中國詩歌流變史》（文津 76 年）頁 568。
〔註 11〕 《新編中國文學史》（文復 72 年）頁 437。
〔註 12〕 胡雲翼《宋詩研究》（宏業 61 年）頁 121。
〔註 13〕 〈北宋青年詩人王令〉《群眾論叢》，吳汝煜，1979 創刊號。〈北宋
青年詩人王令及其詩歌〉《文學批評叢刊（五）》，吳汝煜，1980 號。

　　王令詩文集——《廣陵集》，共三十一卷，凡詩賦十八卷，文十二卷，又拾遺一卷〔註14〕，今以《文淵閣四庫全書》爲底本，參以大陸沈文倬先生校點之《王令集》〔註15〕。

〔註14〕《文淵閣四庫全書》缺「拾遺」。
〔註15〕沈文倬校點《王令集》（上海古籍，1970）。

第一章　王令的生平與交遊

第一節　先世、家族

一、先　世

　　王氏舊望太原，自逢原之七世祖定居於魏之元城（今河北大名縣）〔註1〕。

　　逢原五世祖安，在周世宗時任閤門通事舍人〔註2〕，四世祖庭溫，宋太祖開寶中任爲泰寧軍節度副使〔註3〕，曾祖奉諲，宋太宗時爲右班殿直贈左武衞大將軍〔註4〕，祖父珙，曾任大理評事〔註5〕。

〔註1〕　《廣陵集》卷廿九〈叔祖左領衞將軍致仕王公行狀〉，及《廣陵集》
　　　　　附錄劉發撰〈廣陵先生傳〉。在書文中逢原亦自稱「河東王令」（卷
　　　　　廿二〈杜漸字序〉）、「元城王令」（卷廿四〈見朱秘丞書〉）。
〔註2〕　《臨川文集》卷九十八〈右領軍衞將軍致仕王君墓誌銘（王乙）〉，
　　　　　王乙事跡別無可考。
〔註3〕　《廣陵集》卷廿九〈叔祖左領衞將軍致仕王公行狀〉。《臨川文集》
　　　　　卷九十八〈右領衞將軍致仕王君墓誌銘〉曰：「諱廷溫」
〔註4〕　筆者按：《廣陵集》卷廿九〈叔祖左領衞將軍致仕王公行狀〉曰：「（眞
　　　　　宗）景德中，詔求秘書於天下，公適有之，去獻之京師，上書言，
　　　　　臣父常得事許王府，推于先帝（太宗）有一日之幸，臣實其子……」，
　　　　　則奉諲當仕於宋太宗年間。
〔註5〕　《臨川文集》卷九十七〈王逢原墓誌銘〉。

　　叔祖乙，字次公（978～1050）〔註6〕，少孤，長而能自奮以學，舉進士不中，下游于江淮之間。眞宗景德間，以獻秘書補三班借職巡睦衢婺三州私茶監，改三班奉職溫台明越四州巡檢。以左領衛將軍致仕，卒於海州，享年七十三。其爲人內剛外恂，以嚴、直著稱，不畏於權勢，故貴人多憚忌之，居家慈愛，其族類多賴之以養〔註7〕。

　　王令五歲而孤，即寄養於叔祖王乙家，賴之以成立。乙有子三人——越石、仁傑、子建。越石爲秦州觀察判官，仁傑，子建皆舉進士〔註8〕。越石與安石爲同年進士，仁傑爲其次子〔註9〕。有女二人，長嫁進士林度，次嫁陳州項城主簿宋造。有孫三人——之翰，彥暉，彥卿〔註10〕。

　　逢原父世倫，任鄭州管城縣主簿，卒於景祐三年（1036），時逢

〔註6〕《臨川文集》卷九十八〈右領軍衛將軍致仕王君墓誌銘〉謂其卒於皇祐二年（1050），年七十三，推之則當生於978年。

〔註7〕《廣陵集》卷廿九〈左領軍衛將軍致仕王公行狀〉。沈文倬校點《王令集》年譜皇祐二年辨證曰：「令育于叔祖乙以長，然集中無一詩及乙。爲乙撰行狀，述言甚詳，讚之不過讚之不過嚴與直耳，狀云：「居家慈，其族多賴以養」而不及己之就育，卒少愛慕情：豈令遇之甚薄耶？」按：《廣陵集》中除〈王乙行狀〉之外，確實無其它詩篇及書信往來，以逢原之德行不似此寡情薄義者，對束氏父子的幫助，甚至希望自己能「結草效鬼顆」（卷四〈答束孝先〉）。從與友朋酬唱詩篇來看，逢原亦絕非薄情者。然詩集中卻無一詩一文及王乙，實令人費解。倒是《廣陵集》卷十二〈餓虎不食子〉一詩中曰：「恩義宜綢繆，親戚不宜怒，割恩以爲仇，此割非常割，此傷無血流，肉割愈有日，恩割傷不收，一割大義死，再割面相仇，親戚尚皆然，況又他人儔……」，似乎透露出逢原與親戚間之不諧。又卷廿七〈與束伯仁手書〉：「令以女兄親期甚迫，太平（指孫莘老，卷十三有〈和孫莘老將赴太平〉）之遺已到，自計猶有未足，輒以書奉干尊丈……」（之五），又「令前以事干丈人，言愉色垂，似有意窮困者，退歸喜幸，達旦不寐，思其遂有成，宜如何圖報也：」（之九），可見在窮困之時，幫助逢原度過難關的是束氏父子與孫莘老這些友朋，而非親戚。

〔註8〕《廣陵集》卷廿九〈叔祖左領軍衛將軍致仕王公行狀〉。

〔註9〕《臨川文集》卷九十八〈右領軍衛將軍致仕王君墓誌銘〉。

〔註10〕同註9。

原五歲〔註11〕。

二、家　族

（一）父王世倫

　　逢原父名世倫，鄭州管城縣主簿〔註12〕。正史、地方志無考，卒於仁宗景祐三年（1036）。

（二）妻吳氏

　　逢原妻吳氏，臨川人（1035～1093）〔註13〕，為王安石之舅——江寧府錄事參軍吳蕡之季女〔註14〕。

　　吳氏二十四歲嫁給王令，未及一年而令卒（是時，二十五歲）〔註15〕。時王婦方懷有一女〔註16〕。待生產之後，王夫人抱此剛出生的孤兒，回到娘家依靠親人。

　　守喪期滿之後，娘家兄弟商議讓她改嫁，吳氏流著淚，發誓守節不再改嫁〔註17〕。

〔註11〕《臨川文集》卷九十七〈王逢原墓誌銘〉：「鄭州管城縣主簿諱世倫之子，五歲而孤」故世倫當卒於 1036 年。

〔註12〕同註11。

〔註13〕按：吳氏之姪王雲所撰之〈節婦夫人吳氏墓碣銘〉曰：「卒年五十九，實（哲宗）元祐八年十二月廿七日（1093）」，以此推之，則生年當在仁宗景祐二年（1035）。

〔註14〕《臨川文集》卷九十八〈吳錄事墓誌（吳蕡）〉曰：「二女子歸晏脩陸、王令。季有特操如令」

〔註15〕《廣陵集》附錄〈吳夫人傳〉云：「年廿二歲而歸布衣王令，未及一年而令卒，是時王婦方廿三歲」。誤。按：前據其姪所撰節婦夫人吳氏墓誌銘云：「夫人抱始生之孤……屏居別墅，僅蔽風雨，惡衣糲食，人所不堪，卅五年以終……」，吳氏卒年五十九，扣去三十五年寡居，則應是二十五歲時逢原卒，又據「註13」所推算之生卒年，吳氏小王令三歲，則逢原卒時二十八歲，吳氏當二十五歲才是。

〔註16〕《臨川文集》卷八〈思逢原〉：「婉婦且少年，煢煢一兄（女）嫠……又說當產子，産子知何時，賢者宜有後，固當夢熊羆……」，此時尚不知遺腹之男女。

〔註17〕〈吳夫人傳〉云：「號泣弗許，歸老父母之家，屏跡田桑以事兄嫂。」〈節婦夫人吳氏墓碣銘〉則云：「泣涕自誓，屏居別墅」，而《臨川

王夫人於是遷至唐（河南，南陽縣），唐多空曠待耕之地。神宗熙寧年間，政府下詔召募百姓開墾荒廢之山坡地〔註18〕，眾人畏懼勞役繁雜辛勞，無人敢前去應徵，唯王夫不畏煩複，親自處理這些污穢棄而雜草叢生的田地，開水圳以利灌溉，築堤防以蓄水源，開水閘以利洩洪。終將貧瘠之荒地變爲肥沃之耕地。使地方百姓，得以吃到香甜之稻穀，而王家資產亦因此而富裕。然王夫人仍節儉如昔，將多出來之財富，救貧濟窮，幫助疾病喪葬，名聲美譽亦因而傳播鄉里〔註19〕。

吳氏生於書香之家，受家學薰陶，自幼聰慧〔註20〕，天才橫溢，未經師授，而辭藻自然工整。喜讀孟軻之書，所得見解議論，即老成博學之讀書人亦不能及，然吳氏自覺比非婦人所必備之才能，故皆秘藏而不向人炫耀誇示〔註21〕。

（三）子　女

吳氏嫁逢原，未及一年而令因足疾去世，時無子，只有一遺腹女〔註22〕。長大後，秉性賢淑，王安石爲之擇婿，嫁給錢塘吳師禮〔註23〕。生一子名吳說，吳說長大後，輯其外祖詩文爲《廣陵集》二十卷。

（四）兄　弟

逢原共有幾位兄弟，因資料甚少，無法考查，然至少有一位大哥。

文集》卷九十八〈吳錄事墓誌〉曰：「（費）二男子偉豪，長有志行如君……豪養寡姊妹，嫁孤甥」，則吳氏似依其兄吳豪。又吳豪躬護逢原常州之柩至唐州桐柏縣與其妹合葬（節婦吳氏墓碣銘）。

〔註18〕據〈節婦夫人吳氏墓碣銘〉。又《宋史》志一二六食貨上曰：「久之，天下生齒益蕃，闢田益廣，獨京西唐鄧間多曠土……嘉祐中，唐守趙尚寬言土曠可闢……」

〔註19〕〈節婦夫人吳氏墓碣銘〉。又《臨川文集》卷八〈思逢原〉曰：「婉婦且少年，熒熒一兒孲，高義動閭里，尚能致財貲」。卷廿〈思逢原〉云：「中郎舊業無兒付，康子高才有婦同」亦可證。

〔註20〕《廣陵集》附錄〈吳夫人傳〉。

〔註21〕〈節婦夫人吳氏墓碣銘〉。

〔註22〕同見註21。

〔註23〕同註21。

《廣陵集》卷十六有一首〈奉寄伯兄泰伯〉（僅此一首，別無詩文），敍述十年乖隔羈旅的心情——「心跡牽羈逐勢分，一生襟抱向誰論，十年漂泊迷南北，千里憂思厭夢魂」，期盼能早日家人團聚，歸老田園——「何時得就歸來賦，老守桑麻聚一門」。

此外，逢原似有三個姊姊〔註24〕，其中有一姊寡居，攜幼甥往依逢原——

> 其（逢原）姊寡，貧無以自存。〔註25〕
>
> 祖死不反骨，姊寡攜幼甥。（卷四〈謝束文見贈〉）
>
> 姊寡不能嫁，兒孤牽我啼。（卷五〈答黃薮富道〉）

在〈山陽思歸書寄女兄〉一詩中，逢原敍述姊弟久別相聚的情景：

> 念我兄弟寡，商參各殊州，十年不一逢，會合何所由，幸逢子來歸，與我相慰投。〔註26〕

逢原侍奉寡姊猶如嚴父，教孤甥不啻己子〔註27〕，往來詩篇中〔註28〕，充分顯示濃厚之手足親情：

> 晨梗玉炊香，暮酒金注甌，盤蔬羅春青，豆脯兼夕鱐，爲食豈不美，義咽不下喉，要當歸子同，半菽飽亦優。（卷三〈山陽思歸書寄女兄〉）

此乃逢原在山陽家塾主人家，雖不乏美食美酒，逢原卻覺得難以下嚥，而一心期盼回家與其姊同甘共苦。

在〈寄姊夫焦韞叔兼簡三姊〉〔註29〕一詩中，自敍離別親人之

〔註24〕《廣陵集》卷十有〈寄姊夫焦韞叔兼簡三姊〉一詩，從詩題可知逢原至少有三位姊姊。

〔註25〕《宋史翼》卷廿六王令條。

〔註26〕令五歲而孤，寄養廣陵叔祖王乙家，其姊不知寄養何處？至此時則已有十年不見，其姊往依逢原之時，逢原應十五歲以上（五歲而孤，加上十年不見之數），且逢原已離開王乙自謀衣食，在山陽謀食，此詩可見。

〔註27〕《廣陵集》附錄〈淮南部使者邵必奏狀〉、〈廣陵先生傳〉。

〔註28〕共有三首：卷七〈山陽思歸書寄女兄〉，卷十〈寄姊夫焦韞叔兼簡三姊〉，卷十三〈口占示姊〉。

〔註29〕焦韞叔無可查考。

心情與感受：

> 身遠心在家，腹腸何由平？未知所到期，先計還歸程。時
> 尋別時語，淚涕下縱橫。仰觀風中雲，下視水上萍。共在
> 天地間，可無同飄零？

此詩當是逢原辭別其姊夫及三姊之後，有感而發之作。詩中以風中之
雲及水上之萍，比喻手足親人之不能相聚，尤具感染力。

在〈口占示姊〉一詩中，以安貧樂道與其姊共勉：

> 盎竭囊空且笑歌，更從吾命聽如何？不須直有牛羊樂，只
> 以無求富自多。

由以上詩篇可見逢原對待手足之親情，至情至性的一面。

（五）表弟司秀才

《廣陵集》拾遺中有一首〈別表弟司秀才〉，以為別離在即──
「念當相捨去，反覆互嗟慨」，雖傷心感嘆，但苟能以道相期，則身
雖分而心相繫──「謀道苟能同，千里如坐會」。

附：王令世系簡表

第二節　個　性

王安石〈與王逢原書〉云：「始得足下之文，特愛足下之才，既
而語足下終歲不食葷，不以銖忽妄售於人，世之自立如足下者有幾？
以足下之才行，僕敢不以孔子之道友足下乎」〔註30〕。又〈與王深甫
書〉中云：「有王逢原者，卓犖可駭，自常州與之如江南，已見其過

〔註30〕《臨川文集》卷七十五〈與王逢原書一〉。

人者，及歸而見之，所學所守，愈超然殆不可及」〔註31〕。在〈與崔伯易書中〉云：「見逢原所學所爲日進，而在高郵見之，遂若不可及，竊以爲可畏憚，而有望其助我者，莫如此君……」〔註32〕。以安石遇事無可否，自信所見，執意不回的個性而能如此稱賞一位晚輩，誠非易事。

逢原弟子劉發，在其所撰之〈廣陵先生傳中〉云：「世之知先生（王令）者，或以其文，或以其行，未爲知先生者，惟荊國公……」，逢原之於安石，可謂千里馬之遇伯樂。

詩文正如一面鏡子，可以反映一個人的個性思想，今試從《廣陵集》中窺探其性格如下：

一、狷介寡合

逢原性情狷介，在〈魯子思哀詞中〉自謂：「令方少時尤狹，中不能容人過，故與友者，初時猶相能，終多置吾而去」〔註33〕。

孔子曰：「狂者進取，狷者有所不爲」，逢原雖貧病相迫，卻廉節自守，高郵知軍邵必憐其貧而特有饋贐，逢原卻以「人固各有志，令方志在於貧賤，願閣下憐其有志，全之而不強」辭之〔註34〕。逢原雖貧病，固有不畏之勢耳。逢原在〈上縣令書〉中自云：「令雖不肖，乃中有所存者」〔註35〕，則逢原亦頗自信其是。

逢原之狷介寡合，可從以下幾方面表現：

1. 耿直──耿直者不阿黨以與世人遊，故多失於人

> 高目有遠見，直懷羞曲求。（卷六〈秋懷〉）
>
> 自是直方違世易，況將疏懶合人乖。（卷十六〈次韻滿子權見奇〉）
>
> 忠言不售耳，直面屢得唾。（卷十一〈寄王正叔〉）

〔註31〕《臨川文集》卷七十二〈與王深甫書〉。
〔註32〕《臨川文集》卷七十四〈與崔伯易書〉。
〔註33〕《廣陵集》卷二十八〈魯子思哀詞〉。
〔註34〕《廣陵集》卷二十六〈謝邵牧〉。
〔註35〕《廣陵集》卷二十五〈上縣令書〉。

由於耿直，所以「不願當世是，不顧群曹嗤」（卷十〈道士王元之以詩爲贈，多見哀勉因以古詩爲答〉）甚至「寧爲寒餓嗟，不同富貴謳」（卷六〈令既有高郵之行，而束孝先兄弟索余詩云〉），在在都表現出與世人不同尺度的行事規範，故其發出「君知仕路三無慍，我與人情七不堪」（卷十八〈寄宿倅陸經子履〉）〔註36〕的感嘆是屬必然了。

2. 拙語寡言

孔子云：「巧言令色鮮矣仁，剛毅木訥近仁」，形成後人據以判定人之標準，吉人之辭寡，躁人之語多，似乎成一個共識。

逢原拙於語言，形之於詩云：

吾病不喜言，客來但寒喧。（卷十〈送僧自總〉）

桓桓問外客，從徒駕驪駒……呼兒往應門，謂言出在塗……以予拙語言，無以得客娛。（卷九〈夏日平居奉寄崔伯易兼簡林伯通〉）

平時客坐不敢語，苟以唯諾償嫌猜。（卷十二〈初聞思歸鳥憶昨寄崔伯易〉）

與物無所語，似若喧嘩惡。（卷十八〈春遊〉）

逢原不僅拙於語言，亦厭聽俗論：

春林暄和鳥聲好，勝聽俗論相啞伊。（卷三〈題滿氏申申亭〉）

紛紛世俗言，客病久厭聽。（卷七〈世言〉）

吾病未能終是是，人言何以喜非非。（卷十三〈靡靡〉）

既寡於言語，又厭聽俗論，使其「適時既非謀，接俗益加惰」（卷十二〈出門〉），「卒無可樂群書外，百不堪言一嘆中」（卷十四〈秋懷寄呈子權先示徵之兼簡孝先熙之〉），更加落寞寡歡。

3. 惡世風澆薄——自許清高，不同流合污

逢原雖貧病，卻不曲媚以求人，對世風之澆薄，表示極大不滿：

探窺古人心，憤懣世俗敗。（卷十一〈贈劉成文〉）

〔註36〕「三無慍」用《論語・公冶長》第五：「子張問曰：「令尹子文，三仕爲令尹無喜色，三已之，無慍色」。「七不堪」用嵇康〈與山巨源絕交書〉中拒絕山濤推薦自己出來作官，以爲自己「有必不堪者七」。

> 病世相陷賊，樹性期剛果。（卷十一〈寄王正叔〉）
>
> 世味久已諳，多惡竟少好。（卷四〈答束徽之索詩〉）
>
> 擾擾人心巧謂何，我腸愚只憂無它。（卷十二〈題假山〉）
>
> 坐怪鳥聲皆有取，靜于人事益知非。（卷十三〈春日〉）
>
> 今之腐儒不可洽，欲近俗氣先腥臊。（卷十一〈寄王正叔〉）

由於憤懣世俗之衰，故寧願寄情於世俗之外「日放詩鋒鋩，行求避世交」（卷十二〈過揚子江〉），「安得山水交，共無世俗言」（卷十二〈飲客〉），而不願與俗人為友——「惟餘齷齪徒，吾亦羞與居」（卷五〈寄滿子權〉），「鄙哉尋常者，何用目識偏」（卷四〈對月憶滿子權〉），對於閭巷之士的拜訪，所反應的是「屢來徒我煩，不來我弗思」（卷九〈寄崔伯易〉）之態度。以故與人多不合，人亦不願與之親近——「眼前所識皆庸我，天下為憂可語誰？」（卷十六〈答劉成父四愁詩〉），造成生活上的落落寡歡。

二、任俠負氣

劉發〈廣陵先生傳〉中云：「稍長，倜儻不羈束，周鄉里之急，為不義者，面加毀折，無所避，人皆畏而服之」，此乃逢原少年見義勇為的豪俠行徑。

在〈壬辰三月廿一日讀李翰林墓誌云：少以任俠為事，因激素志，示杜子長并序〉一詩中，逢原自云：「十五尚意氣，自待固不卑，嘗為富貴易，有如塗上泥」，而李白在〈與韓荊州書〉中云「十五好劍術」，淵明亦云「少年壯且厲，撫劍獨行遊」，是豈仗劍行義，是每個少年的理想與抱負。

任俠負氣是每個有為少年所散發出的生命力，它不畏權勢，行俠仗義，而有所不為。輕視世俗之富貴福祿，秉道持義而行。魯仲連身為布衣，「不詘於諸侯，談說於當世，折卿相之權」〔註37〕，救趙卻秦，事成之後，又不受平原君封地賞金之賜，實乃任俠者心目中一典型模範。

〔註37〕《史記・魯仲連鄒陽列傳》第二十三。《廣陵集》卷二有〈魯仲連辭趙歌并序〉，表達對魯仲連的佩服。

年少的逢原曾嚮往被弓帶劍，殺賊除胡，建立萬古的功名：

> 安得鐵馬十數萬，少負弩矢加矛腰，力在快戰不願守，直
> 令瘈鬥而血麈。（卷十一〈寄王正叔〉）
>
> 好將弓劍隨軍去，況是英雄得志秋，若使班超終把筆，由
> 來何路取封侯。（卷十四〈聞邕盜〉）
>
> 黑膽赤心男子事，大弨長劍丈夫行。（卷十四〈宋仲寶叔赴秦
> 幕〉）
>
> 燕然未勒胡雛在，不信吾無萬古名。（卷十四〈感憤〉）

仁宗皇祐年間，儂智高叛亂，陷邕州、橫州、貴州等州，圍廣州、入
昭州，勢如破竹〔註38〕，廣東兵馬鈐轄張忠，廣東司馬鈐轄蔣偕，廣
西兵馬鈐轄王正倫等皆戰歿，國無強將強兵，遂使盜賊橫行，民不聊
生。此時有爲之士，孰不望殺賊除盜，更況逢原正值生氣逢勃的青年
時期〔註39〕，投筆從戎，爲國效力的想法，自屬當然。

年輕的歲月，總是比較自負，誇大了自己的價值，縮小了別人的
形象，逢原亦曾有過這麼一段自負自信的歲月：

> 少年嗜勇黠，跨壓百雄低，兩眼皆豚羊，一腹千熊羆。（卷
> 十〈道士王元之以詩爲贈，多見哀勉，因以古詩爲答〉）
>
> 久孤得聚氣遂振，張目視人皆麼么。（卷十一〈寄王正叔〉）
>
> 憶予少年時，亦自喜點闊。（卷三〈贈別晏成績樊父太祝〉）
>
> 少年倚氣狂不羈，虎脅挿翼赤日飛，欲將獨立跨萬世，笑
> 誚李白爲痴兒。（卷二〈贈慎東美伯筠〉）

第三節　思　想

逢原具有濃厚的儒家思想，在其詩文中，時常表現出對儒家的愛
慕，及儒家思想的實踐。

〔註38〕儂智高於皇祐元年九月開始叛亂，皇祐四年聲勢最大，連陷邕、橫、
　　　　貴等八州，又圍廣州、昭州，直至皇祐五年正月狄青敗智高於邕州，
　　　　斬首五千餘級，儂智高遁去，才算消滅其聲勢。
〔註39〕此時逢原十八～二十三歲。

　　重要交遊，如滿氏兄弟、孫覺、王安石、黃晞、崔公度等，都是當時的博學鴻儒，亦是逢原敬慕請示的對象。

　　茲整理其反映儒家思想者如左：

一、以孔孟為楷模

　　周公、孔子、孟子、顏淵是儒者的典範，亦是逢原心中暗自期許追隨的楷模，嘗曰：

> 要其所學與必至，不止顏孟須周孔。（卷四〈寄李常伯滿粹翁〉）
>
> 妄來覷文字……揭欲望孔孟。（卷四〈謝束夫見贈〉）
>
> 有聞未之行，季路終不嬉。名浮過所實，孟氏恥以非。（〈謝李常伯〉）
>
> 老身可孔顏，餓死猶夷齊。（卷五〈答黃藪富道〉）
>
> 始予志所學，義當望軻丘。（卷七〈山陽思歸書寄女兄〉）
>
> 滿紙古人皆有道，如其所學願軻丘。（卷十七〈秋日偶成呈杜子長顯之兼簡仲美劉丈〉）
>
> 夢到周公才我事，如何陶令說羲皇。（卷十五〈暑中懶出〉）

在〈說孟子序〉中，逢原亦云：「學者必慎其所道，求觀聖人之道，必自孟子始」，此乃因「令嘗自孔子之後，考古之書合於《論語》者，獨得孟子」（卷廿二〈說孟子序〉），在逢原心目中，孔孟是其立身處世的標準。

二、經國濟世的抱負

　　儒家有積極入世，兼濟天下的抱負與理想，孔子周遊列國，不過是想施展其抱負。孟子徘徊於齊梁薛滕之間，又何嘗不是同一原因。逢原既以孔孟為楷模，其憂國濟世的懷抱亦同出一轍。

> 病中雙淚語前流，蔾藋無端肉食憂。（卷十四〈聞邑盜〉）
>
> 布衣空有蒿萊淚，肉食方多妄馬思。（卷十三〈和洪與權逃民〉）
>
> 君不唐虞皆我罪，民推溝壑更誰尤？須將兼濟為吾事，若只誠身亦我羞。（卷十七〈秋日偶成呈杜子長〉）
>
> 誰將民瘼餞雙闕，四海皇恩一漏泉。（卷十五〈暑熱思風〉）
>
> 尚說苦心酬直道，誰知白髮為蒼生。（卷十五〈送贄隅先生〉）

范仲淹〈岳陽樓記〉云:「居廟堂之高,則憂其民,處江湖之遠,則憂其君」,「先天下之憂而憂,後天下之樂而樂」,實乃北宋儒者之典範,逢原躬逢其時,除了本身賦性之外,時代背景亦是一重要因素〔註40〕。

三、抱道不移的操守

「富貴不能淫,貧賤不能移,威武不能屈」是儒家思想中大丈夫的典範。逢原既以孔孟為追隨的楷模,抱道不移自是其奉為圭臬的處世態度。

在〈周伯玉字元韞序〉中,逢原自云:「令性朴略,趨世喜自逕,不能曲折以顧避」,現實生活中,貧病交迫並不能使逢原改變自己的原則,而去曲媚乞求,隨俗浮沈。安石〈與王逢原書〉中描述逢原:「既而見足下衣刓屨缺,坐而語未嘗及己之窮,退而語足下終歲不食葷,不以銖忽妄售於人」〔註41〕,最能表現逢原雖貧賤而抱道不移的操守與形象。此外逢原詩中如:

> 食苦心無虞,守約自閒暇。出處皆有義,在理不用訝。(卷十一〈不願漁〉)
> 食貧欣道在,慍見笑兒頑。(卷十一〈上邵寶文必〉)
> 長鴻飛冥冥,志與萬里極。豈無啄飲心?寧飢不人得。(卷五〈贈李定資深二〉)
> 守道惡從人,取俗患高世。(〈中夜之二〉)
> 能將道繫窮通裡,安用身居進退間。(卷十六〈寄滿子權〉)
> 出處要皆道,終窮亦何嫌。(卷十二〈過揚子江〉)
> 適時固雖殊,謀道豈不敦?(卷十二〈飲客〉)
> 世不己好,世不己知。必為不移,守道不隨。(卷廿二〈急箴〉)
> 天下為憂,將道是求……道求我悅,利謀我拙。(卷廿二〈憂箴〉)

〔註40〕何寄澎《北宋的古文運動》73年台大博士論文,頁5〜9。何文以為宋代是一個儒學真正復興的時期,而其特色乃在於儒學的經世致用。
〔註41〕《臨川文集》卷七十五〈與王逢原書一〉。

都透露守道不隨，抱道不移的理念。

另外，像「忌沒世而名不彰」的想法：

須知奔競浮榮路，未若宣傳不朽聲。(卷十六〈再次元韻答幾道〉)

吾將守所愛，六經老誠明……失猶有萬世，令名自沽賣。(卷六〈書懷寄黃任道、滿子權〉)

立功立德的思想：

生無及人功，死骨埋泉羞。(卷六〈秋懷〉)

士食久已濫，徒死不爲義。(卷七〈離高郵答謝朱元弼兼簡崔伯易〉)

都是典型的儒家思想。在〈送黃莘任道赴揚學序〉中，逢原對「士」與「學」表示看法云：

士惡乎直？曰仁義是言也，仁義是行也；學惡乎宜？曰遷善而遠過。

也不脫離儒家思想範圍。

至於詆排佛老，如在〈別老者王元之〉(卷三)中批評佛老「惜乎無倫弗禮義，幾希不得人相捫？吾觀世之陷此者，不啻火立足向燔」，〈送僧自總〉中批評佛教「生棄父母養，士得執以鞭」，在〈代韓退之答柳子厚示浩初序書〉中指責釋氏「必溺於虛高之言，而遺於人倫之大端」，無不是站在儒家立場來批評佛老之非。

當然，在現實的挫折下，逢原亦曾有過：

人生病老多壯時，百歲只如梭過機。安能跼促努筋力，眼穿仰望丹桂枝。(卷十一〈快哉行呈諸友兼簡仲美〉)

醉後分明別是天，最宜沈溺過流年……但得有生皆自遂，不妨吾屬亦陶然。(卷十七〈醉後〉)

等消極情懷，及對隱居生活的嚮往，但畢竟這些只是偶然被逼迫出來的情懷，其出世隱居的嚮往，亦不違背儒家天下無道則獨善其身的思想。

雖然宋仁宗朝，在有宋一代算得上治世，然而外有契丹、西夏的侵擾〔註42〕，內有儂智高的反叛〔註43〕，而宋太祖以來重文輕武之政

─────────────

〔註42〕《宋史·仁宗本紀》卷十一慶曆二年，契丹遣使致書割地，集兵幽州，聲言入侵，後幸撤兵。夏國主趙元昊則自康定元年開始，三年

策所造成的積弱不振〔註44〕，加上天災蝗禍〔註45〕不斷，《廣陵集》中有一些同情農民，哀傷百姓的詩文〔註46〕，逢原詩中則一再反映衰世末俗之難以謀道：

久諳末俗難謀道，益厭庸兒妄問儒。（卷十五〈奉寄黃任道〉）

衰俗未知誰得失，古風期與子窮通。（卷十五〈奉寄朱昌叔〉）

青山欲去誰堪語？薄俗相期不到心。（卷十六〈到潤望竹林寺憶朱昌叔〉）

古人踽踽今何取？天下滔滔昔已非。（卷十五〈寄介甫〉）

已嫌世濁胡爲混？能待河清固已稀。（卷十三〈春日〉）

由於天下無道，所以只好乘桴游於海，遠離人群是非，而求獨善其身。

誰與跖徒爭有道？好思吾黨共言歸。（卷十五〈寄介甫〉）

終看世態眞何道？不得吾心自合歸。（卷十六〈奉寄崔伯易〉）

如此隱居的思想，其原因和動機都是儒家的，與道家無爲的出世思想無涉。在〈潤州遊山記〉（卷廿三）中，逢原云：「夫隱非求志，慕山林以長往，與進非其道，樂芻豢稻粱不能者，其事雖殊，然爲失則一也，是皆玩物之士」，可證其歸隱的動機，乃是在「求其志」，完全符

之間陸續寇延州、渭州、麟州，金明砦、寧遠砦，所向皆捷。

〔註43〕儂智高自皇祐元年九月開始叛亂（至皇祐五年元月始被狄青平定）四年之間寇邕州、橫州、貴州、廣州、昭州等地。

〔註44〕如趙元昊寇渭州，環慶路馬步軍副總管任福敗于好水川，福及將佐軍仕死者六千餘人。又元昊寇金明砦，破寧遠砦，砦主王世壇，兵馬監押王顯之死。元昊寇定川砦，涇原路馬步軍副都總管葛懷敏戰歿，諸將死者十四人，國無可用之兵，連連失捷，以致於最後只好封冊元昊爲夏國主，歲賜絹茶銀。儂智高的叛亂，廣東兵馬鈐轄張忠戰歿，廣東司馬鈐轄蔣偕先是敗于路田、後被智高襲殺於太平場，又廣西兵馬鈐轄王正倫討智高于昭州館門驛，亦戰歿。此皆可見宋軍事上的衰敗不振。

〔註45〕水災、久旱、蝗禍連接不斷，參見王令年譜。

〔註46〕如〈聞哭〉（卷六）、〈餓者行〉（卷七）、〈送曹杜赴試禮部〉（卷八）、〈良農〉（卷十三）、〈和洪與權〉（卷十三）、〈閔邕盜〉（卷十四）、〈不雨〉（卷十五）、〈夢蝗〉（卷四）等。請參見第三章第六節「諷諭詩」。又卷廿〈道傍父老言〉一文，藉道傍老父之口指責政府應負起歲凶之責，才不致使人民有田不足以償租負，子孫散亡而不能見保。

合一個儒者的表現。

第四節　重要交遊

一、王安石

　　王安石，字介甫（1021～1086），號半山，臨川人。宋仁宗慶曆二年進士。

　　安石少好讀書，一過目終身不忘，其屬文動筆如飛，初若不經意，既成，見者皆服其妙。

　　擢進士第，簽書淮南判官，秩滿，獨不獻文求試館職，再調知鄞縣，通判舒州。尋召試館職，不就。用爲群牧判官，請知常州，移提點江東刑獄，入爲度支判官。神宗時，安石兩次爲相，主張變法。

　　安石未貴時，名震京師，性不好華腴，或衣垢不澣，面垢不洗，世多稱其賢。

　　安石性強忮，遇事無可否，自信所見，執意不回。甚至謂：「天變不足畏，祖宗不足法，人言不足恤」。黜《春秋》之書，不使列於學官，至戲目爲「斷爛朝報」〔註47〕。

　　安石於人甚少許可，然而對逢原卻是一再推崇，云：「余始愛其文章，而得其所以言，中余愛其節行，而得其所以行，卒余得其所以言，浩浩乎其將沿而不可窮也，得其所以行，超超乎其將追而不可至也」〔註48〕，於是乎慨然嘆以爲可以任世之重，而有功於天下。

　　逢原生前，安石對逢原這一後進之輩的才氣、志節最爲欣賞：

　　　　讀所辱書辭，見足下之才，浩乎沛然，非安石之所能及，
　　　　問諸邑人，知足下之行，學爲君子而方不已者也。〔註49〕
　　　　始得足下之文，特愛足下之才耳，既而見足下衣刓履缺，

〔註47〕《宋史》卷二三七。
〔註48〕《臨川文集》卷九十七〈王逢原墓誌銘〉。按：墓銘不免有溢美之處，
　　　　然安石在〈與崔伯易書〉中云：「平生爲銘最爲無愧也」（卷七十四）。
〔註49〕《臨川文集》卷七十八〈與王逢原書〉之二。

坐而言未嘗及己之窮，退而語足下終歲食不葷，不以銖忽
妄售於人，世之自立如足下者有幾？〔註50〕

安石常將逢原引為同道，如：

力排異端誰助我，憶見夫子真奇材。〔註51〕

居此鬱鬱殊無聊，念非君子，誰與論此。〔註52〕

窮僻無所交游，所與議者，皆不出流俗之人，非逢原之教
我，尚安得聞此……今世既無朋友相告戒之道，而言亦未
必可用，大抵見教者卻使安石同乎俗，合乎世耳，非足下
教我，尚何望於他人。〔註53〕

罪戾日積而缺然無友朋之救，此寢寐所以怳惕而不知其所
為者也。〔註54〕

由上可知，安石雖大逢原十一歲，卻是忘年之交。安石幾乎每至一處，
都期盼逢原前來相聚：

欲至揚州宿留……切欲一見逢原，幸枉駕見追，只於丹陽
奉候，切無以事解也。〔註55〕

逢原不知可遊番乎，番亦多士，可以優遊卒歲，試思之也。

〔註56〕

至冬末到金陵，欲望逢原一至金陵見訪，不知可否，私心
極有事欲面謁。〔註57〕

冀相遇於江寧，不審肯顧否。〔註58〕

〔註50〕同註3，之一。

〔註51〕《臨川文集》卷七，〈寄王逢原〉。

〔註52〕《廣陵集》附錄王安石〈與王逢原書〉之四，《臨川文集》缺。

〔註53〕同註3，之七。

〔註54〕同註3，之五。

〔註55〕同註3，之四。此書當作於嘉祐三年（1058）二月初，安石「被命使
江東刑獄」。

〔註56〕同註3，之五。此書當作於嘉祐三年，此時安石在江東刑獄（江西鄱
陽）而此書前云：「伏惟已還暨陽」，而逢原此年十一月始返暨陽，
十二月從人之招邊常，則此書當作於十一月中。

〔註57〕同註3，之六。此書當作於嘉祐三年，安石在江東刑獄，書中有云：
「昨到金陵，匆匆遂歸番陽」可證。

〔註58〕同註3，之七。

不久到眞州，冀逢原一來見就，不知有暇否。〔註59〕

不久來江寧，冀逢原一來，不審可否。〔註60〕

逢原患有腳氣病，安石關切而教其除疾之法：

> 近見說腳氣但於早起未下床未語以前，取唾以手大指摩腳
> 心取極熱，乃下床，久之，自不復發，嘗試爲之，此乃有
> 人以除疾之方也。〔註61〕

孰知，逢原竟爲此疾以卒。逢原死後，安石痛失知己，爲之作墓誌銘、挽辭，及思念的詩篇〔註62〕：

> 自吾失逢原，觸事輒愁思。豈獨爲故人，撫心良自悲。我
> 善孰相我，孰知我瑕玼？我思誰能謀，我語聽者誰？朝出
> 一馬驅，暝歸一馬馳……。〔註63〕

此詩當寫於嘉祐四年六月之後，距逢原逝世不久〔註64〕，安石寂寞愁思之狀，歷歷可見。

逢原死後一年（嘉祐五年），安石又有一組懷念逢原的詩篇〔註65〕，感嘆逢原之才華不爲世人所知——「妙質不爲平世得，微言唯有故人知」，來不及實現淑世之功，便英材早逝——「鷹隼奮飛鳳羽短，麒麟埋沒馬群中」，而當年終生與共的心願「行藏已許終身共，生死那知半路分」，就像遙不可及的夢想，再也不能實現了，安石的哀痛可見。

逢原生前，貧困潦倒，無錢娶妻，安石曾主動兩次寫信給其舅吳蕡，推薦逢原之「文學才智行義，皆高過人」、「守節安貧……非終窮

〔註59〕同註3，七三。

〔註60〕《廣陵集》附錄，王安石〈與王逢原書〉之四，《臨川文集》缺。

〔註61〕《廣陵集》附錄，王安石〈與王逢原書〉之八，《臨川文集》缺。

〔註62〕《臨川文集》卷七〈思王逢原〉、〈寄王逢原〉，卷廿〈思王逢原〉三
首，卷三十五〈王逢原挽辭〉。卷九十七〈王逢原墓誌銘〉。

〔註63〕《臨川文集》卷七〈思王逢原〉。

〔註64〕逢原卒於嘉祐四年六月（參見年譜）詩後半描寫逢原之妻吳氏——
「又說當產子，產子何如時，賢者宜有後，固當夢熊羆」，則此時王
夫人方娠，未知其子之男女。

〔註65〕當《臨川文集》卷二十〈思逢原〉三首。之一云：「蓬蒿今日想紛披，
塚上秋風又一吹」當爲逢原死後一年之秋天。

者也」〔註66〕，最後方得其舅之首肯，完成逢原之婚姻大事。

逢原與安石定交，當在至和元年（1054），安石赴召，道由淮南，令賦〈南山之田〉詩往見之，安石期其才可共功業於天下〔註67〕。時逢原二十三歲，距其卒年僅五年。

短短五年中，安石有〈與王逢原書〉十二封〔註68〕，詩六首〔註69〕，為逢原寫墓誌銘，甚至還代其遺腹女擇婿〔註70〕，安石之於逢原，可謂知己。

《廣陵集》有〈與介甫書〉三封〔註71〕，詩十二首〔註72〕，〈南山之田〉等楚辭體詩歌四首〔註73〕。

逢原初次拜見安石之時，安石尚未顯貴，逢原乃是敬慕安石之賢

〔註66〕《臨川文集》卷七十四〈與吳司錄議王逢原姻事書〉二。

〔註67〕《宋史翼》卷廿六，《揚州府志‧隱逸傳》王令條，劉發撰〈廣陵先生傳〉俱載此事，唯未記載年月，按安石卅四官京師，當是至和元年。

〔註68〕《臨川文集》卷七十五有七封，卷七十八有一封，共八封。但《廣陵集》附錄之安石〈與王逢原書〉則有十二封，多出四封，可補《臨川集》之闕。

〔註69〕《臨川文集》卷七有〈寄王逢原〉，〈思王逢原〉二首七古，卷廿有〈思王逢原〉三首七律，卷卅五有〈王逢原挽辭〉。

〔註70〕《臨川文集》卷七十四〈與吳特起書〉：「吳師禮，浙人也，有文學節行；慕逢原節義，故欲娶其女……」

〔註71〕卷廿四〈上王介甫書〉乃是與介甫定交的第一封信，卷廿七有〈答王介甫書〉、〈與王介甫書〉。

〔註72〕卷十二〈贈王介甫〉，卷十五〈寄介甫〉、〈次韻介甫冬日〉，卷十六〈寄介甫〉，卷十八〈歲暮呈王介甫平甫〉、〈塵土呈介甫〉。拾遺中有〈憶江陰呈介甫〉、〈羈旅呈介甫〉、〈送介甫行畿縣〉、〈次韻介甫懷舒州山水見示之什〉、〈次韻介甫集禧池上詠鵝〉、〈因憶灊樓讀書之書樂呈介甫〉。按：《臨川集》卷十五〈次韻昌叔歲暮〉，卷廿三〈次韻昌叔詠塵〉，卷十五〈次韻酬昌叔羈旅之作〉，卷廿二〈次韻昌叔懷灊樓讀書之樂與逢原之歲暮呈王介甫平甫〉、〈塵土呈介甫〉、〈羈旅呈介甫〉、〈因憶灊樓讀書之樂呈介甫〉，不僅詩題一樣，所押韻腳亦同，不知是三人間之唱和，抑或昌叔之詩摻雜其間。

〔註73〕卷一〈噫田操四章章六句寄呈王介甫〉，卷二〈南山之田贈王介甫〉，卷二〈翩翩弓之張兮詩三章寄王介甫〉，卷二〈我策我馬寄王介甫〉。

「純道，厚德，高於近古，休風盛烈，流決當世」（卷廿四〈上王介甫書〉），「井則有泉，渴者俯之，燎之陽陽，寒者附之，君子則高，吾猶仰之」（卷二〈我策我馬寄王介甫〉）而願與之交遊。

　　逢原與好友束伯仁書信中云：「介甫到常必興學，此亦稀闊之遇，果來從之大好……師學難遇，今世之學，分于多門，以令所考，自揚雄以來，蓋未有臨川之學也」〔註74〕，對於安石，可謂推崇之至。

　　逢原與安石之詩，或敘自己之貧困潦倒：

　　　　已推事業皆歸命，空有文章自滿家。（卷十六〈寄介甫〉）

　　　　淹留歸未得，塵土暗烏巾。（卷十五〈次韻介父冬日〉）

　　　　遊無輦下馬，坐乏囊中金。（拾遺〈羈旅呈介甫〉）

或慨嘆世風之澆薄：

　　　　古人踽踽今何取，天下滔滔昔已非。（卷十五〈寄介甫〉）

　　　　人留孟子皆非道，客議揚雄正自嘩。（卷十六〈寄介甫〉）

為了不與世俗之「跖徒爭有道」，逢原期盼能和介甫行藏與共——「行藏願與君同道，只恐蹉跎我獨羞」（拾遺〈因憶潛樓讀書之樂呈介甫〉），當然，遠世俗之是非，一同歸隱，是逢原所最盼望的：

　　　　終見乘桴去滄海，好留餘地許相依。（卷十五〈寄介甫〉）

　　　　想今愈有江湖興，亦欲同君一釣綸。（拾遺〈送介甫行畿縣〉）

二、滿氏兄弟

　　滿氏兄弟指廣陵之滿建中（粹翁），滿居中（衡父），滿執中（子權）三兄弟〔註75〕。

〔註74〕卷廿七〈與束伯仁手書〉五。按：《廣陵集》卷廿二〈說孟子序〉中批評後世能于孟子有所取舍而切近者唯揚雄——「王通力學而不知道，荀卿言道而不知要，昌黎立言而不及德，獨（揚）雄其庶幾乎……」，可知揚雄在逢原心目中的地位。而以安石比揚雄，可謂極高之推崇。

〔註75〕《臨川文集》卷九十九〈揚州進士滿夫人楊氏墓誌銘〉：「揚州進士滿涇之夫人楊氏者，著作元賓之女，有子七人。建中、居中、執中、存中、方中、閎中、求中，皆嚮學。建中壽州壽春縣令。執中潁州萬壽縣令。居中舉進士……」。

　　逢原少時，任俠負氣，「周鄉里之急，爲不義者，面加毀折，無所避」〔註76〕，未爲鄉里所重，里人滿執中責其所爲非是，故逢原更閉門折節讀書〔註77〕。

　　《廣陵集》詩歌贈答中，以滿氏兄弟最多，可見其交遊最久，相知最深〔註78〕。

　　對於滿氏兄弟，逢原敬慕有加，詩文中一再表達此意：

> 揚雖士云多，往往事冠帶。中間滿天子，崛出百萬最。（卷五〈寄洪與權〉）
>
> 始我得三滿，自謂得過人。一日不見之，已恐愚賤濱。（卷三〈別張粵南夫、溫子堅元白、滿執中子權、黃冀端微〉）
>
> 如其可學不可逮，三滿夫子皆儒豪，其文淵源尤可愛，江海駕蕩相吞滔。（卷三〈答李公安〉）
>
> 而吾三夫子，一身各軻丘。（卷四〈再寄滿子權〉）
>
> 揚淮而南誰名聲？盛說李滿乾萬喉。（卷四〈寄李常伯滿粹翁〉）

由上可見，逢原實敬慕滿氏兄弟之道德學問與文章。尤其推崇其儒學上之成就。逢原最不滿當世之「腐儒」〔註79〕，而於滿氏兄弟則推崇爲「儒豪」，並以「夫子」稱之。

　　其中滿建中粹翁，逢原曾從學之，在〈送黃莘任道赴揚學序〉中曾曰：「令嘗居揚久矣，揚之士往往見之，而獨粹翁而未嘗見也，嘗徵于人，曰：某宜佳士，捨曰不之識，則吾言過矣，他日就見之，則色溫而言厲……既而矢學之，進而視其禮，退而復其言者，三年而後盡信之，故令嘗師處之，而粹翁許我則友也」〔註80〕。

〔註76〕　《宋史翼》卷廿六王令條。《廣陵集》附錄劉發撰之〈廣陵先生傳〉。逢原年少任俠負氣，於第一章第二節「個性」中已詳述，茲不贅敘。

〔註77〕　同註76。

〔註78〕　其中尤以滿執中最多，詩歌贈答唱和達三十二篇之多。

〔註79〕　《廣陵集》卷四〈夢蝗〉「雍雍材能官，雅雅仁義儒，脫剝虎豹皮，借假堯舜趨，齒牙隱針錐，腹腸包蟲蛆……」，卷十一〈寄王正叔〉「今之腐儒不可治，欲近俗氣先腥臊」對於假儒者之名無儒者之實者，予以諷刺。

〔註80〕　《廣陵集》卷廿二〈送黃莘任道赴揚學序〉。沈文倬校點《王令集》，

詩中亦嘗曰：

憶初從粹翁，睡耳忽得提，震驚破百昏，寐覺悼前迷。（卷四〈謝李常伯〉）

心愛滿夫子，論師不敢交。（卷十四〈寄滿粹翁〉）

大非友宜當，實可師而效。（卷十〈客杭寄李常伯、滿粹翁〉）

可見粹翁之於逢原，以朋友許之，逢原則以師事之，不敢懈怠。

至於滿居中衡父，詩集中只有四首〔註81〕，詩中有感激見賞之情：

惟吾衡父兄，金純玉光輝……余獨何爲人，乃不忍使遺！

有如橫道芻，萬足踏不疑。子何嗜好殊？獨俯掇以歸。整

束使不茨，欲令雜蘭芝……。（卷四〈寄滿居中衡文〉）

滿氏兄弟中，滿執中子權與逢原交往最爲親密，逢原與之酬唱贈答的詩篇居所有友人之冠。

逢原既愛其詩——「吾愛子權詩，苦嚼味不盡」（卷四〈寄滿子權〉）〔註82〕，又愛其人，讚歎愛慕之情見於篇什〔註83〕，與子權酬唱贈答詩篇，逢原有較多的抒情感嘆、窮愁牢騷：

早衰奪舊剛，多病襲新懦。心經衣食艱，事廢米鹽半。（卷九〈寄滿子權〉）

懶將衰病照清流，爲有歸心欲白頭。（卷十四〈九日寄滿子權〉）

何日得無寒餓役，此身得與聖賢終。（卷十六〈強顏寄任道、子權〉）

終年謀食亦何得，浪取窮愁只自侵。（卷十六〈寄滿子權〉）

卒無可樂群書外，百不堪言一嘆中。（卷十四〈秋懷寄呈子權

繫逢原從粹翁學於慶曆六年（1046）。

〔註81〕卷四〈寄滿居中衡父〉，卷十三〈寄衡父滿翁〉，卷十四〈寄滿衡父〉。卷十四〈滿子權兼簡衡父〉。

〔註82〕評其詩「駮哉劇雄勁，百札洞一箭」（卷四〈對月憶滿子權〉），有勁健之風。

〔註83〕如卷五〈寄洪與權〉，卷二〈答李公安〉，卷四〈謝李常伯〉，卷廿二〈送黃莘任道赴揚學序〉中皆表達對滿氏兄弟愛慕之意。又《臨川文集》卷七十五〈與王逢原〉之二，曰：「惜乎安石之行急，不得久留從足下以遊及求足下所稱滿君者……」，可見於滿氏兄弟，逢原稱賞之意。

先示徽之兼簡孝先之熙〉）

欲作新聲寄遺恨，直絃先斷淚盈琴。（卷十五〈秋日寄滿子權〉）

此乃皆緣於知己，故能敞懷痛陳心中之鬱抑憂思。

三、束氏父子

束氏父子，指束丈（束伯仁）及束孝先、束徽之、束熙之兄弟（註84），爲逢原一重要交遊，然束氏父子之事跡，正史不可考，只能從逢原與之交往的書信詩歌中去考察。

〈廣陵先生傳〉云：「（逢原）貧無以自存，乃聚徒天長」（註85）。乃是在天長束氏家塾教束伯仁之子（註86）。

對於束伯仁，逢原屢表感恩之思：

妄承西來招，喜色轉以騂……自喜主人仁，不我賢而惇。（卷四〈謝束丈見贈〉）

死馬偶能逢市骨，濫竽常恐負知音。古來一飯皆論報，何日王孫遂有金？（卷十三〈謝束丈〉）

喜赴西招足屢嗟，自慚愚鄙取無他。能終末學生何幸，得活諸孤賜最多。（卷十六〈謝束丈〉）

天長縣爲揚州屬縣之一，在揚州之西，故逢原詩中屢云「西招」。逢原曾兩度在束氏家塾聚學（註87），與束氏父子情感亦最濃。其書信之往來居所有友人之冠（註88）。至於詩篇之贈答則多至十五篇（註89），

〔註84〕束氏兄弟究爲幾人，由於正史無考，實難判斷幾人，由〈秋懷寄呈子權，先示徽之兼簡孝先熙之〉（卷十四）詩題看來，似是三人。束丈究爲誰不可知，然從卷二十七〈與束伯仁手書〉之五曰：「輒以書奉干尊丈」之九「令前以家事干丈人」似乎束伯仁就是束丈。

〔註85〕《廣陵集》附錄，逢原弟子劉發所撰。

〔註86〕沈文倬校點《王令集》附錄王令年譜於皇祐五年考辨束氏居天長，並舉詩文爲證。按：《廣陵集》〈謝束丈〉：「令不肖，無才能，又少孤，以故不容於當世，近於飢餓，不能不濫，思其西來，以所聞欺給童子以貿易旦夕之餓。」（卷廿七）可證逢原在束氏家塾聚徒授學」。

〔註87〕《廣陵集》卷二十七〈謝束丈〉曰：「令皇恐，不肖無所用於人，因緣干此，去而復來……迫於莩餓，又不得自引以去」可證。

〔註88〕《廣陵集》卷二十七〈寄束伯仁手書〉九封。

僅次於滿氏兄弟與王介甫。

　　詩中逢原稱讚束氏兄弟之才華謂：

　　　君家兄弟賢，我見始驚眙。文章露光芒，藏縕包叢脞。（卷
　　四〈答束孝先〉）

　　　徽之才超高，竿幢出標纛。爲學尚淹蘊，富纍不肯暴。（卷
　　四〈答束徽之索詩〉）

　　　仰嘆早成渾屬子，始知老拙盡輸人。（卷十六〈和束熙之論舊〉）

逢原慚愧自己淺陋，以至「有問多無對，新聞多慚驚」（卷四〈謝束
丈見贈〉），而束氏兄弟的才華「關門當自足，何暇更待我？」（卷四
〈答束孝先〉），之所以受聘來教束氏兄弟，逢原認爲實乃束伯仁「姑
欲恤窮餓」（卷四〈答束孝先〉）的仁德。

　　逢原與束氏父子交情在亦師亦友之間常常互相勉勵爲學日進爲
德日長：

　　　有聞未之行，有學未及知。白髮已斑斑，朱顏亦童黎。（卷
　　五〈金繩掛空虛自勉兼示束孝先〉）

　　　足下居家多閒，無衣食之憂，能肆然不以外物自干，一縱
　　於學，此天之資也。（卷二十七〈與束伯仁手書一〉）

　　　不懶則進德無量，然更望勉之，自圖高大，無滯區區之間。
　　（卷二十七〈與束伯仁手書二〉）

　　　甚喜爲學之進，唯更勉之……徽之兩得書，亦以所爲文爲
　　寄，比益進，甚喜。（卷二十七〈與束伯仁手書三〉）

　　　進學應不已，無流於俗，不泥於近，斯二者，皆學之大患。
　　（卷二十七〈與束伯仁手書四〉）

值得一提的是：以逢原「不以銖忽售人」的耿介個性，既曾「志在貧

〔註89〕卷四〈答束孝先〉，卷六〈再贈孝先〉，卷六〈惜交詩贈束孝先〉，卷
　　　五〈金繩掛空虛自勉兼示束孝先〉。卷六〈令既有高郵之行而束孝先
　　　兄弟索余詩云〉，卷四〈自訟答束熙之〉，卷十六〈和束熙之論舊〉，
　　　卷十三〈和束熙之雨後〉。卷四〈答束徽之索詩〉，卷十五〈送徽之
　　　入京〉，卷十三〈春雪有感呈王正叔束徽之〉。卷十八〈招束伯仁杜
　　　子長夜話〉，卷十二〈寄束伯仁〉，卷十四〈秋懷寄呈子權先示徽之
　　　兼簡孝先熙之〉。

賤」退卻高郵太守邵必所贈之贐，對束伯仁卻屢有干求：

> 令以女兄親期甚迫，太平之遺已到，自計猶有未足，輒以
> 書奉干尊丈，有所假……。〔註90〕（卷二十七〈與束伯仁手書
> 五〉）

> 令前以家事干，丈人言愉色垂，似有意窮困者，退歸喜幸，
> 達旦不寐，思其遂有成，宜如何圖報？。（卷二十七〈與束伯
> 仁手書九〉）

又，逢原既離開束氏家塾，前往高郵〔註91〕。卻又去而復返，重回束
氏家塾，以逢原個性來說，可說絕無僅有，亦可說明其關係之非比尋
常。大概除了逢原寡姊之外，束氏父子可說是逢原最親近最信賴的
"親人"吧！逢原有詩贈束孝先云：「去去終我身，兩兩無相忘。縱
予道路憂，骨尚付子藏。」（卷四〈再贈束孝先〉），此詩或可詮釋其
不尋常的親密關係，絕非泛泛之交而已。

四、黃 莘

　　黃莘，字任道（1021～1085），福建蒲城人〔註92〕，僑居舒州之
太湖，人稱潛山先生。

　　任道性諒直，勇於爲義，布衣時聞舒州望江令豐有孚爲能吏，卻
以誣繫獄，即馳見轉達使王素，爲有孚申冤，王素以是釋放有孚，任
道本不識有孚，而有孚亦不知爲任道所救〔註93〕。

〔註90〕太平指孫覺莘老。逢原有〈寄題宣州太平縣眾樂亭爲孫莘老作〉（卷
七）及〈和孫莘老將赴太平〉。沈文倬王令年譜以爲逢原寡姊再醮，
因乏貲，故稱貸於孫覺，不足，再乞束丈資助。

〔註91〕逢原有〈令既有高郵之行而束孝先兄弟索余詩〉云（卷六），可證離
開天長後前往高郵。逢原離開天長據沈文倬先生考證乃「束氏兄弟
齒學俱長，而他生徒漸少，令耿介而覓他就」，信然。按《廣陵集》
卷廿八〈與李君厚書〉逢原云：「己內不足而強於人，故聽者不從，
觀者不化，日尋鞭扶，而學者雖懼，猶附離相半」，可見生徒日少，
故逢原退回李君之束修，亦辭退束氏家塾，前往高郵覓職。

〔註92〕《宋史翼》（文海 56 年）（頁 803～806），《宋人資料彙編》云：「舒
州太湖人。」

〔註93〕同註 46，頁 806。

　　皇祐五年（1053）任道登進士第調揚州天長主簿。徙思州清河令，改濟陰縣，擢提舉河北常平倉，歷東西路運判，遷陝西提點刑獄，召入爲尚書省職方員外郎，出知汝州，以朝奉郎致仕，元豐八年卒，年六十五。〔註94〕

　　逢原與黃任道定交，最晚當不晚於皇祐五年〔註95〕，是年黃莘中進士第，調揚州天長縣主簿，逢原正在天長束氏家塾聚學。

　　逢原初字鍾美，黃莘以其造道之深，字之曰：「逢原」〔註96〕。

　　《廣陵集》有十一首寄贈黃任道之詩歌〔註97〕及一篇〈送黃莘任道赴揚學序〉。

　　由詩歌贈答看來，逢原、任道乃道德文章之交。逢原既喜任道「道如天未喪，子讓世誰當？文斧摩空運，儒士縮手藏。」（卷十四〈上黃任道〉），又以任道比他所仰慕的滿粹翁曰：「令嘗視任道之爲，則甚哉，多似吾粹翁也。」（卷二十二〈送黃莘任道赴揚學序〉），故當任道赴揚州主學時，逢原喜不可抑地云：「洋之人兮，立以望子，久不可待兮，足併以跂……」（卷二〈送黃莘赴揚州主學〉）流露出企盼之情。

　　詩中，逢原引任道爲同道，以儒者自期而不流於習俗：

　　　　爲有遠懷希稷禹，或時飛夢見唐虞。久諳末俗難謀道，益厭庸兒妄問儒。（卷十五〈奉寄黃任道〉）

　　　　何日能無寒餓役？此身得與聖賢終。人生汲及須高致，世態渾渾未易窮。（卷十六〈強顏寄任道子權〉）

〔註94〕《宋史翼》卷十九。

〔註95〕皇祐五年黃莘中進士第，調揚州天長縣主簿，《廣陵集》中有〈送黃莘任道赴揚州主學〉（卷二），及〈送黃莘任道赴揚學序〉（卷二十二）。

〔註96〕劉發撰〈廣陵先生傳〉。

〔註97〕〈送黃莘任道赴揚州〉主學（卷二），〈送黃任道歌〉二首（卷二），〈無衣一首招廣士道歸〉（卷二），〈贈黃任道〉（卷五），〈書懷寄黃任道滿子權〉（卷六），〈賦黃任道韓韓馬〉（卷八），〈上黃任道〉（卷十四），〈寄黃任道〉（卷十四），〈奉寄黃任道〉（卷十五），〈強顏寄任道子權〉（卷十六）。

六經老誠明，萬古熟成敗……失猶有萬世，令名自沽賣（卷
　　六〈書懷寄黃任道滿子權〉）

由於世俗之「謂白蓋黑」、「巧言以成跡」（卷二〈無衣一首招黃任道〉），
故逢原願「以我有常，從爾罔極。」追隨任道之文學道德，以遠離嘿
嘿之群心。

五、崔公度

崔公度，字伯易，高郵人，口吃不能劇談，書一閱即不忘。

歐陽脩得其所作〈感山賦〉，以示韓琦，琦上書英宗，授和州防
禦推官，爲國子直講，以母老辭。

王安石當國，獻〈熙寧稽古一法百利論〉，安石解衣握手，延與
語。

公度起布衣，無所持守，惟知媚附安石，晝夜造請，雖踞廁見之，
不屑也〔註98〕。

逢原有九首與崔伯易之詩〔註99〕及一封〈慰崔伯易疏〉，勸其節
哀保重，勿因父喪以至毀傷身體。

〈贈崔伯易〉（卷十六）一詩中，逢原形容伯易容貌性情頗爲生
動：

巉巖惡面插蒼鬚，中道時時自笑呼。但怪佯狂輕去俗，果
聞高論足開余。惡看富貴庸男子，喜見倘佯隱丈夫……」

其餘詩歌贈答中，逢原頗示自己的落寞寡合：

〔註98〕《宋史》卷三五三。按：蔡元鳳《王荊公年譜》頁119辯證：「崔伯
　　　　易因仕於熙寧年間，後來寫史者頗以媚附安石毀之，然英宗時擢伯
　　　　易爲國子直講，其以母老辭，蓋其人亦守道安貧，與介甫，逢原氣
　　　　類有合，非如史者所譜毀之者」。信然，以介甫、逢原之固執狷介，
　　　　絕不肯同泛泛時俗流輩來往，又以逢原〈贈崔伯易〉（卷十六）詩考
　　　　之，逢原始則驚其──「但怪佯狂輕去俗」終則「果聞高論足開余」，
　　　　可見逢原亦是仰慕其不隨流俗而與之遊者。
〔註99〕卷七〈離高郵答謝朱元弼兼簡崔伯易〉，卷七〈龍角歌和崔公度伯
　　　　易〉，卷九〈寄崔伯易〉，卷九〈夏日平居奉寄崔伯易兼簡朱元弼〉
　　　　二首，卷十一〈送崔伯易離高郵〉，卷十二〈初聞思歸鳥憶昨寄崔伯
　　　　易朱元弼〉，卷十六〈奉寄崔伯易〉，卷十六〈贈崔伯易〉。

晚歲事恬默，與世益參差。騎馬出尋人，中路輒自歸……。

　（卷九〈寄崔伯易〉）

桓桓門外客，從徒駕驪駒。不知來何聞，乃肯顧我閭。呼
兒往應門，謂言出在塗……。（卷九〈夏日什居奉寄崔伯易兼簡
朱元弼〉）

平常客坐不敢語，苟以唯諾償嫌猜。胸中糾結浩萬千，到
口不吐如橫枚。（卷十二〈初聞思歸鳥憶昨寄崔伯易朱元弼〉）

終看世態真何道，不得吾心自合歸。廊廟得逢應有義，草
茅雖老尚知非。（卷十六〈奉寄崔伯易〉）

在〈寄崔伯易〉（卷九）一詩中，逢原對伯易頗有埋怨責備之意：「昔
別今已期。寄聲雖云多，所得竟亦稀。近者忽報書，期我往就之。不
知予苦窮，繫此不可離。尚迫朝暮憂，寧有道路資？人生少所同，老
去財幾時？予勢既若此，子復不肯來。但恐百年間，齟齬終其齊。」。
若非深交至友，當不致如此深責。

　逢原與伯易定交，不知何時？然逢原於至和年間在高郵任學官，
定交或在此年。〔註100〕

六、孫　覺

　孫覺，字莘老〔1028～1090〕，高郵人。甫冠，從胡瑗學，瑗之
弟子千數，別其老成者為經社，覺年最少，儼然居其間，眾皆推服。

　王安石早與覺善，驟引用之，將援以為助。後覺以反對青苗法，
遂與安石有隙，出知廣德軍，徙湖州。

　覺因反對新法為安石所逐，然迨安石罷相退居鍾山，覺枉駕道舊，
為從容累夕，安石死，又作文誄之，人服其德量，談者稱之〔註101〕。

　覺頗有識人之能，如《宋史》本傳所云，其對呂惠卿、蔡確、韓
縝之評語，後皆如其所言，又能不畏權勢，據理以爭，純然一儒者也。

〔註100〕伯易高郵人。《臨川文集》卷七十四〈與崔伯易書〉云：「見逢原所
　　　　為學日進，而在高郵見之，遂若不及」，安石，伯易可能都是在高
　　　　郵初識逢原。
〔註101〕《宋史》卷三四四。

《廣陵集》中有八首與孫覺贈答之詩〔註102〕，及四封書信往來〔註103〕。

由詩文往來內容視之，逢原雖僅比覺小四歲，卻以師事之：

夫六經之學，聖人之事業，皆所以仰望先生也……始者先生既甚惠，不鄙夷以教，日益以所聞……。（卷廿六〈納孫莘老教授拜書〉）

管小始疑天可盡，練窮終信海非量……安得此生天與幸，沒身得不去門牆。（卷十二〈贈孫莘老〉）

在〈留孫莘老教授書〉（卷廿六）中，逢原形容莘老教學態度云：「通其來，不閉而開，而招使之歸，曲而教，旁疏而遠導，不責其近效，口誇誇而氣怡，心下接而色垂……」。

莘老曾任太平縣令，逢原有詩為其抱不平云：

況持高懷屈下邑，志氣略與彭澤侔。（卷七〈寄題宣州太平縣眾樂亭為孫莘老作〉）

時若伊周方有任，命如孔孟可無歸？要終四海乘槎去，高謝西山食粟非。（卷十三〈和孫莘老將赴太平〉）

其間逢原曾因女兄親期迫切，將嫁乏資，而告貸於莘老〔註104〕。

至於定交之年，當在至和二年——即〈上孫莘老書〉所註明的時間——乙未，書中請教探討詩道大壞之緣由，書末云：「聞先生之風而願見之，退求無以宜贄者，則追索舊作，得數十篇以獻。」，可見逢原乃是在仰慕其道德學問，而主動求與之交。

〔註102〕 卷七〈寄題宣州太平縣眾樂亭為孫莘老作〉，卷九〈寄孫莘老〉，卷十一〈雜詩效孫莘老〉二首（《文淵閣四庫全書》本併為一首，據北平圖書館善本書微卷《廣陵先生文集》（中國藏）及沈文倬校點之《王令集》，《宋詩鈔》卷廿四（四庫本），皆分為二首），卷十三〈和孫莘老將赴太平〉二首，卷十四〈答孫莘老見寄〉，卷十二〈贈孫莘老〉。

〔註103〕 卷廿五〈上孫莘老書〉，卷廿六〈留納孫莘老教授書〉，卷廿六〈納孫莘老教授拜書〉，卷廿六〈寄孫莘老書〉。

〔註104〕 卷廿七〈與束伯仁手書〉五：「令以女兄親期甚迫，太平之遺已到……」，此時莘老為太平縣令，故以太平稱之。

七、杜　漸

杜漸，字子長，山東人，少嗜學，性澄淡，不苟言笑，平居循循若不自足〔註105〕。

逢原於〈杜漸字序〉（卷廿二）中云：「予與之交三年，不甚見其喜之與怒也」，〈贈杜漸子長〉（卷九）謂其：「直木有正性，深源無亂波。齒少蔚未冠，心古已先蟠。」，可見其屬於少年老成一類。

在〈交說送杜漸〉（卷十九）中稱其「能資性之善而充之……年少朴茂，藏不挑抉……與吾居且五年，最爲親洽，而未見其懈且過也……言之有實也，行之有信也。」，以逢原狷介不能容人之過的性情，與之相交五年尚能如此，可證杜漸道德性情有足令逢原喜愛者。

《廣陵集》中有六首與杜漸的詩篇〔註106〕，四篇書文〔註107〕。

逢原與杜漸相交甚早，約在皇祐元年，年紀相仿〔註108〕，交情甚篤。

> 居相爲群也，別相爲思也，見相爲喜也，言語相唱答，而
> 出處相往來也，故悲而同爲吁，窮而相爲謀……。（卷十九
> 〈交說送杜漸〉）

〔註105〕《宋元學案》補遺卷六杜漸條——其資料來源乃是引《廣陵集》卷廿二〈杜漸字序〉。

〔註106〕卷九〈贈杜漸子長〉，卷九〈交難贈杜漸〉，卷十一〈壬辰杜子長〉，卷十七〈秋日偶成呈杜子長顯之兼簡仲美劉丈〉，卷十七〈日益無聊賴偶成呈子長〉，卷十八〈招束伯仁杜子長夜話〉。

〔註107〕卷十九〈交說送杜漸〉，卷廿六〈與杜子長書〉二封，卷廿二〈杜漸字序〉。

〔註108〕按：逢原識杜漸時，杜漸尚未廿歲——「齒少蔚未冠」（卷九〈贈杜漸子長〉），逢原杜漸相識於何時不可知，然於卷十一〈壬辰杜子長〉并序考之，則相識不得晚於廿一歲（壬辰爲皇祐四年）。此時逢原在天長束氏家塾聚學，而卷十八〈與杜子長書〉二中云：「君子（指杜漸）與僕尚同州里間，必不遂棄」，則杜漸當時亦在天長。逢原有〈招束伯仁杜子長夜話〉一詩則亦可證杜漸與束伯仁同州里間。逢原十七、八歲即在天長束氏家塾直至廿二歲離開天長前往高郵，相交應在此段時間，而逢原云：「（子長）與吾居且五年」（卷十九〈交說送杜漸〉），推之，則相識當在十八歲左右。

逢原既慨嘆世人之澆薄、反覆無常：「平地拔手笑，乘崖撥足擠……前日信其是，今日悟其非。」且「笑面惡肝脾」（卷九〈交難贈杜漸〉）表裡不一的處世態度，故特別珍惜他倆之間的友誼。

由於定交甚早，詩中尚可見逢原少時之豪氣與壯志：

> 君不唐虞皆我罪，民推溝壑更誰尤？須將兼濟爲吾事，若只誠身亦我羞。（卷十七〈秋日偶成呈杜子長兼簡仲美劉文〉）
> 思而或有得，行之固不疑。跛以見聖賢，不及猶可隨。道遠志所畢，疾驅亦忘疲。（卷十一〈壬辰示杜子長并序〉）

此時之逢原尚是積極入世者，〈壬辰杜子長并序〉中自云：「自念生太平世，讀書學古，自少壯期切切以自奮進，俾補當世之萬一」。於此亦可見杜漸之爲人與懷抱矣！

八、朱明之

朱明之，字昌叔。江都人，皇祐元年進士。爲王安石妹婿。進崇文院校書，累遷太常博士，館閣校勘，權判刑部，出知秀州〔註109〕。

《廣陵集》有四首與朱明之的詩〔註110〕，指責世俗之澆薄——

> 衰俗未知誰得失，古風期與子窮通。（卷十六〈奉寄朱昌叔〉）
> 青山欲去誰堪語？薄俗相期不到心。（卷十六〈到潤望竹林寺憶朱昌叔〉）

而期盼昌叔能與之共同過著「何計江湖終隱約，去隨魚鳥共飛沈。」的隱居生活。

昌叔既爲安石妹婿，逢原亦是安石妹婿，其相識不知孰先？唯安石有詩云：「昔來高郵居，我始得朱子，從容談笑間，已足見奇偉。」〔註111〕，則初見昌叔時在高郵，逢原在至和年間曾於高郵任學官，相識或在此時。

〔註109〕《宋詩紀事小傳補正》卷三。
〔註110〕卷九〈送朱明之昌叔赴尉山陽〉，卷十六〈奉寄朱昌叔〉，卷十六〈到潤望竹林寺憶朱昌叔〉，卷十六〈次韻朱昌叔見寄〉。
〔註111〕《臨川集》卷六〈寄朱氏妹〉。

九、王安國

王安國，字平甫（1028～1074），臨川人，為安石之弟。

幼敏悟，未嘗從學，而文詞天城。年十二，出所為詩銘論賦數十篇示人，語皆驚拔，遂以文章稱於世，士大夫交口譽之。

熙寧初，韓絳薦其材行，召試，賜及第，除西京國子教授。官滿，至京師，皇上以安石之故，賜對。神宗問：「卿兄秉政，外論謂何？」曰：「恨知人不明，聚斂太急爾。」，帝默然不悅，由是別無恩命，上授崇文院校書，後改秘閣校理。

安國屢以新法力諫安石，後為呂惠卿所陷害，卒年四十七〔註112〕。

逢原與安石為知遇之交，認識平甫，可能是透過安石的介紹。

逢原有五首與王平甫之詩〔註113〕。然其中卷十二〈贈王平甫〉一詩頗為可疑，可能是贈介甫而誤為平甫〔註114〕。

在〈送贈王平甫〉（卷七）一詩中，逢原盛稱平甫文章之孤峭警拔：「子才希世珍，拔俗起孤峭。如解萬里駿，不以羈縻要。篇章綴清新，霞電絢天影。」

另外，〈同孫祖仁王平甫遊蔣山作〉之「仰躋蒼崖顛，下視白日徂。夜半身在高，若騎箕尾居。」，為《廣陵集》中之名句，最為筆

〔註112〕《宋史》卷三二七。

〔註113〕卷七〈送贈王平甫〉，卷八〈同孫祖仁王平甫遊蔣山作〉，卷十二〈贈王平甫〉，卷十五〈約僧宿北山庵先寄平甫〉，卷十八〈歲暮呈王介甫、平甫〉。

〔註114〕按：《臨川集》卷七十五〈與王逢原書〉一云：「足下書有嘆蒼生淚垂之說……」，〈逢原贈王平甫〉（卷十二）詩末云：「丈夫出處誠可較，卻痛蒼生為淚垂」，似與介甫答書有暗合者，又逢原此詩首云：「當世所交識者稀，十年聞子幸見之。逢原於至和元年認識介甫，時逢原廿三歲，介甫三十四歲，然介甫未貴時，以「性不好華腴，自奉至儉……世多稱其賢」（《宋史》卷三二七），已名震京師，以"十年"推之，介甫二十四歲（介甫二十二歲中進士第），固已進士及第而有名於時，平甫與逢原才差四歲，當不至於十餘歲即有名於時。

記小說者所樂道，平甫亦爲之擱筆〔註115〕。

十、黃　晞

　　黃晞，字景徽，自號聱隅子，建安人，少通經，聚書數千卷，學者多從之遊。石介在太學，遣諸生以禮聘召，晞走匿不出。樞密史韓琦表薦之，以爲太學助教，受命一夕卒〔註116〕。

　　逢原有三篇與黃晞的詩篇〔註117〕，對其道德學問表示敬佩：

　　　　夫子儒門傑，心誠行亦醇……手提三聖出，口壓九口壇。(卷
　　　　十三〈上聱隅先生〉)

然而黃晞終生未仕，逢原爲之惋惜云：「雖有英雄無用處，令卻老去買牛耕。」(卷十五〈送聱隅黃先生〉)。逢原與其交情，純粹在其通經博學，爲一傑出儒者的關係。

〔註115〕宋張邦基《墨莊漫錄》卷一（叢書集成新編，86 冊，新文豐，73年，頁 698），「逢原一日與王平甫數人登蔣山，相與賦詩，而逢原先成，舉數聯，平甫未屈，至聞『仰躋蒼崖顛，下視白日徂，夜半身在高，若騎箕尾居』乃歎曰：「此天上語，非我曹所及遂擱筆。明顧起元《客座贅語》卷九（叢書集成新編88 冊，新文豐73年，頁 497～498）：「王逢原一日與王平甫數人登蔣山，相與賦詩，而逢原先成，舉數聯，平甫未屈，至『仰躋蒼崖顛，俯視白日徂，夜半身在高，若騎箕尾居』乃歎曰：「此天上語，非吾輩所及，遂擱筆」

〔註116〕《宋史》卷三五八。

〔註117〕卷十三〈上聱隅先生〉，卷十三〈寄聱隅先生黃晞〉，卷十五〈送聱隅黃先生〉。

第二章　王令的時代背景與文學環境

第一節　時代背景

王令生當北宋治世，時值仁宗明道元年至嘉祐四年（1032～
1059）。

宋朝國策，自宋太祖立國之始，便採取宰相趙普「強本弱末」的
中央集權建議，收回兵權、治權、財權，司法權，造成君強臣弱的局
面，形成君權至上的專制時代〔註1〕。而宋太祖的重視儒者，力抑武
臣，以為「作相須讀書人」〔註2〕，使宋室缺乏悍將強兵，註定了國
勢衰弱的命運〔註3〕。

先是太祖兩伐北漢，皆以遼人來援失利而返〔註4〕。接著太宗與
遼國兩次大規模的戰爭——高梁河之戰與岐溝關之戰，宋軍皆潰敗，
傷亡慘重，太宗亦僅以身免，宋朝廷從此國力大弱〔註5〕，不敢再輕
言北伐，主和的氣氛與和談的議論瀰漫了整個朝廷。

〔註1〕王明蓀《宋遼金史》（長橋68年）頁17～20。
〔註2〕《宋史》，〈宋太祖本紀〉，卷三。
〔註3〕精兵集中於中央，鎮守地方的廂兵，毫無戰鬥力，軍隊又實行「更
　　　戍之法」，兵卒定期更戍，往來調防，目的在使兵不知將，將亦不知
　　　兵，兵將之間沒有感情，不易合作反叛，然亦難以合作禦敵。
〔註4〕同註1，頁28～29。
〔註5〕高梁河之戰在太平興國四年（979），岐溝關之戰在雍熙三年（986）。

眞宗時，雖曾應宰相寇準的建議親征，直抵黃河北岸澶州而挫遼前鋒，但因眞宗本人無意戀戰，相機求和，適遼軍統帥撻覽正中伏戰死，遼軍未有必勝的把握，於是雙方簽訂了「澶淵之盟」（1004）。和約內容，遼聖宗以宋眞宗爲兄，宋每年須給予遼國銀十萬兩，絹二十萬匹，此爲宋建國以來最大的屈辱。

仁宗朝雖號爲治世，但外有遼國與西夏二大外患，內有廣源州蠻、儂智高的叛亂。慶曆二年，遼興宗遣使致書要求割地，集兵幽州，聲言來侵，幸宋派遣頗具外交天才與膽識的富弼前往交涉，結果宋以增加歲幣來換取雙方的和平〔註6〕。西夏原稱臣於宋，到趙元昊即位之後（宋仁宗寶元元年，1038），建國號大夏，廢宋所賜之年號，並於仁宗寶元、康定、慶曆年間大舉入侵〔註7〕，屢破宋軍，最後在雙方軍費資源的大量耗費之下簽訂和約，夏對宋稱臣，但保有西夏國王的尊號，宋每歲賜銀七萬二千兩，絹十五萬三千匹，茶三萬斤〔註8〕。儂智高在皇祐元年九月起，四年間連陷邕州、橫州、貴州等八州，又圍廣州、昭州，直至皇祐五年正月，狄青始大敗儂智高於邕州，斬首五千餘級，儂智高遁去，才算消滅其聲勢〔註9〕。

宋之所以遭遼、西夏一再侵犯，而簽下不平等的和約，又在儂智高叛亂時，連續折損幾名大將〔註10〕，讓盜賊的禍害連續四年，最主要在於軍政措施的失當。宋室爲防外患而擴軍，爲實行「強本弱末」的國策，一意擴充禁兵，以致冗兵數目愈來愈多，素質也愈來愈差，養兵而不能戰，徒然增加軍費的負擔〔註11〕。

〔註6〕 同註1，頁32。宋每年增加銀絹各一萬，此爲所謂的「關南誓書」。
〔註7〕 《宋史》，〈仁宗本紀〉，卷十、卷十一，參見附錄之王令年譜。
〔註8〕 此和約簽訂於慶曆三年（1043）。
〔註9〕 《宋史》，〈仁宗本紀〉卷十一、卷十二。
〔註10〕 廣東兵馬鈐轄張忠、廣東司馬鈐轄蔣偕，廣西兵馬鈐轄王正倫等皆戰歿。
〔註11〕 宋太祖至宋仁英宗百年間，兵額增加三倍以上。英宗時軍費佔總中央政府歲入的六分之五（見《宋遼金史》第三章「北宋的內政及其衰亡」，頁40）

再者，宋「重文輕武」的國策，使宋室很注重文人的出身和致仕。宋代科舉考試錄取名額遠超過唐代，且唐進士及第須再通過吏部考試一關，才能「解褐入仕」。宋則一登進士第就是入仕之期〔註 12〕，爲了養活龐大的冗官冗兵，及每年遼、夏的鉅額歲幣，國庫財政困難可想而知。

逢原在如此軍事積弱不振，彌漫求和的氣氛中，常常嚮往被弓帶箭，殺賊除胡，可見在軍事上，他是主戰的：

> 安得鐵馬十數萬，少負弩矢加矛腰。力在快戰不願守，直
> 令疢閭而血塵。（卷十六〈寄王正叔〉）
> 好將弓劍隨軍去，況是英雄得志秋。若使班超終把筆，由
> 來何路取封侯？（卷十四〈聞邕盜〉）
> 燕然未勒胡雛在，不信吾無萬古名。（卷十四〈感憤〉）

對於蝗禍，逢原有兩首著名的詩篇——〈夢蝗〉、〈原蝗〉，描寫農民「群農聚哭天，血滴地瀾皮」的悲狀，形容蝗蟲爲害之狀——「來若大水無垠涯……反向禾黍加傷夷。鴟鵝啄唧各取飽，充實腸腹如撐支。」。

對於旱災凶歲所帶來災禍，逢原在〈不雨〉、〈古廟〉、〈聞哭〉等詩中有所描述：

> 今春不雨旱良田，道旁老幼饑將死。（卷十五〈不雨〉）
> 農凶年多苦餓饑，苟幸得飽不擇祈。（卷五〈古廟〉）
> 良農手足胝，老賈不親犁。歉歲糠糟絕，高門犬馬肥。（卷
> 十三〈良農〉）
> 冬溫夏疫早，死者晨滿街。（卷六〈聞哭〉）

第二節　文學環境

宋開國之初，宋代文學尚未形成，仍沿襲晚唐、五代舊習，講究雕鏤的騈儷文風。宋初盛極一時的「西崑體」，即是以「雕章麗句」

〔註12〕朱瑞熙《宋代社會研究》（弘文館，七十五年），頁 92。

而聞名。

「西崑體」以楊億、錢惟演、劉筠三人爲首，詩以李商隱爲宗，取其艷麗雕鏤駢儷的形式技巧，好用事，重對偶，而忽略了思想內容，成爲臺閣體的典型。此派流行於眞宗咸平年間至仁宗明道年間，約三十五年〔註13〕。

「西崑體」風行之時，已有人不屑於浮華虛飾之風，而採取質樸無華、不事虛語之詩風者——如寇準、林逋、王禹偁等，但他們只是在創作上採取不合作的態度，並未在理論上積極反對。

直至理學家石介作〈怪說〉，嚴厲抨擊西崑體領袖楊億之作品「窮奸極態、綴風月、弄花草、淫巧侈麗、浮華纂組，刓鎪聖人之經，破碎聖人之言，離析聖人之意，蠹傷聖人之道……其爲怪大矣。」〔註14〕。將文學與聖道聯繫起來，作爲攻擊西崑的武器，同時也建立了宋代文道合一的道統思想。

當時和石介採取同一路線，在文學上鼓吹文道合一思想者，尚有柳開、孫復、穆修、尹洙諸人，他們的主張，歸納起來，不外是「明道」、「致用」、「尊韓」、「重散體」、「反西崑」五點〔註15〕。

一、明　道

宋朝是一個儒學發達的時期，宋學稱爲「理學」，亦稱「道學」。「道」原是儒家所常言，如《論語》云：「志於道」、「君子學以致其道」，《中庸》曰：「修道之謂教」、「道也者，不可須臾離也」〔註16〕。自從韓愈作〈原道〉提倡孔孟之道，則將道統與文統結合起來，後代始有「衞道運動」的發展，宋儒則爲此一衞道聲浪的高峰。

不僅在做人行事上要求合於道，作爲文章，亦要求合於道，甚至主張以道爲主體，文爲附庸的「文以載道」的口號，如柳開〈上王學

〔註13〕梁昆《宋詩派別論》（東昇，69年），頁20～31。

〔註14〕石介《徂徠集》卷五，〈怪說〉中。

〔註15〕劉大杰《中國文學發展史》（華正，74年），頁587～593。

〔註16〕繆天綬《宋元學案選註》（商務，74年），頁10～11。

士第三書〉曰：

> 文章爲道之筌也，筌可妄作乎？……女惡容之厚於德……
> 文惡辭之華於理〔註17〕。

就是這種主張的典型。

二、致　用

　　理學家既然主張文章爲道之用，則載道以致用的主張乃屬於必然之結果。石介在〈上趙先生書〉中，批評當代之文章不過「句讀巧，對偶的當而已，極美者，不過事實繁多，聲律調諧而已」而推崇韓愈之文「炳然有三代兩漢之遺風……必本於教化仁義，根於禮樂刑政而後爲之。」〔註18〕。

　　宋學既發揚儒學，則儒家「經夫婦，成孝敬，厚人倫，美教化，移風俗」的文學主張，必亦爲之奉爲圭臬而遵行之。

三、尊　韓

　　韓愈一生學道能文，持有文統與道統的雙重資格，最符合宋儒的要求。如石介〈尊韓〉云：

> 伏羲氏、神農氏、黃帝氏、少昊氏、顓頊氏、高辛氏、唐
> 堯氏、虞舜氏、禹、湯、文、武、周公、孔子，十有四聖
> 人，孔子爲聖人之至。孟軻氏、荀況氏、揚雄氏、王通氏、
> 韓愈氏五賢人，吏部爲賢人之卓……〔註19〕

對於韓愈可謂推崇之至。

四、重散體

　　文章以「明道致用」的主張，自然無法顧慮形式上之駢儷，而專注於內容之充實，以期能發揮載道的功能與效用，故而偏向淺顯質樸的文風。

　　如柳開〈應責〉中所云：

〔註17〕柳開《河東集》卷五，〈上王學士第二書〉。
〔註18〕石介《徂徠集》卷十二，〈上趙先生書〉。
〔註19〕石介《徂徠集》卷七，〈尊韓〉。

古文者，非若辭澀言苦，使人難讀誦之，在於古其理，高
其意，隨文短長，應變入制……」〔註20〕

由於重散體，詩歌形式亦偏向散文化，以寫散文的方法作詩，古體詩
變成詩歌的主流。

五、反西崑

西崑體文風「淫巧侈儷，浮華纂組」，偏重形式的華美，而忽略
內容思想，完全違反明道致用的文學主張，自然成為理學家們口誅筆
伐的對象。

可惜石介、柳開、穆修等人，雖有堅強的理論，卻缺乏創作上的
成績，不能一掃西崑浮華文風，在文壇上造成有力的改變。

能一掃西崑文風，確立宋代詩文風格者，不得不待之於歐陽脩。

歐陽脩於仁宗天聖八年（1030）中進士第，此時西崑體影響宋初
文壇已三十餘年，詩風愈演愈卑，早為一般有志之士所不滿。歐陽脩
於天聖九年官於洛陽，與尹洙、梅堯臣、蘇舜卿等人為友，他們皆為
不滿西崑文風而好為古文歌詩者〔註21〕，於是朋輩之間互相切磋，全
力寫作古文歌詩。直到歐陽脩於嘉祐二年（1057）知貢舉，選拔蘇軾、
蘇轍、曾鞏等門下士之推波助瀾，整個宋代文風就在這些知名人士的
努力之下完成改革。

歐陽脩在文學上的改革，是承繼韓愈而來的，其文學主張如：
夫學者未始不為道而至者鮮……聖人之文，大抵道勝者文
不難而自至也。〔註22〕
學者當師經，師經必先求其意，意得則心定，心定則道純，

〔註20〕同註15，卷一，〈應責〉。
〔註21〕《宋史》卷二九五〈尹洙傳〉：「自唐末歷五代，文格卑弱，至宋初
　　　柳開始為古文，洙與穆脩復振之，其為文簡而有法」。卷四四二〈蘇
　　　舜卿傳〉：「天聖中，學者為文多病偶對，獨舜卿與河南穆脩，好為
　　　古文歌詩」。卷四四三〈梅堯臣傳〉：「工為詩，以深遠古淡為意，歐
　　　陽脩與之為詩友，自以為不及」。他們幾人或為詩，或為文，都是採
　　　取與西崑不同的創作路線。
〔註22〕《歐陽文粹》，卷七，〈答吳秀才書〉。

　　　　道純則充於中者實，中充實則發爲文者輝光。〔註23〕

簡直與韓愈「學古」、「師道」、「重道」如出一轍。在爲文寫詩上，脩亦有刻意學韓，尚氣格而賤麗藻。甚至韓詩以文爲詩、以詩記事、以詩議論的特色，成爲宋詩的主要特色，這些不能不歸功於脩補綴《昌黎集》，使韓文重現於世，直至風靡天下而「學者非韓不學」的地步。

　　昌黎派流行於仁宗天聖間至神宗熙寧間，約四十餘年〔註24〕，涵蓋了整個逢原生長的年代。在此種文學環境之下，逢原自不能不受其影響，逢原對韓愈的崇拜，時見詩篇之中：

　　　努力排韓門，屈拜媚孟灶。唯此二公才，百牛飽懷抱。（卷
　　四〈答束徽之索詩〉）
　　　吾於古人少所同，惟識韓家十八翁。其辭浩大無涯岸，有
　　似碧海吞浸秋晴空。（卷十一〈遺東野詩〉）

逢原喜歡韓愈「手搏蛟龍拔解角，爪擘虎豹全脫皮。」（卷三〈寄題韓丞相定州閱古堂〉）的雄勁詩風，自己也頗有刻意學韓的痕跡：

　　　魚子變怪成蛟螭，鱗鬣爪角尚小碎……或云南山產巨怪，
　　意欲手把乾坤移……至今風雨號山夜，樹石號作鬼神
　　悲……。（卷二〈寒林石屏〉）
　　　鯨牙鯤鬐相摩，巨靈戲撮天凹突。舊山風老狂雲根，重湖
　　凍脫秋波骨。我來謂怪非得眞，醉揭碧海瞰蛟窟。不然禹
　　鼎魈魅形，神顚鬼脅相撐挾。（卷三〈呂氏假山〉）
　　　蝀取而冠萬鬼撖。雷號電泣竟莫捄，黿擗鼇踊弔蛟虬。奮
　　穴出哭勞鱔鰌……。（卷七〈龍角歌和崔公度伯易〉）

由上可見逢原刻意學韓而造成一種奇詭、剛勁的風格。而最能代表逢原詩歌風格者，也是此種「雄勁奇崛」的風格。〔註25〕

　　在詩歌體裁上，逢原最擅長寫古體詩，數量也最多──二百餘首（佔詩歌總數二分之一），而古體詩是當時詩歌的主流，此與崇韓愈

〔註23〕同註22，卷八，〈答祖擇之書〉。
〔註24〕同註22，卷八，〈答祖擇之書〉。
〔註25〕參看第五章第二節「風格」。

有關（韓愈擅古體詩），也與當時文學要求明道致用，賤麗藻、尚氣格的風氣有關係（古體詩較能符合這些要求）。

在文學主張上，逢原重視實用：

> 古之詩者有道，禮義政治，詩之主也……夫禮義政治之道
> 得，則君臣之道正，家國之道順，天下之爲父子夫婦之道
> 定。（卷廿五〈上孫莘老書〉）

批評後代之爲詩者，缺乏禮義政治爲之主，而「徒取鳥獸草木之文以紛更之，惡在其不陋也」，正不外當時「明道」、「致用」的主張。

又逢原「吟恐詩無氣」（卷十八〈太湖〉）、「貧病相仍氣尚粗」（卷十七〈歲暮言懷呈諸友〉）的重氣格主張，相同於歐陽脩尚氣格、賤麗藻的主張。

第三節　韓派背景及其手法

逢原生長在「昌黎派」流行的年代〔註 26〕，《四庫全書提要·廣陵集》云：「令才思奇軼，所爲詩磅礡奧衍，大率以韓愈爲宗，而出入盧仝、李賀、孟郊之間」，歷來評論逢原詩者亦不出此範圍。

逢原在〈答束徽之索詩〉中自云：「努力排韓門，屈拜媚孟灶。唯此二公才，百牛飽懷抱。」，對於韓孟之仰慕，流露其間。

今欲一揆逢原之詩，不得不探本求源，釐清韓派之背景及其手法。

趙翼《甌北詩話》評論昌黎詩云：「至昌黎時，李杜已在前，縱極力變化，終不能再闢一徑，惟少陵奇險處，尚有可推廣，故一眼覷定，欲從此闢山開道，自成一家。」〔註 27〕，此乃韓派產生背景的精闢之見。而向來評論韓派詩風，亦以「奇險」、「奇崛」稱之。

韓愈詩歌特色，今人羅聯添參酌前人之論，歸納如下云〔註 28〕：

〔註 26〕逢原生於仁宗明道元年卒於嘉祐四年（1032～1059），而「昌黎派」
流行於仁宗天聖年間至神宗熙寧年間，涵蓋了整個逢原生長年代。
〔註 27〕趙翼《甌北詩話》（木鐸，71 年）卷三，頁 28。
〔註 28〕羅聯添《韓愈》（國家，71 年）卷三，頁 120～127。

（一）奇詭——其奇詭可從四方面言之。一是用字生僻，形狀奇
特。二是用窄韻，因難見巧，愈險愈奇。三是題材上，好
將自然雄奇景物寫入詩。四是用奇險驚人的語句，表現奇
詭的想像。

（二）散文化——其詩歌散文化，可從下面兩方面表現。一是破
除詩句結構和音節（如五言詩由傳統之上二下三的音節，
改成上一下四或上三下二音節）。二是大量使用長短句和
虛字。

（三）剛勁雄偉——好用瑰奇字句描寫雄偉山水或平凡粗陋的景
物。

韓派另一名大將孟郊，其詩劌目鉥心，意在吐奇驚俗，韓愈最稱
賞的是其「橫空盤硬語，妥帖力排奡。」、「東野動驚俗，天葩吐奇芬。」
的奇險詭怪之詩。

孟郊詩以苦吟奇險冷僻著稱。今人尤信雄先生考其苦吟之因素，
歸納為下列六端：

一為困窮，二為科第之挫折與薄宦失意，三孤獨無子，四
對現實之失望與不滿，五為窮老多病，六為多愁善感與悲
觀〔註29〕。

至於奇險冷僻之風，則可從下列五方面觀之：（一）命意奇（二）名
篇奇（三）句法奇（四）押冷僻險韻（五）用冷僻奇字〔註30〕。

至於盧仝詩之「不守成規，長短自如，用怪字，造怪句」〔註31〕，
李賀詩之「苦吟鍊字」，「喜用穠麗詭暗的字眼」〔註32〕，要皆以奇險
詭怪而被歸列於韓詩怪誕一派。

王令與孟郊、韓愈、盧仝、李賀，在性情操守、生活境遇、詩歌
創作上的關係，在第五章第三節「王令與孟郊、韓愈、盧仝、李賀之

〔註29〕 尤信雄《孟郊研究》（文津，73 年），頁 179。
〔註30〕 同註29，頁 182～191。
〔註31〕 吳車《韓門詩家論評》（輔大碩士論文，62 年），頁 143。
〔註32〕 同註31，頁 29～128。

比較」一節中詳述，茲不贅敘。

第四節　王令的文學理論

　　逢原在仁宗嘉祐年間，雖然以詩聞名，然其文學議論閃爍於篇章之中，一麟半爪，彌覺珍貴。今歸納其評論古人及時人之詩歌，及詩文中所流露之思想，整理其文學主張如下：

一、尚雄勁之風

　　從逢原評論他人詩篇，及他自己詩歌創作路線，可知逢原欣賞的是雄勁的詩風，而不喜歡平淡綺麗之作。

　　喜歡的古人，如杜甫、韓愈，逢原皆著眼於他們剛勁雄偉之詩：

　　鐫鑱物象三千首，照耀乾坤四百春。（卷十七〈讀老杜詩集〉）
　　其（韓愈）辭浩大無涯岸，有似碧海吞浸秋晴空。（卷十一〈還東野詩〉）
　　又聞當世大手筆，磊砢詩句相撐支。手搏蛟龍拔解角，爪擘虎豹全脫皮。（卷三〈寄題韓丞相定州閱古堂〉）
　　退之昔裁詩，頗以豪橫恃。（卷十〈采選示王聖美葛子明〉）

　　評論時人，慎東美，滿子權、李常伯、束徽之、王平甫、孫莘老等人之詩文，皆以「雄勁」爲其最高讚美：

　　文章喜以怪自娛，不肯裁縮要有餘。多爲峭句不姿媚，天骨老硬無皮膚。（卷二〈贈慎東美伯筠〉）
　　駮哉劇雄勁，百札洞一箭。（卷四〈對月憶滿子權〉）
　　仰嗟天骨雄，俯嘆人莫爲。（卷四〈謝李常伯〉）
　　大論尤堅強，推舟出行潦。（卷四〈答束徽之索詩〉）
　　子（平甫）才希世珍，拔俗起孤峭。如解萬里駿，不以羈縻要。篇章綴清新，霞電絢天影。（卷七〈贈王平甫〉）
　　果逢來篇騁雄勝，若執造化窮凋鎪。（卷七〈寄題宣州太平縣眾樂亭為孫莘老作〉）

逢原在〈贈慎東美伯筠〉一詩中自云：「浩歌不敢兒女聲」，是則逢原無論鑑賞或創作詩歌，喜歡的是具有雄勁之風的詩歌，而最能代表逢

原詩風者，亦是「雄勁奇崛」風格，對於以「平易近人」著稱的白居易，逢原之評語乃是：「若使篇章深李杜，竹符還不到君分。」（卷十七〈讀白樂天集〉），可知逢原並不喜歡此類平易詩風的詩篇。

二、尚氣格

孟子有「吾善養吾浩然之氣。」的養氣說，著重在個人內在的修養，至曹丕〈典論論文〉始將氣與文結合，云：「文以氣爲主，氣之清濁有體，不可力強而致。」，形成後世文氣說的先聲。

宋朝儒學盛行，影響所及，詩歌的重實用而輕浮華，尚氣格而賤麗藻，逢原之「尚氣格」，可從下列各詩中得到一些訊息。

> 吟恐詩無氣，圖憂筆費鈔。（卷十八〈太湖〉）
> 況余衰病餘，有氣亦已卑。（卷五〈答黃藪富道〉）
> 篇成若奴卑，氣骨終卑賤。（卷四〈對月憶滿子權〉）
> 功名未立頭先白，貧病相仍氣尚粗。（卷十七〈歲暮言懷呈諸友〉）

逢原推崇杜甫的詩，即著眼在其「氣吞風雅妙無倫」（卷十七〈讀老杜詩集〉）的蓋世氣勢。

三、重實用

逢原具有濃厚的儒家思想，儒家傳統重實用的詩觀亦深深影響著逢原。

這種思想在〈上孫莘老書〉（卷二十五）一文中闡釋最清楚。文中逢原批評後代詩道大壞之故，乃「詩之無主」的關係。以爲古詩之佳乃是因爲有道有主：

> 古之爲詩者有道，禮義政治，詩之主也；風雅頌，詩之體也；賦比興，詩之言也；正之與變，詩之時也；鳥獸草木詩之文也。夫禮樂政治之道得，則君臣之道正，家國之道順，天下之爲父子夫婦之道定……令嘗讀詩至幽厲之後，天下大亂之際，觀天下窮臣怨民，棄妻逐妻之心，而求之詩，……觀其言辨而當，質而不俚，文而不華，曲而暢，

　　　婉而不隱，以順言之則可以議禮，以公言之則可以議義，
　　　以直言之則可以議政，以曲言之則可以議刑……

而後代之爲詩者，無禮義政治爲之主，「不思其本，而徒取鳥獸草木
之文以紛更之，惡在其不陋也」。

　　逢原欣賞內容純正之詩

　　　騂騮老驕青雲足，綠綺純含太古聲。（卷十六〈還蕭幾道詩卷〉）
　　　篇篇光絕奪春華，中有純音正不邪。（卷十六〈謝幾道見示佳
　　　什因次元韻之二〉）

批評僧自總的詩「雖有可寶資，終以無用捐。」（卷十〈僧自總〉），
都是站在傳統詩教──「經夫婦，成孝敬，厚人倫、美教化，移風俗。」
作爲評論的依據。

第三章　王令詩歌的內容與題材

第一節　隱居生活的嚮往

　　中國文人，大抵具有儒家兼善天下的抱負，然而世事未能盡如人意，或逢政治變亂，或數奇不偶，懷才不遇者無時無之。

　　逢原早年也有「君不唐虞皆我罪，民推溝壑更誰尤？」（卷十七〈秋日偶成呈杜子長兼簡仲美劉丈〉）的抱負，及「安得鐵馬十數萬，少負弩矢加矛腰，力在快戰不願守。」（卷十一〈寄王正叔〉）的經世濟民之壯志，終究這些理想與抱負，在現實的扭曲下逐漸變形。

　　對於山林生活的嚮往，將生活上的不如意，寄情於大自然中，是古來文人志士排遣失意的良方。

　　逢原對隱居生活的嚮往，並不是一種不負責任的出世態度，或者弱者的表現，實在是基於一份「世不能以是而從吾，吾安能從世以適非？」（卷一〈言歸賦〉）的不願同流合污的心態。在〈潤州遊山記〉中，逢原曾云：「夫隱非求志，慕山林以長往，與進非其道，樂芻豢稻粱而不能者，其事雖殊，然為失則一也，是皆玩物之士。」，可見其隱居之主要動機，乃是在「求其志」。

　　於是欲追蹤「聖之清者」——伯夷、叔齊的腳步，而過著：「採薇南山阿，歸耕南山下。食苦心無虞，守約自閒暇。」（卷十一〈不願漁〉）的生活。

　　逢原個性狷介，與人多不合，自云：「適時愧非才，對客輒自瘖。譬如火炙膚，暫忍久莫奈。」（卷九〈寄孫莘老〉），於是有「嘗思擺絕去，自放出世外。」（〈書懷寄黃任道，滿子權〉）及「割跡與俗斷，耕荒食新收。」（卷九〈寄滿子權〉）的想法。

　　農村單純的生活，讓逢原自在快樂：「時從老農話……愛此近天性。何當從之歸？買田與相並。」（卷八〈野步〉）以爲返樸才能歸眞。在逢原的心中，大自然的青山、魚、鳥，比人類要眞實可愛的多：

　　　　何計脫身來與老，青山白髮兩忘年。（卷十四〈登郡樓〉）

　　　　聞以魚鳥遊，默與蛟龍潛。（卷十二〈過揚子江〉）

　　　　何計江湖終隱釣，去隨魚鳥共飛沈。（卷十六〈到潤過竹林寺憶朱昌叔〉）

逢原在詩篇中，常常透露出對隱居生活的嚮往：

　　　　終期散髮江邊釣，當有漁舟日繫門。（卷十二〈思京口戲周器之〉）

　　　　久思滄海收身去，安得長舟破浪行。（卷十七〈江上〉）

　　　　舊笑古人輕獨往，近來還自憶林泉。（卷十六〈思歸〉）

　　　　不作明堂柱石臣，要當歸去老江濱。（卷十〈答許勤之〉）

　　　　秋來客況無他異，時向西風吟式微。（卷十六〈寄伯易〉）

逢原最希望能與朋友、親人，一起遠離這人世的是非之地，而過著與世無爭的生活：

　　　　何當買田盧，共逐丘壑游。（卷九〈寄寶覺訥師〉）

　　　　寄言所同懷，相期在中林。（卷九〈寄孫莘老〉）

　　　　誰與跖徒爭有道，好思吾黨共言歸。（卷十五〈寄介甫〉）

　　　　何時得就歸來賦，老守桑麻聚一門。（卷十六〈奉寄伯兄泰伯〉）

在〈山陽思歸書寄女兒〉一詩中，逢原描繪了其所嚮往之隱居藍圖：「貿田結歸盧，種樹屋四周，子（其姊）居課桑蠶，我出鞭耕牛，教妻績以筐，使兒餉東疇，坐笑忘歲時，聚首成白頭」。這些理想與嚮往，在詩人深諳世味之後，往往在不經意的思維裡，漸漸凸顯而明朗起來。

　　隱居的生活，不但能澄清思慮，也有較多讀書的時間，逢原總是

計算著隱居生活中的讀書計劃：

> 何時得遂幽棲志，常把韋編靜處開。（卷十二〈寄束伯仁〉）
>
> 詩書計出田園後，歲月期收道路餘。（卷十四〈寄黃任道〉）
>
> 終期收晚學，茅屋送歸田。（卷十四〈答劉仲美〉）

最後逢原之所以不能達成隱居的心願，一方面是得年不永，未及實現，一方面則不能不歸之於現實生活的壓力──「久有山林素，但無百畝栗」（卷十七〈送李出安赴舉〉）所造成的客觀因素。

第二節　懷才不遇的憤懣

逢原少時頗以豪邁自許，對於世俗之一切富貴榮華，僅以等閒視之──「嘗為富貴易，有如塗上泥」（卷十一〈壬辰示杜子長并序〉），充滿憤世忌俗之懷，視人則「兩眼皆豚羊」、「世既雞鼠儔」，批評當代風氣則以為「古人踽踽今何取？天下滔滔昔已非。」（卷十五〈寄介甫〉），於是乎表明自己「誰與跖徒爭有道？」的離世遠俗。

逢原以儒者自居，對於那些徒具儒者之名，而無儒者之實者，皆予以無情之抨擊：

> 今之腐儒不可洽，欲近俗氣先腥臊。（卷十一〈寄王正叔〉）
>
> 世儒口軟聲如蠅，好於壯士為忌憎。（卷二〈贈慎東美伯筠〉）
>
> 雍雍材能官，雅雅仁義儒。脫剝虎豹皮，借假堯舜趨。齒
> 牙隱針錐，腹腸包蟲蛆。（卷四〈夢蝗〉）

甚至對一般人所敬畏的鬼神，仍大無畏地指責「鬼神喜陰暗，陳列忌忠亮。」（〈中秋望月〉），在這些地方可見逢原之剛氣直腸，不屈於人、不媚於神的性格，及雖千萬人吾往矣的氣慨。

由於逢原的狷介不俗，又自視甚高，落落寡合乃屬必然之結果，故逢原詩中亦時時流露出懷才不遇及時不我予的憤恨與感歎。

> 太阿補履不足用，老驥捕鼠終無功。（卷十一〈快哉行呈諸友
> 兼簡仲美〉）
>
> 蛟龍不是池中物，燕雀安知隴上嗟？（卷十六〈秋日感憤〉）
>
> 人將豪傑視如草，天因英雄未予時。（卷九〈短謠〉）

已夫鳳鳥今不至，行矣鯨鱣非所容。且把心胸同伏虎，誰
知頭角是眞龍？（卷十五〈餘杭倦遊〉）

平生所負自信重，他日可期人未知。（卷十二〈贈王平甫〉）

寒侵騏驥應方瘦，蠹滿楩楠豈易榮。（卷十六〈病中〉）

滿目塵埃白日陰，皇天無命且深沈。終當力捲滄溟水，來
作人間十日霖。（〈龍池二絕之一〉）

莫藏爪牙同痴虎，好召風雷起臥龍。（卷十三〈寄洪與權〉）

龍蛇久蟄應思奮，蛙黽乘時已自先。（卷十三〈春晚雨後〉）

病驥遠思牽直道，老鷹秋夢入青天。（卷十六〈寄李君厚〉）

逢原喜以騏驥，蛟龍，鯨鱣等龐然大物自比才大難容，表現自己懷才
不遇的悲歎。

在〈賦黃任道韓幹馬〉一詩中，逢原感嘆「冀北駿馬無時無，生
不逢幹（韓幹）死空朽。」，對於知音難遇——千里馬未逢伯樂、伯
牙不遇子期，使懷才者不得一展抱負，隨著時序而湮滅，空存朽骨，
作出一沈痛的呼號。

第三節　貧病交迫的窘態

《廣陵集》中有許多窮愁貧病的描寫，眞實地反映詩人短短的一
生中，爲生活所迫而「心經衣食艱，事費米鹽半。」的窘狀。

由於個性耿介，守道不阿，不善自謀衣食，又不以銖忽妄售於人。
先天的命運——「家無一稜田，不得農以耕。」，加上後天的個性，
註定了詩人終生貧困的命運。

其詩中言貧者多處：

何日得無寒餓役？此身得與聖賢終。（卷十六〈強顏寄任道、
子權〉）

終年謀食亦何得，浪取窮愁只自侵。（卷十六〈寄滿子權〉）

西歸頗阨窮餓久，南泛未免丐乞哀。（卷十二〈初聞思歸鳥憶
昨寄崔伯易、朱元弼〉）

居拙思營窟，炊窮欲析骸。（卷十六〈上杭帥呂舍人溱〉）

年來事窮蹙，露暴無自依……平生事文字，無路活寒飢。(卷五〈答黃藪富道〉)

余飢先奔西，餓色面留菜。(卷五〈寄洪與權〉)

生計梁邊燕，歸心海上鷗。(卷十八〈答劉仲美〉)

家無田倉儲，雀鼠非我儔。(卷七〈曁陽居其二〉)

窮來無子知難得，命薄於人可奈何。(卷十七〈日益無聊賴偶成，呈子長〉)

生計的拮据，使得詩人不得不發出「無家可容歸，有灶亦斷拵。」的呼號，好不容易在窮巷求得一間「頹簷斷柱不相締，瓦墜散地梁架虛……四高中下流無渠。夏霖連延久積注，往往灶下秋生魚。」(卷六〈卜居〉)的破屋子，卻換來工匠囂張地「頹頑作氣屬叫呼」，及敲竹槓：「睥睨凌我要我酤」，由於未能滿工匠們的要求，於是匠人們一陣旋風似地「如逃逋」，走避唯恐不及，末了還換來鄰翁一陣誚落——「浪自名士實則奴」，使詩人發出「乃知窮則失自愛」的沈痛感嘆。

逢原有〈送窮文〉自敍窮窘之態：「刻瘠不肥，骨出見皮，多燠常寒，晝短猶飢」。在〈上邵不疑書〉中自云：「學彌久而勢益窮，身加修而時譽不至，凍餓身腹而人不恤，孤者不育，而處者不嫁」。

對於友好的招聚，逢原不諱言地說：「尚迫朝暮憂，寧有道路資？」來婉拒，對於照顧他生活多年的家塾主人束伯仁，逢原則滿懷感謝其「得活諸孤賜最多」，時圖報恩謝惠之懷。

貧、病有猶如孿生兄弟，常是形影不離，其關係密切，以現代醫學的看法，貧窮則多營養不良，營養不良易早衰多病。孔子盛讚顏淵「一簞食，一瓢飲，人不堪其憂，回也不改其樂」。然而顏淵因此而早衰早夭，得年 31 歲（西元前 521 至前 491 年），令人扼腕嘆息。

逢原在詩中，有「二十人未壯，我衰已毛斑」之嘆，至於「清鏡見白髮」、「功名未立頭先白」，可證逢原同李賀一樣有少年白〔註1〕。

〔註1〕楊文雄《李賀詩研究》（文史哲，72年）頁93，以李賀〈春歸昌谷〉

逢原也承認自己「早衰奪舊剛」，究其早衰，實乃由於太早承擔衣食之艱，又受貧阨之苦，終歲不食葷，導致營養失調，疾病乃乘虛而入。

其詩中自道多病之身者甚多：

多病骨出露，薄食筋力羸。（卷十一〈壬辰示杜子長并序〉）

安得常病軀，不爲瘠且瘵。（卷五〈哭詩其五〉）

收身衣食餘，抱病歲月破。（卷八〈謝客之二〉）

病拙未爲療，膏肓不容砭。（卷十〈夜坐〉）

豈不念一往，抱病終自留。（卷九〈旅次寄寶覺訥師〉）

余病不自樂，舊學益以隳。（卷九〈寄呂惠卿吉甫兼簡林伯通〉）

波濤忘日月，疾病廢古今。（卷九〈寄孫莘老〉）

吾病未能終是是，人言何以喜非非。（卷十三〈靡靡〉）

我久疏慵無壯思，聊傾病耳待江邊。（卷十五〈送錢公輔赴舉〉）

早衰奪舊剛，多病襲新懦。（卷九〈寄滿子權〉）

懶將衰病照清流，爲有歸心欲白頭。（卷十四〈九日寄滿子權〉）

十日身無一日寧，病源知向百憂生。（卷十六〈病中〉）

門無來足荊生道，病不能除草上階。（卷十六〈次韻滿子權見寄〉）

嗟余多病所趨乖，又懶歡呼逐年少。（卷七〈東園贈周翔〉）

十日九日病，偶平還苦吟。（卷十四〈偶成〉）

一病百志墜……羸軀便傴側。（卷十〈病起聞説貪山頗有泉石遂不能遊〉）

道心自覺閒中得，懶性還從病後多。（卷十六〈閒居奉寄幾道〉）

一夕西風葉下柯，羈人憔悴發沈痾。（卷十七〈日益無聊賴偶成呈子長〉）

由其自道病況之多，可知其早衰多病，終至以二十八歲之英年而早夭。

第四節　傷春悲秋的情懷

抒情詩一直是中國詩歌的主流，而春天的花，秋天的月，最能予以詩人感時傷懷的感受。

詩爲證，以爲賀髮當白於十八歲以前。

逢原既多病又早衰，對時序的移轉，有一份強烈而敏銳的感受。

春天原是萬物復甦欣欣向榮的時刻，逢原在一年之始的春天，卻已感受到一份無力的憂愁：

徒恐春風歸，汝我同悲辛。（卷五〈東風〉）

春歸欲挽誰有力？河濁雖泣行奈何。（卷七〈望花有感〉）

浪說春期計春盡，留春無術只春愁。（卷十三〈春愁〉）

春來還自有遊人，常是春歸獨念春。（卷十五〈春晚之一〉）

與其說是惜春，不如說是逢原對於年華逝去的恐懼，以春天來比喻人生，正是逢勃生氣的青年期，逢原雖值壯年，卻因貧病而早衰，不得不感嘆春天去得太快，留春無術，欲挽無力，興起一份莫名的惆悵。

春天的離去，對逢原來說是一種哀愁，尤其零落滿地的花朵，更令惜花愛花的人心疼：

滿眼落花多少意，若何無箇解春愁。（卷十三〈春遊〉）

不惜好花都委地，卻令遠草直平天。（卷十三〈春晚雨後〉）

這些花朵，就像詩人的才華——自開自落，卻無人憐惜。在〈送庭老罷尉金壇〉（卷十五）中，詩人云：「寂寞西軒人別後，海棠花好爲誰春？」，從以上詩篇可見，花兒寓意著詩人自己，空有才華，卻未見賞識，春天又即將遠去（年華老去），自已也將和落花一樣飄落成泥輾爲塵，隨著時序而消逝湮滅了。

同樣地，春天的到來，也惹起詩人的愁緒：

眼前紅綠日加增，欲遣春愁興未能。（卷十五〈春興〉）

紅天綠爛狂未足，春更不去將奈何？（卷七〈春人〉）

這裡或可解釋詩人心境的老化，對於一切春意盎然的現象感到厭煩，猶如年華老去的婦人，面對著一群十七、八歲的少女，所反映出來的落寞情緒。在〈春戀〉（卷十八）一詩中，逢原寫著：「春空漠漠多愁容……起見海月如秋空」，可證雖值壯年的逢原，卻擁有老年人的心境，在〈春遊〉（卷八）一詩中，逢原已徹底覺悟「落日不可駐」的悲哀，而正視年華的消逝。

自從宋玉言：「悲哉，秋之爲氣也」（〈九辯〉），以悲秋爲主題的

詩篇便源遠流長。秋天本來就是一個令人悲傷的季節，萬物的零落凋謝，容易使人聯想到壯士暮年的悲哀。《文心雕龍‧物色篇》提及外在環境予人之影響，秋天是「天高氣清，陰沈之志遠」，秋天實在是一個令人深沈哀傷的時節。

秋天給逢原帶來最大的感傷是懷才不遇：

　　秋天縱得蒿艾死，歲晚已非蘭蕙時。（卷六〈秋興〉）

　　擊劍高歌四顧遲，男兒何事繫如瓜？（卷十六〈秋日感憤之一〉）

　　聚書老懶堆塵楮，秋劍寒酸蟄鐵蛇。（卷十六〈秋日感憤之二〉）

空懷才能卻不能施展抱負，就如同空有美貌而不見賞識一般悲哀。

再者，逢原多病早衰，在萬物蕭條的秋天，心中多了一份畏懼的哀愁，好像自己也像樹木、落葉一般凋落衰老：

　　戚戚庭前樹，朝零非昔稠。呦呦草蟲鳴，暮急曉未休……

　　胡爲勞呻吟，與士傷感投。（卷六〈秋懷〉）

　　常恐衰顏隨節換，空看落葉倚風飛。（卷十五〈悲秋〉）

第五節　詠物詩

詠物詩在中國淵源流長，早在《詩經》、《楚辭》中就有許多詠物之作，或託物起興，或借物自況，或就物賦志，使小小之物具足精神，增添大千世界的色彩，豐富其內涵。

初學詠物詩者，往往講究「詠某物，切某物」，如俞琰所謂：「詩感於物，而其體物者，不可以不工，狀物者不可以不切，於是有詠物一體，以窮物之情，盡物之態，而詩學之要，莫先於詠物矣。」（註2）。

然而詠某物、切某物，畢竟還只是初學者之境界，故又有人主張：「用事琢句，妙在言其用而不言其名，此法惟荊公，東坡，山谷三者知之。荊公曰：『含風鴨綠鱗鱗起，弄日鵝黃裊裊垂』此言水、柳之名也……」（註3），但此種詠物之法，則易淪爲謎語。

〔註2〕俞琰《詳註分類歷代詠物詩原序》（廣文，57年）頁4。

〔註3〕魏慶之《詩人玉屑》（九思，67年）頁215，卷十「體用」「言其用

　　黃師永武，參酌前賢之說，歸納詠物詩之積極評價標準，以為一首較佳的詠物詩，必須具備下列特色：

　　（一）體物得神，參化工之妙，使神態全出。

　　（二）必須因小見大，有所寄託。

　　（三）有作者生命的投入，從物質世界中，喚起生命世界與心靈世界。

　　（四）觸及民族思想與文化理想。〔註4〕

　　《廣陵集》中有七十餘首詠物詩，其歌詠的題材甚廣，有蝗、虎、龍、鳥、蜻蜋、雁、鹿、促織、鵝、雞、魚等動物，梅、蘭、松、竹等植物，及大自然中之風、花、雪、月、石等。其中雖有逞強恃才之作〔註5〕，贈答應酬之作〔註6〕，一般言之，多能符合前項所列之評價標準。

一、體物得神，參化工之妙，使神態全出

　　體物得神乃是使難以傳述的情狀，表現出靈活的神態。在〈寒林石屏〉（卷二）中，逢原對從虢山來之石屏，運用詩人敏銳的觀察力及想像力，對石屏作深刻的描繪：

> 初疑秋波瑩明淨，魚子變怪成蛟螭。鱗鬐爪角尚小碎，但見蜿蜒相參差。
>
> 又如開張一尺素，醉筆倒畫胡髯髭。
>
> 高樓曉憑秋色老，煙容雨氣相蒙垂。喬林隱約出天際，醉目遠暝分茫微。
>
> 不然誰家老畫圖，破碎偶此一片遺。昔令人手弄點畫，尚恐巧拙成瑕疵。

〔註4〕黃師永武《詩與美》（洪範，74年）頁166～180「詠物詩的評價標準」。

〔註5〕如卷七〈龍角歌和崔公度伯易〉，卷五〈古廟〉，卷三〈呂氏假山〉，卷八〈甲午雪〉，皆帶有韓愈奇詭之風。

〔註6〕卷十三〈和合春雪〉，卷十四〈次韻立之紅葉〉，卷十七〈和人放魚〉，卷十七〈和人促織〉等。

　　或云南山產巨怪，意欲手把乾坤移。先偷日月送巖底，次
　　取草木陰栽培。天公怒恐浸成就，六丁桃斧摩雲揮。世人
　　乘此得分裂，鍛琢片段貿財貲。
　　又云春氣入山骨，欲自石理生蒿藜。根株芽卉未及出，卒
　　遇匠手相鑱鑿。
　　多稱老松已變石，此固剪截根鬚離。
　　又云鬼手亦能畫，多向石色成屏帷。

連用七、八個比喻，從各種不同的角度去做深刻的描繪，使小小的石
屏，具足精神。

　　〈塵土呈介甫〉（卷十八），形容塵土「高張白霧橫宮闕，低引青
雲暗路歧。客坐昏蒙歸耳目，人行斑白上鬚眉。」，從各角度描繪出
塵土披蒙所造成的景象，使無形之塵土，化爲具象的存在，末聯云：
「誰知滂霈天飛雨，洗滌輕浮會有時。」，不但調侃塵土一番，亦將
塵土「輕」、「浮」的特徵具體呈現出來，一語雙關，餘味不盡。

　　〈去草〉（卷十五）：「漫借人鋤勞剗拔，只消夜雨又萌芽。」去
草的艱難，繁衍的迅疾，興起了「良田力盡農夫嘆，直道春荒志士嗟。」
的感嘆，此乃影射千古以來，君子道消，小人道長的寫照吧！

　　在〈龍興雙樹〉（卷三）中，歌詠雙樹：

　　莊如天官植幢蓋，毅若壯士衣蒼冠。老枝又枝忽並出，似
　　欲併力擎青天。靈根深盤不可究，疑與地軸相拘攣。

連用四個比喻，顯現出雙樹挺拔的精神，可惜匠著雖日經其勞，卻「不
思大幹有強用，反以斧鈍難其堅。」，使得「遺材抱美植，不得總載
栭與椽」，此又雙關著世態人情，大材之難見容於俗世。

二、必須因小見大，有所寄託

　　一首好的詠物詩，應該如同君子一樣，不限於只有一種專長。而
能從所詠平凡之事物中，推到其他的物理人情。

　　在〈紙鳶〉（卷十三）一詩中，逢原以紙鳶喻爲小人，或偶能升
至碧霄（高官），勢利的人群便迫不及待地仰面觀看（巴結奉承），而

反過來笑大鵬必待「扶搖」（旋風）才能遠徙滄溟。

在〈古鑑〉中，逢原讚賞其「一片靈光合有神，不知鎔鑄更何人？」，可惜古鑑只能照面不能鑑心──「鑒面祇知西子姣，照心難見比干真。」。由一面古鏡提出人面妍醜易見，真心難知之理。

三、有作者生命的投入，從物質世界中喚起生命世界與心靈世界

詠物詩的地位和價值，不僅是低層次的物質世界，純粹詠物而已，更重要的是要有作者精神生命的投入。

逢原詠物詩中，大都投入其生命情感，今欲強加分類，或恐不宜，只能勉強加以分類，取其代表以示例。

如其詠〈孤雲〉，乃以孤雲自喻──「一片孤雲逐吹飛，東西終日竟何依？」，逢原自小孤苦伶仃，十餘歲便自謀衣食，羈旅在外，猶如一片孤飛無依之雲。接著云：「旁人莫道能為雨，惟恨青山未得歸」，說的是雲，同時也是自己，雲能作雨，卻不能自行飛到青山，必有輕風為助。逢原為生活所迫，衣食所役，也不能毅然歸隱。

在〈呼雞〉（卷十二）中，描述「雞呼雞來前，犬嗾犬至止。夫豈必可召，役以食乃爾。」，雞、犬之受制於人，乃因「食」的關係，故逢原有感於自己為衣食所役而從事於人，就如同雞犬一樣──「今吾曷為悲？人而雞犬為。」，人與畜牲，其別雖殊，但是「役於食」的情況，卻無不同。

〈中秋望月〉中歌詠的月亮──「古今磨不磷，剛耿固可諒。」，反映的正是逢原剛耿不阿的個性。

四、觸及民族思想與文化理想

指詩人所詠之物，秉承民族思想的傳統，具有濃厚的民族性色彩。逢原所歌詠的梅蘭竹松，都是承襲傳統高潔剛毅的象徵〔註7〕：

〔註7〕參看黃師永武《中國詩學思想篇》（巨流，69年），頁23～34「詩人眼中的梅蘭竹菊」，頁43～47「詩人看松樹」。

清香芬敷志何遠，可惜不使蝶得知。(卷九〈梅花〉)

世無賢士紉爲佩，猶有幽人日取餐。(卷十七〈蔬蘭〉)

心虛中養恬，節密外禦介。(卷九〈對竹〉)

不求丹鳳食，不學景龍吟……潛符君子道，可愧世人心。(卷十五〈慈竹〉)

莫謂世材難見用，須知天意不徒生。(卷十五〈大松〉)

但假深根常得地，何憂直幹不扶天。(卷十五〈松〉)

第六節　諷諭詩

諷諭詩是指那些評論時政得失，反映民間疾苦的詩作。

諷諭詩在廣陵集四百多首詩歌中，僅佔十首〔註8〕，爲數甚少，今所以單獨挑出獨立一節，實乃逢原此類詩歌，受到後世詩評家較多重視與批評〔註9〕，而其中〈原蝗〉、〈夢蝗〉堪稱逢原詩歌之代表作，故量雖少而質卻精，今獨立一節，以見其梗概。

逢原諷諭詩中同情農民，哀傷百姓苦饑者，著墨尤多。

如〈夢蝗〉詩中，先敍蝗害，次敍「群農聚哭天，血滴地爛皮。蒼蒼冥冥遠復遠，天聞不聞不可知？我時心知悲，墮淚注兩目。發爲疾蝗詩……」憐憫農民之情，溢於言表。

此外如〈良農〉詩：「良農手足胝，老賈不親犁。歉歲糠糟絕，高門犬馬肥。」，重農抑商之情，正如傳統儒者。

〈古廟〉中敍述「今春不雨旱良田，道旁老幼饑將死。」，論及天旱良田，老幼苦饑之狀，此時詩人興起「誰將民瘼賤雙闕？四海皇

〔註8〕卷三〈原蝗〉、卷四〈夢蝗〉、卷五〈古廟〉、卷六〈聞哭〉、卷七〈餓者行〉、卷八〈送曹杜赴試部禮〉、卷十三〈良農〉、〈和洪與權〉，卷十四〈聞邕盜〉、卷十五〈不雨〉。

〔註9〕錢鍾書《宋詩選註》，劉大杰《中國文學史》，金性堯《宋詩三百首》，小川環樹《論中國詩》(頁148) 都提到〈餓者行〉。文復書局《中國文學史》舉了〈夢蝗〉、〈原蝗〉、〈餓者行〉，〈良農〉，皆屬諷諭詩。又筆記小說中《容齋筆記》卷四、《呂氏雜記》卷下，都有關於〈原蝗〉詩的記載。

恩一漏泉。」的感嘆。

在〈送曹杜赴試禮部〉一詩中，敍述一個「居者不出行者歸」的寒風凜冽之冬晨，此時「百賈晏起朝閉扉」，可是曹、杜二君卻在「母送拊背父嘆嘻，兒惜欲去哭挽衣。」的情形下，離家千里前去禮部考試，原因是「家雖有田豐歲稀，所得償公不及私。」，可見賦稅之重，在風調雨順之歲，所得尚不能償公，更何況是凶年呢？

以上五首詩中，可見逢原對農民憐恤之情。

〈餓者行〉是逢原詩中較著名的一首。詩中以旁觀者的角度，敍述一個雨雪紛飛泥濘滿路的日子，一個飢餓的人揹負著草蓆，沿挨著一個個朱門高呼：「高堂食飲豈無棄？願從犬彘求其餘！」，等到一有動靜──「耳聞門閞身就拜，拜伏不起呼群奴。」，縱然如此低聲下氣，結果竟是一無所得，任使「喉乾無聲哭無淚」，最後只好引杖而去。此非杜甫「朱門酒肉臭，路有凍死骨。」的宋代版本嗎！

在〈和洪與權〉詩中描寫「溝中老弱轉流尸，夫不容妻母棄兒。」的社會慘案。

〈聞哭〉中敍述「但聞哭子悲，不聞哭母哀。」的社會澆薄現象。

〈聞邕盜〉中，詩人憂國憂民，欲效法班超投筆從戎，為國效力，為民除害〔註10〕。

〈原蝗詩〉敍述蝗禍之害，以致「萬目仰面號天私」，怨天尤人乃人之常情，然而可憐「天公被誣莫自辨，慘慘白日陰無輝。」，逢原探求蝗害之由，發現「始知在人不在天，譬之蚤虱生裳衣。」，就像「魚朽生蟲肉腐蠱，理有常爾無何疑。」，期盼「誰為憂國太息者」──關心民瘼的當政著，能多付一點心力，君民一體，共度難關。

〈夢蝗〉詩除了同情農民之外，復借蝗蟲之口，諷刺權貴的嘴臉，對照貧富懸殊的社會現象：

　　嘗聞爾人中，貴賤等第殊。雍雍才能官，雅雅仁義儒。脫

〔註10〕《宋史・仁宗本紀》卷十一、卷十二。廣源州蠻、儂智高於皇祐年間寇邕州。

剝虎豹皮，借假堯舜趨。齒牙隱針錐，腹腸包蟲蛆。開口
有福威，頤指專賞誅……割剝赤子身，飲血肥皮膚……連
床列芋笙，別屋連嬪妹。一身萬椽家，一口千倉儲。兒童
襲公卿，奴婢聯簪裾……高堂傾美酒，臠肉膾百魚……貧
者無室廬，父子各席居。賤者餓無食，妻子相對吁……。

算是逢原對宋代社會貧富不均，對權貴們狐假虎威剝削下層人民，感
到不滿而發出的吶喊吧！

第七節　山水詩

山水詩是指那些遊覽寫景之作。中國山水詩盛行於六朝，緣於政
治的腐敗，引起世人對當代的不滿和厭惡，於是將情感轉移寄託於自
然界。再者江南秀巒麗峯，提供詩人們良好的文學環境。另外，東晉
末年以來，文人名士與佛教徒交遊之風盛行，故深山絕谷，古廟茅亭，
成為文人佛教徒出沒之地﹝註11﹞。

山水詩的描寫方式，通常多以陶淵明和謝靈運為兩個代表的典
型，一是主觀的寫意，一是客觀的寫實。客觀寫實者，所寫景象精細
雄奇，完全是一種理性的分析，從山的各種角度，各種面貌去觀察，
再以比喻的手法刻畫出來，寫這種詩須有豐富的想像力，而理性的解
析多，感性的觀賞少﹝註12﹞。

《廣陵集》有三十餘首山水詩。其中有許多景色細緻生動的描
摹，如：

寥蕭枝上風，蜩蟄以秋告。黯靄道旁樹，蔭綠涼可冒。況
承積陰雨，急雨蕩晴昊。初涼逞新城，宿雨懲舊躁……。(卷
八〈遊江陰壽寧寺〉)
高林美風竹，疏影有清覆……日長天地寬，飄戾飛雲度。
風枝綠未柔，日萼紅先露。(卷八〈春遊〉)

﹝註11﹞劉大杰《中國文學發展史》，頁304。
﹝註12﹞顏崑陽《古典詩文論叢》，漢京「從南山詩談韓愈山水詩的風格」

長江從天來，意欲以地分。西山避之逃，東山開爲門。木石所不捍，土沙固隨奔……。(卷九〈金山〉)

梢梢修竹夾溪斜，樹繫孤蓬白淺沙。風力引雲行玉馬，水光流月動金蛇。(卷十四〈舟次〉)

山形鬱盤陀，石路隨直紆……仰躋蒼崖顛，下視白日徂。夜半身在高，若騎箕尾居……。(卷八〈同孫祖仁王平甫遊蔣山作〉)

舟行邐樓遲，江流灒排蕩。魚驚躍或出，鷺下飛何颺。(卷八〈蘄口道中三首之一〉)

羃羃江城沒遠煙，暮雲歸族忽相連。春江流水出天外，晚渡歸舟下日邊。杏萼春深翻淺纈，柳花風遠曳晴綿……。(卷十五〈江上〉)

村兒駁車馬，野犬吠衣冠。亂草無閒地，斜陽有去鞍。(卷十五〈野外〉)

海鳥不來青暉靜，漁師歸去暮江閒。(卷十四〈登瓜州迎波亭〉)

長江來何從，遠自西極詹。中破蜀江流，始與巴水兼。川原日混合，激射勢益嚴。奔渾萬里流……駭如瀉天來，急若赴海添……掀轟駕高浪，山阜相聯粘。有如合萬鼎，就沸烹群憸……須臾稍收斂，晴風蕩氛靄。涵澄動自息，拂拭痕無纖。宛然帝女鏡，仰照青天龕。遐觀清神心，俯視分眉鬐……。(卷十二〈過揚子江〉)

萬頃清江浸碧山，乾坤都向此中寬。樓台影落魚龍駭，鐘磬聲來水石寒。日暮海門飛白鳥，潮回瓜步見黃灘。(卷十七〈金山寺〉)

山櫻著子寒尚遲，江梅殞蘤香可弔……千株紅杏暖自酣，……何低何高何後先，一一盡解承春笑。(卷七〈東園贈周翊〉)

以上可見逢原以理觀景，刻畫形象的山水風格。此外，逢原寫山水之餘，喜歡發一點議論，或許是受到宋代哲學思考影響所及之文以載道，好爲議論的詩風影響吧！

乾坤自爲四時役，萬事不到幽人胸。(卷十二〈山中〉)

論說追古初，在昔天下衰。群姦起相屠……全吳既臣魏，

餘晉仍避胡……憶在初元年，虎狼出在塗。眾豪泣相盟，萬甲聚一呼……遺祠今莫問，故邑已成墟。(卷八〈同孫祖仁王平甫遊蔣山作〉)

因思禹功成，自匪堯謀僉。久已口效噞，豈復頭今黔……人生貴自便，苟信何用占……出處要皆道，終窮亦何嫌……。(卷十二〈過揚子江〉)

從來雲水有期約，直待功成是厚顏。(卷十四〈登瓜州迎波亭〉)

屈平死後漁人盡，後世憑誰論清濁？(卷十七〈江上〉)

禹力所不除，天意固可論。全欲沈九淵，下視萬古根……。(卷九〈金山〉)

舊聞黃公壚，頗枉壯士顧。予雖輕數子，自適偶同趣……乾坤本閒暇，人物自紛遽。勞苦曷不樂，歲月失已屢。(卷八〈春遊〉)

當時戶外風波惡，祇得高僧靜處看。(卷十七〈金山寺〉)

固應散髮游更好，何用美質加弊冠。(卷十二〈江上〉)

從以上逢原山水詩風格看來，逢原在劇畫山水時，偏向客觀寫實的謝靈運詩風，然又摻雜宋詩以文為詩、好議論的特色。

第八節　其　他

逢原詩歌題材，包羅很廣，舉凡可以入詩者，都可形諸歌詠。除了以上各類外，尚有：

一、題畫詩

《廣陵集》中有兩首題畫詩——〈八檜圖〉、〈賦黃任道韓幹馬〉。兩首皆以七古形式寫成，氣勢雄闊，頗有宋詩以文為詩，以詩議論的特色。

二、詠史詩

《廣陵集》中有九首歌詠歷史人物的詠史詩〔註13〕，大多以七

〔註13〕卷五〈張巡〉，卷十二〈孟子〉，卷十三〈讀孟子〉，卷十七〈讀西漢〉，

絕形式寫成。

　　詠史詩一般指一種教訓，或者以某個史實爲藉口，藉以評論當時的政治事件〔註14〕。觀逢原詠史之作，不過是一些讀書心得，談不上什麼借古諷今。

三、懷古詩

　　懷古詩指憑弔古跡，感嘆英雄事蹟與王者偉業徒勞的詩篇。

　　《廣陵集》中有六首懷古詩〔註15〕。詩中逢原往往藉所詠之對象，澆自己抑鬱不平之塊壘。

　　〈露筋貞女廟〉一方面肯定貞女之「待夫以死如知命」，一方面指責世俗之澆薄──「指爾爲愚今尙眾，莫言吾志不難行。」〔註16〕。

　　〈過伍子胥廟〉中，對伍子胥之忠而受讒，雖然「邪正皆歸死」，可是「忠讒各異書」，更何況「民思今果廟神胥」，後世人民對忠心之人，自然會予以一公平的定論。

　　〈泰伯廟〉中，諷刺世人不學泰伯之謙讓，卻爲有所乞求而來朝拜──「今人不爲讓，間或乞靈來。」的現象作一譏諷。

小　結

　　由以上逢原詩歌內容可見，無論是對隱居生活的嚮往，或懷才不遇的憤懣，貧病交迫的窘態，傷春悲秋的情懷，都有詩人眞性情的投射，與現實生活的反映，而其間的關係也互爲因果。

　　逢原性情狷介，不能屈媚以事奉人，懷才不遇乃屬必然之結果，又不能容人之過，看不慣世俗之所作所爲，基於「不與跖徒爭有道？」（卷十五〈贈王介甫〉），隱居以求志，是其急於追求的歸途。

　　至於貧病交迫的窘態，一方面反映逢原生活的現實狀況，一方面

　　〈讀東漢〉，〈讀商君傳〉，〈書孔融傳〉，〈叔孫通〉，〈韓史部〉。
〔註14〕劉若愚《中國詩學》（聯經，74 年）頁 83。
〔註15〕卷十二〈南徐懷古〉，卷十三〈題天長縣蘇太尉廟〉，〈露筋貞女廟〉，
　　　　卷十七〈過伍子胥廟〉，〈泰伯廟〉，卷十八〈九曲池悼古〉。
〔註16〕四庫本「指原爲愚」，今据沈校本改原爲爾。

亦可見其不善於營生，及其個性操守之間的關係。

　　傷春悲秋的情懷，實乃潺弱早衰又懷才不遇的逢原，對時光流逝所發出的感嘆和哀傷。

　　至於詩歌題材方面，逢原的詠物詩多能善用比喻，體物得神，參化工之妙，又能因小見大，有所寄託，且有作者生命的投入，而符合一首較佳詠物詩的標準。

　　諷諭詩在同情農民、哀傷百姓上著墨較多，可見其傳統儒者的胸襟。

　　在山水詩方面，逢原偏向客觀寫實的謝靈運詩風，然又摻雜宋詩特有的哲思與議論。

第四章　王令詩歌的技巧表現

　　綜合《廣陵集》四百餘首詩歌，歸納其重要的技巧表現爲以下三
點：一、善用疊字，二、比喻豐富，三、擬人化的手法。

第一節　善用疊字

　　詩歌中疊字的應用，淵源流長，中國最古老的詩歌總集——《詩
經》中，就有許多疊字的應用。《文心雕龍》讚美《詩經》疊字修辭
就曾說：「灼灼狀桃花之鮮，依依盡楊柳之貌，杲杲爲日出之容，漉
漉擬雨雪之狀，喈喈逐黃鳥之聲，喓喓學草蟲之韻。」（〈物色〉）。或
摹態，或擬聲，無不曲盡其貌，臻於極境。

　　今人黃章明先生，在其《詩經疊字研究》〔註1〕中，整理歸納後
指出：「詩經三〇五篇，計一千一百四十九章，七千二百八十四句，
其中使用過之疊字，總共六百八十六組：以章數計，佔五分之三，以
篇數計每篇皆有兩組以上之疊字。」〔註2〕。

　　王令以儒者自居，在嘉祐年間以學術聞名〔註3〕，而《詩經》是
儒家奉爲圭臬的經典之一，逢原自然不會不受其影響。

　　今觀《廣陵集》四百餘首古今詩體中，疊字的運用有二百四十餘

〔註1〕文化碩士論文（68年）
〔註2〕同前，頁20～21。
〔註3〕《容齋隨筆》（一）卷十六王逢原

組，佔總篇數的二分之一強，也就是平均每二首詩中至少有一疊字的修飾詞。

其中或擬聲：「天風蕭蕭吹縞素」、「霜風琅琅鳴鼓聲」、「當有獵獵秋風時」、「鵃鵃枝上鳥」、「群鵲何軒軒」；或摹態狀貌：「踆踆門外客」、「擾擾閭巷士」、「周公汲汲勞，仲尼皇皇疲」、「弱弱誰氏子」、「蹛蹛出何為」、「瑣瑣來學子」、「雍雍材能官，雅雅仁義儒」、「擾擾爭其細」、「古人踽踽今何取，天下滔滔昔已非」……，皆能精確地掌握字形字義，使詩的意象活潑生動。

而其疊字的詞性多屬形容詞、名詞，只有少數當副詞用者，如「時時忽自笑」、「往往窮加悲」、「往往擅高古」等。

其疊字的位置句首居多，約一百三十餘組，佔疊字數的二分之一強（其中五言詩之運用是七言之兩倍）。置句中者有六十餘組，佔四分之一，其中多是七言詩。置句尾者有四十餘組，佔六分之一，其中卻多是五言詩。

疊字的運用難免會有重複之處，其中紛紛（十二次），悠悠（十一次），擾擾（七次），冥冥（六次），漫漫（五次），使用頻率較高，從這幾個他經常使用的疊字中，我們可以發現逢原紛紛悠悠、擾擾不得其安的心態，與一股莫可奈何的漫漫情懷。

一、用於句首者

翻翻匠氏乃誰子。（卷六〈卜居〉）

往往灶下秋生魚。（卷六〈卜居〉）

略略朱旗冠翠蘙。（卷七〈東園贈周翊〉）

一一盡解承春笑。（卷七〈東園贈周翊〉）

詵詵兒女坐滿前。（卷九〈送朱明之昌叔赴尉山陽〉）

累累諸兄坐相向。（卷九〈送朱明之昌叔赴尉山陽〉）

漫漫月樹留寒輝。（卷九〈梅花〉）

茫茫九泉謂已朽。（卷三〈題韓丞相定州閱古堂〉）

戢戢密若在釜糜。（卷三〈原蝗〉）

一一口吻如針錐。(卷三〈畫睡〉)

洞洞之室或者穿。(卷五〈自訟答束熙之〉)

巖巖之牆或者緣。(卷四〈自訟答束熙之〉)

堂堂介也人之難。(卷十一〈唐介并序〉)

擾擾人心巧謂何。(卷十二〈題假山〉)

杳杳波濤去莫窮。(卷十二〈舟中〉)

沖沖行路自多歧。(卷十三〈夜歸〉)

紛紛世道競朱金。(卷十三〈和孫莘老將赴太平之二〉)

淨淨輕雲弄落暉。(卷十三〈淨淨〉)

泛泛相逢且相笑。(卷十二〈和朱元弼春遊〉)

源源世俗尚依違。(卷十三〈靡靡〉)

靡靡風流日正微。(卷十三〈靡靡〉)

冉冉歸舟上去帆。(卷十三〈寄朱元弼〉)

獵獵風吹雨氣腥。(卷十三〈和束熙之雨後〉)

碌碌當年不見珍。(卷十七〈讀老杜詩集〉)

遲遲南國無春雪。(卷十七〈送雁〉)

細細東風滿柳枝。(卷十七〈送雁〉)

兩兩遊鱗躍紫金。(卷十七〈和人放魚〉)

簇簇紅葩開綠荄。(卷十七〈木瓜花〉)

紛紛世趣竟多途。(卷十四〈信筆〉)

擾擾蜣蜋不足評。(卷十四〈蜣蜋〉)

區區只逐糞丸行。(卷十四〈蜣蜋〉)

梢梢修竹夾溪斜。(卷十四〈舟次〉)

悠悠南北不相傷。(卷十四〈聞雁〉)

毶毶出土初如直。(卷十五〈去草〉)

嫋嫋隨風競自斜。(卷十五〈去筆〉)

毶毶柳色綠垂齊。(卷十五〈雨後〉)

拂拂春郊起綠煙。(卷十五〈和人久雨〉)

冪冪江城沒遠煙。(卷十五〈江上〉)

落落男兒七尺身。(卷十五〈送庭老罷尉金壇〉)

矻矻雕鐫役俗兒。(卷十六〈招夏和叔〉)

濛濛細雨陵陽市。(卷十六〈贈裴仲卿〉)

翹翹數子拔群倫。(卷十六〈寄都下二三子失舉〉)

昏昏萬事置不省。(卷十三〈初聞思歸鳥憶昨寄崔伯易朱元弼〉)

時時強酒期自醉。(卷十一〈寄王正叔〉)

襲襲前修與後生。(卷十六〈襲襲〉)

區區猶作絕交書。(卷十七〈慵〉)

忽忽勞生歲月催。(卷十七〈登甘露寺〉)

篇篇光絕奪春華。(卷十六〈謝幾道見示佳什因次元韻之二〉)

擾擾車馬客。(卷八〈謝客〉)

躍躍出何為。(卷八〈謝客之一〉)

奄奄歸就臥。(卷八〈謝客之二〉)

漫漫出門路。(卷八〈遊江陰壽寧寺〉)

踽踽可誰造。(卷八〈遊江陰壽寧寺〉)

威威南山鳳。(卷八〈對竹〉)

悠悠宵偃慵。(卷八〈暮行〉)

衍衍暮行款。(卷八〈暮行〉)

星星颭風燈。(卷八〈暮行〉)

歷歷吹月璫。(卷八〈暮行〉)

渾渾九河翻。(卷八〈古風〉)

仡仡百川注。(卷八〈古風〉)

稍稍江上雨。(卷八〈薪口道中之二〉)

悄悄舟中人。(同上)

竣竣門外客。(卷九〈寄呂惠卿吉甫兼簡林伯通〉)

擾擾閭巷士。(卷九〈寄崔伯易〉)

默默不自得。(卷九〈寄孫莘老〉)

勞勞非吾任。(卷九〈寄孫莘老〉)

鮮鮮南山暖。(卷九〈夏日平居奉寄崔伯易兼簡朱元弼〉)

憮憮庭下樹。(卷九〈夏日平居奉寄崔伯易兼簡朱元弼之二〉)

懼懼閉門人。(同上)

桓桓門外客。(卷九〈夏日平居寄崔伯易兼簡朱元弼之二〉)

瑣瑣來學子。(卷九〈學子〉)

翩翩淮南英。(卷九〈寄滿子權〉)

顯顯士林冠。(卷九〈寄滿子權〉)

唊唊相聚驚。(卷三〈聞太學議〉)

徐徐相抽尋。(卷三〈贈別晏成績懋父太祝〉)

軋軋聽引陳。(卷三〈贈別晏成績懋父太祝〉)

雍雍材能官。(卷四〈夢蝗〉)

雅雅仁義儒。(卷四〈夢蝗〉)

寧寧教誨言。(卷四〈謝李常伯〉)

舉舉仁義辭。(卷四〈謝李常伯〉)

短短固可惜。(卷五〈金繩掛空虛自勉兼示束孝先〉)

舒舒定非宜。(卷五〈金繩掛空虛自勉兼示束孝先〉)

弱弱誰氏子。(卷五〈弱弱誰氏子〉)

鮮鮮一何姝。(同上)

角角適時足。(卷五〈答黃藪富道〉)

時時忽自笑。(同上)

往往窮加悲。(同上)

先先勇褰裳。(卷五〈贈李定資深之一〉)

坦坦誰之田。(卷五〈贈李定資深之二〉)

施施繳且戈。(同上)

毿毿晚春樹。(卷六〈雜詩〉)

槭槭庭前樹。(卷六〈秋懷〉)

呦呦草蟲鳴。(同上)

擾擾從俗為。(卷六〈中夜之二〉)

茫茫坐三復。(同上)

舉舉媚學子。(卷六〈舉舉媚學子〉)

翩翩水中舟。(卷六〈翩翩水中舟〉)

焰焰樹生態。(卷六〈書懷寄黃任道滿子權〉)

擾擾利學者。(卷六〈令既有高郵之行而束孝先兄弟索余詩云〉)

去去終我身。(卷六〈再贈束孝先〉)

兩兩無相忘。(同上)

往往擅高右。(卷十〈答友人〉)

昏昏忘所大。(卷十〈采選示王聖美葛子明〉)

擾擾爭其細。(同上)

颰颰樹頭葉。(卷十〈古興〉)

翻翻水中浮。(卷十〈古興〉)

鴟鴟枝上鳥。(卷十〈眾鳥〉)

熒熒掇其英。(卷十〈送僧自總〉)

曄曄粲滿篇。(卷十〈送僧自總〉)

飛飛兩足高。(卷十一〈春夢〉)

迅迅六翮舒。(卷十一〈春夢〉)

世世亦有相。(卷十一〈春夢〉)

一一天與命。(卷十一〈春夢〉)

悵悵獨何之。(卷十一〈寄王正叔〉)

往往事冠帶。(卷五〈寄洪與權〉)

云云銳亦挫。(卷十一〈寄王正叔〉)

紛紛世俗言。(卷七〈世言〉)

雙雙水中凫。(卷十二〈效退之青青水中蒲〉)

忽忽自北至。(卷十二〈東城〉)

飛飛豈自由。(卷十七〈雁〉)

日日野心新。(卷十七〈馴鹿〉)

芬芬晴川水。(卷十八〈答劉仲美〉)

寥寥病客舟。(卷十八〈答劉仲美〉)

時時一自哦。(卷十五〈庭草〉)

青青數畝陰。(卷十五〈慈竹〉)

卒卒往來舟。(卷十六〈偶古〉)

翻翻逐利謀。(卷十六〈偶古〉)

皇皇未見聞。(卷十六〈寄滿粹翁〉)

泛泛自高下。(卷十二〈效退之青青水中蒲〉)

關關先春鳥。(卷十二〈姚堅老見約偶成〉)

二、用於句中者

群雄洶洶助聲勢。(卷六〈卜居〉)

但怪日日柳梢好。(卷七〈望花有感〉)

平居汩汩喜自墜。(卷七〈甲午雪〉)

帝旁鮮鮮舞萬女。(卷七〈甲午雪〉)

其傍臨臨立萬鬼。(卷七〈甲午雪〉)

天風蕭蕭吹縞素。(卷七〈甲午雪〉)

扶桑瞳瞳露軒豀。(卷七〈甲午雪〉)

霜風琅琅鳴鼓鼙。(卷八〈送曹杜赴試禮部〉)

江梅艷艷橫新枝。(卷九〈梅花〉)

初開珊珊尚寂寞。(卷九〈梅花〉)

佛屋日日重門關。(卷三〈龍興雙樹〉)

枕簟拂拂生涼飀。(卷三〈畫睡〉)

後來紛紛不知樂。(卷三〈畫睡〉)

當有獵獵秋風時。(卷三〈畫睡〉)

亭前朱朱有冶態。(卷三〈題滿氏申申亭〉)

亭下白白無俗姿。(卷三〈題滿氏申申亭〉)

古廟隆隆敞庭扉。(卷五〈古廟〉)

寄語瑣瑣媒孽子。(卷十一〈唐介並序〉)

春林沾沾風日好。(卷十二〈初聞思歸鳥憶昨寄崔伯易朱元弼〉)

柳梢鬖鬖坌晴絮。(卷十二〈初聞思歸鳥憶昨寄崔伯易朱元弼〉)

杏蕚爍爍翻遺埃。(同上)

大江冥冥截海流。(卷十二〈南徐懷古〉)

仕道人人說直尋。(卷十三〈和孫莘老將赴太平之二〉)

花枝裊裊笑當觴。(卷十三〈少年答春愁〉)

提壺聒聒惟呼酒。(卷十三〈春日〉)

杜宇喧喧只說歸。(卷十三〈春日〉)

憂愁卒卒人無樂。(卷十三〈對花〉)

花草紛紛物又春。(卷十三〈對花〉)

不獨區區操縵間。(卷十七〈琴〉)

更聽人人自謂歡。(卷十七〈觀飲〉)

湘水茫茫春意闌。(卷十七〈春夢〉)

勳業悠悠未可貪。(卷十八〈寄宿傺陸經子履〉)

塵土紛紛起處微。(卷十八〈塵土呈介甫〉)

朝雲飛飛來無窮。（卷十八〈朝雲〉）

暮雲漠漠昏相蒙。（卷十八〈朝雲〉）

春空漠漠多愁容。（卷十八〈春意〉）

春意舟舟隨歸鴻。（卷十八〈春意〉）

勞生滾滾欲何如。（卷十四〈寄黃任道〉）

滿眼悠悠懶商較。（卷十四〈信筆〉）

去髮紛紛日滿梳。（卷十四〈寄黃任道〉）

長鴻冥冥爾飛好。（卷六〈秋興〉）

寒江漠漠客帆稀。（卷十四〈次韻子權京口夜宿見寄〉）

勢力紛紛起共爭。（卷十四〈答孫莘老見寄〉）

乾坤莽莽連舟楫。（卷十四〈聞雁〉）

繒繳紛紛冪稻梁。（卷十四〈聞雁〉）

滿目青青盡蘦蔓。（卷十五〈去草〉）

直道崒崒日蚪拳。（卷十五〈松〉）

群農日日望豐年。（卷十五〈和人久雨〉）

古人踽踽今何取。（卷十五〈寄介甫〉）

天下滔滔昔已非。（卷十五〈寄介甫〉）

蒿萊日日沒幽居。（卷十五〈奉寄黃任道〉）

甌石時時得復空。（卷十六〈強顏寄任道子權〉）

人生汲汲復高致。（同上）

世態渾渾未易窮。（同上）

不必時時彈鋏歌。（〈謝束丈〉）

中道時時自笑呼。（卷十六〈贈崔伯易〉）

冠蓋沖沖語退居。（卷十六〈贈致政郭大丞〉）

反就高高枝。（卷四〈戲食雀〉）

周公汲汲勞。（卷十〈道士王元之以詩為贈多見哀勉因以古詩為答〉）

仲尼皇皇疲。（同上）

安得悠悠者。（卷十三〈良農〉）

誰為衍衍飽。（卷十〈采選示王聖美葛子明〉）

竟是孜孜利。（同上）

直上高高天。（卷十一〈春夢〉）

三、用於句末者

笑齒發露寒差差。(卷七〈甲午雪〉)

氣不略齧顏怡怡。(卷十一〈唐介并序〉)

吾病未能終是是。(卷十三〈靡靡〉)

人言何以喜非非。(卷十三〈靡靡〉)

秋蟲何爾亦忽忽。(卷十七〈和人促織〉)

十年往來常依依。(卷十八〈臨別瓜州〉)

獨令霜雪漫年年。(卷十五〈松〉)

懶從人事問滔滔。(卷十五〈小雨〉)

天門廉陛鬱巍巍。(卷十五〈寄介甫〉)

往事欲尋人寂寂。(卷十六〈甫里〉)

舊田安在雨濛濛。(卷十六〈甫里〉)

異時得失亦頻頻。(卷十七〈孫叔通〉)

當年今日共悠悠。(卷十四〈九日寄滿子權〉)

多應蝎殘鳥啄啄。(卷四〈八檜圖〉)

風伯得意欣沾沾。(卷五〈冬陰寄滿子權〉)

昔日何悠悠。(卷七〈離高郵答謝朱元弼〉)

今去亦泛泛。(同上)

士學何漫漫。(卷七〈贈王平甫〉)

淮風情舒舒。(卷七〈山陽思歸書寄女兄〉)

斯道久泯泯。(卷七〈暨陽居其四〉)

斯人固悠悠。(同上)

何爲亦紛紛。(卷八〈謝客其一〉)

昔心何悠悠。(卷九〈寄滿子權〉)

今學亦漫漫。(卷九〈寄滿子權〉)

與物隨紛紛。(卷三〈古興〉)

始自信惓惓。(〈對月憶滿子權〉)

近者何紛紛。(卷七〈送李公安赴舉〉)

術業何頎頎。(卷五〈答黃藪富道〉)

朝歌聲吁吁。(卷五〈哭詩其二〉)

長鴻飛冥冥。(卷六〈贈李定資深〉)

端激日麠麠。（卷五〈贈李定資深〉）

風稜勢漫漫。（同上）

晝日苦卒卒。（卷六〈中夜其一〉）

吳之山稜稜。（卷十〈客杭思李常伯滿粹翁及衡夫子權因寄此〉）

月形何完完。（卷十〈中秋望月〉）

群鵲何軒軒。（卷十〈眾鳥〉）

山頭樹青青。（卷十一〈山中〉）

山水日冷冷。（卷十一〈山中〉）

青山何巖巖。（卷十二〈飲客〉）

江流自渾渾。（卷十二〈飲客〉）

怒風何沾沾。（卷十二〈過揚子江〉）

塵沙日翳翳。（卷十八〈歲暮呈王介甫平甫〉）

雨雪夜陰陰。（卷十八〈歲暮呈王介甫平甫〉）

誇傳爭噍噍。（卷十四〈上黃任道〉）

問望蔚堂堂。（卷十四〈上黃任道〉）

寒葉落傞傞。（卷十四〈寄滿衡父〉）

四、一句中運用兩次疊字者

蒼蒼冥冥遠復遠。（卷四〈夢蝗〉）

切切復切切。（卷五〈哭詩其三〉）

密密復稀稀。（卷十三〈瓊花〉）

勞勞忽忽欲誰從。（卷十五〈奉寄朱正叔〉）

第二節　比喻豐富

　　一篇文章的或詩歌的成功與否，除了內容說理順暢，典故的運用得當之外，適切的比喻，往往能點鐵成金，使一篇平板的文章，鮮活生動起來。

　　逢原詩中有許多鮮活的譬喻，或明諭，或暗喻，都能掌握喻體的特色加以生動的描摹，叫人不得不讚歎其觀察之細膩，比喻之貼切。

　　《詩經》中有許多譬喻的使用，如：「惄如調饑」、「有女如玉」、

「華如桃李」、「我心匪石」、「泣涕如雨」。《禮記·學記》中亦指出「不學博依，不能安詩。」，可見中國歷代詩歌中，注意博喻的手法，最好是一連串把五花八門的形象，來表達一件事物的一個方面或一種狀態〔註4〕。

　　唐代詩人中，韓愈詩比喻最多，例如〈送無本師〉先有「蛟龍弄角牙」等八句四個比喻來講詩膽的潑辣，又有「蜂蟬碎錦纈」等四句四個比喻來講詩才的秀拔〔註5〕。

　　逢原自稱「努力排韓門」（〈答束徽之索詩〉），「吾於古人少所同，惟識韓家十八翁」（卷十一〈還東野詩〉），表達對韓愈衷心的佩服，在詩歌創作上，有刻意學韓的痕跡，故其詩歌技巧，亦受韓愈深深的影響。

（一）明喻──或言猶，或言若，或言如、似，灼然可見者。

　　　世網掛士如蛛絲，大不及取小綴之。（卷二〈贈慎東美伯筠〉）
　　　余獨何為人，有如橫道芻，萬足踏不疑。（卷四〈寄滿居中衡文〉）
　　　蚊蚉紛然始進造，一一口吻似針錐。（卷三〈晝睡〉）
　　　莊如天官植幢蓋，毅若壯士蒼衣冠。（卷三〈龍興雙樹〉）
　　　我心無泊如搖艖。（卷十三〈寄朱元弼〉）
　　　萬口銳利如磨錐。（卷二〈寒林石屏〉）
　　　鷗鶬啄御各取飽，充實腸腹如撐支。（卷三〈原蝗〉）
　　　如知在人不在天，譬之蝨虱生裳衣。（卷三〈原蝗〉）
　　　要令口獻近章句，若急敵迫不可逃。（卷三〈答李公安〉）
　　　驟聞強大語，若虎餓得啗。（卷三〈贈別晏成績懋父太祝〉）
　　　退歸畏愛復願學，怳若見富潛謀偷……顧其才力非當對，猶以一髮紉十牛。（卷四〈寄李常伯滿粹翁〉）
　　　搦筆欲下先慚羞。有如姣惡各具體，肉骨不可強彫鏤。（同前）
　　　有蝗不知自何來？朝飛敝天不見日，若以萬布篩塵灰。（卷

〔註4〕錢鍾書《宋詩選註》（木鐸）頁72。
〔註5〕同前。

四〈夢蝗〉）

下淚如掛縻。（卷四〈謝李常伯〉）

顛倒塵土中，甚若魚喰羹。（卷四〈謝束文見贈〉）

初如貪追兵……有如羅百珍，次第喂嚼順。（卷四〈寄滿子權〉）

勉從進士科，束若縛襁兒……有如高飛鳥，中路飢自低。（卷
五〈答黃藪富道〉）

回視東下人，恍如御風行。（卷八〈蘄口道中三首之三〉）

譬如火炙膚，暫忍久莫禁。（卷九〈寄孫莘老〉）

青衫飄若風外荷……準眉嶄如見天秀。（卷九〈送朱明之昌叔
赴山陽尉〉）

人將豪傑視如草。（卷九〈短謠〉）

安得先知明，有如灼火龜。（卷九〈交難贈杜漸〉）

我愚不敢望……進如暗赴明，退必醜厭貌。（卷十〈客杭思李
常伯、滿粹翁及衡夫、子權因寄此〉）

譬如白爲緇，一造遂永染。（卷十〈夜坐〉）

群鵲何軒軒，聚噪如笑罵。（卷十〈眾鳥〉）

窮達何足訝？譬之適時運，寒暑變冬夏。（卷十〈贈周伯玉下
第〉）

惜哉不經師，如珠莫鑽穿。雖有可寶資，終以無用捐。（卷
十〈送僧自總〉）

自笑如秋蟬，飢極不止噪。（卷四〈答束徽之索詩〉）

想其根源發聲勢，如縱烈火燒千雷。（卷五〈贈黃任道〉）

心如熙春陽，樂若醉酒酬……附世如贅疣。（卷七〈山陽思歸
書寄女兄〉）

來如鵲翅翻，去若蠅頭聚。（卷七〈送李公安赴舉〉）

棄我忽去如逃逋。（卷六〈卜居〉）

天公何忍是不救，恰如旁坐觀變棋。（卷十一〈春夢〉）

其辭浩大無崖岸，有似碧海吞盡秋晴空。（卷十一〈還東野詩〉）

如何反覆無定時，猶以亂割醫瘡痍。（卷十一〈春夢〉）

過我呼號如春雷。（卷十二〈初聞思歸鳥憶昨寄崔伯易、朱元弼〉）

胸中糾結浩萬端，到口不吐如橫枚。（同前）

咨嗟歲月急若矢。(同前)

周旋不出扉，迷若蟻循磨。(卷十一〈寄王正叔〉)

駭如瀉天來，急若赴海添。(卷十二〈過揚子江〉)

月形如張弓。(卷十二〈晚泊〉)

一聞春風動啼鳥，猛若重睡忽喚回。(卷十二〈初聞思歸鳥憶昨，寄崔伯易、朱元弼〉)

扁舟晚若棄履舄。(卷十二〈望招隱山花回，遊江山，思崔伯易因寄朱元弼〉)

重來赬面還如火，自許清誠卒似冰。(卷十四〈答王薄正叔〉)

道如天未喪。(卷十四〈上黃任道〉)

士得采衣如畫錦，人瞻歸馬若天仙。(卷十五〈送錢公輔赴舉〉)

口久不語如著膠。(卷十一〈寄王正叔〉)

(二) 暗喻——其文雖晦，義則可尋。

少年倚氣狂不羈，虎脅挿翼赤日飛。(卷二〈贈慎東美伯筠〉)

吾觀世之陷此者，不啻火立足向燔。(卷三〈別老者王元之〉)

駭哉劇雄勁，百札洞一箭。(卷四〈對月憶滿子權〉)

趨生迷夷塗，失城陷深塹……鳧短鶴脛長，飲啄兩自瞻。(卷十〈夜坐〉)

數日忽得正叔語，溫玉樅擊金相敲。(卷十一〈寄王正叔〉)

出門先自羞，有衣恍疑裸。(卷十一〈寄王正叔〉)

風力引雲行玉馬，水光流月動金蛇。(卷十四〈舟次〉)

當年功業鯨鯢盡，振古勳名日月名。(卷十四〈送仲寶叔赴秦關〉)

古今愚智府，天地是非羅。(卷十四〈答滿子權兼簡衡父〉)

萬古聖賢同夢寐，百年天地只蘧蒢。(卷十四〈寄黃任道〉)

利能絕地同莊劍，巧可凌雲上魯梯。(卷十六〈謝幾道見示佳什因次元韻之一〉)

生計梁邊燕，歸心海上鷗。(卷十八〈答劉仲美〉)

磊砢詩句相撐支。手搏蛟龍拔解角，爪擘虎豹全脫皮。(卷三〈寄題韓丞相定州閱古堂〉)

惟此二公 (韓、孟) 才，百牛飽懷抱。(卷四〈答束徽之索詩〉)

徽之才超高，竿幢出標纛。爲學尚淹蘊，富橐不肯暴……
大論尤堅強，推舟出行眾。（同前）

第三節　擬人化的手法

　　北宋詩壇派別雖多，都不能自外乎「深遠閒淡」的境界，此乃由
於儒道佛三教合流的思潮所灌溉而成的，由於儒家中庸敬恆的思想，
加上道家清淨無爲的人生觀，和佛家無慾解脫的教義，合成這種幽玄
的老境美〔註6〕。

　　近人胡雲翼以爲：宋人詩大都正經莊嚴，老氣橫秋，很缺乏少年
味〔註7〕。唯獨讚美逢原之詩「少年風味很重。」

　　這種「少年味」，追究起來，或許就是其詩氣的滂薄奧衍，及其
想像之豐富浪漫——年少之人總喜歡把所見所識擬人化，充滿光怪陸
離的幻想。而逢原正好符合此種赤子之心，少年風味。

高樓曉憑秋色老……天公怒恐浸成就……樹石號作鬼神
愁。（卷二〈寒林石屏〉）

雷公訴帝喘似吹，盛恐聲名塞天破。（卷二〈贈慎東美伯筠〉）

舊山風老狂雲根。（卷三〈呂氏假山〉）

東風牽人少遊此。（卷二〈龍興雙樹〉）

天公被誣莫自辯，慘慘白白陰無輝。（卷三〈原蝗〉）

忽逢詩挑欲我接，快句銳利磨矛刀……新詩見殺又須
和……。（卷三〈答李公安〉）

木落方病寒，尚覆本根溫。（卷三〈廣黃醇正叔二思詩〉）

不知淳風竟何適，萬手齊舉招不回。（卷三〈晝睡〉）

塵埃縱爾得風力，卒不到此徒自飛。（卷三〈題滿氏申申亭〉）

寒氣欲起凌人威，清風時來助氣勢。（同前）

長風掠海來，吹月散百鍊……露氣入簞扇，寬庭生夜涼。（卷
四〈對月憶滿子權〉）

〔註6〕朱維之《中國文藝思潮史略》（地平線），頁112～114。
〔註7〕胡雲翼《宋詩研究》（宏業，61年）頁121。

雷疲風休雲雨去。（卷四〈八檜圖〉）

日月繫兩垂。天童坐戲弄，縱掣成東西。（卷五〈金繩掛空虛自勉兼示束孝先〉）

神龍挐白日，挾雨萬里飛。（〈答黃藪富道〉）

東風東來暖如爐，過拂我面撩我裾……庭前花枝笑自愛，風裡草力更相扶。（卷五〈春風〉）

長風隨令歸，風去何時來？。（卷五〈長風〉）

露蟲悲自咽，風菊老猶介。（卷六〈書懷寄黃任道滿子權〉）

柳芽嚼雪噴盡寒，桃花燒風作春暖。（卷七〈春人〉）

果見雨逐浮雲過……雷嗔電笑竟何為。（卷七〈小雨〉）

山雲朝嘘翠巘出，海月夜下清溪浮。（卷七〈寄題宣州太平縣眾樂亭為孫莘老作〉）

急雨蕩晴昊。初涼逞新威，宿雨懲舊躁。踟蹰佇歸步，風作冷相旁。（卷八〈遊江陰壽寧寺〉）

蒿藜入牆屋。（卷七〈暨陽居其六〉）

晴煙去人高，暮色上天半。山銜日入深，雲佇星出緩。（卷八〈暮行〉）

魚驚躍或出，鷺下飛何颺。（卷八〈蘄口道中三首之一〉）

風吹冬暖成春暖……不知春工用何術，搏造萬物皆可為。（卷九〈梅花〉）

長江從天來……西山避之逃，東山開為門。（卷九〈金山〉）

窗前西風葉相逐，曉霜披瓦月上軒。（卷九〈短謠〉）

清風無力屠得熱，落日著翅飛上山。（卷九〈暑旱苦熱〉）

風舟挽清江……身遠心在家，腹腸何由平？（卷十〈寄姊夫焦輻叔兼簡三姊〉）

忿月喝不住，起欲取繩縛。（卷十一〈西園月夜醉之二〉）

寒壓天面低不凹，一夕濃霜恐群翠。（卷十一〈寄王正叔〉）

三更燈死百慮息。（卷十一〈唐介并序〉）

清風逆回六月熱，急雨借得三秋涼。（卷十八〈招束伯仁、杜子長夜話〉）

來期清風脫日熱。（卷十八〈登城〉）

朝雲飛飛來無窮，暮雲漠漠相昏濛……擬鞭屏翳問白日，
更譎星伯誅長風。(卷十八〈朝雲〉)

龍遺赤日走，天避火雲高。虎懼千山熱，鯨憂四海遨。(卷
十七〈苦熱〉)

柳卻有情愁落日，花惟能笑謝東風。(卷十三〈和朱元弼春遊〉)

提壺聒聒惟呼酒，杜宇喧喧只說歸。(卷十三〈春日〉)

東風隨卷行人袖，落日猶明去客衫。(卷十三〈寄朱元弼〉)

東風柔弱事春權，劇雨無端轉愴然。(卷十三〈春晚雨後〉)

雲外蛟龍懶自眠，赤日有威空射地。(卷十五〈不雨〉)

斜陽有去鞍。(卷十五〈野外〉)

子規夜半猶啼血，不信東風喚不回。(卷十五〈春怨〉)

怒濤猶是不平初。(卷十七〈過伍子胥廟〉)

長鴻抱寒去，輕燕逐春來。(卷十五〈庭草〉)

玄雲載雨惜不下……風伯得意欣沾沾。(卷五〈冬陰寄滿子權〉)

春空漠漠多愁容，春意冉冉隨歸鴻。(卷十八〈春意〉)

溪深樹密無人處，只有幽花度水香。(卷十八〈溪上〉)

秋蟲何爾亦怱怱，何處人心與爾同？(卷十七〈和人促織〉)

由以上的例子可見逢原嫻於擬人化之手法，運用之法多是使用動詞——天公會怒，雷公會喘，露蟲悲，柳芽嚼雪，桃花燒風，魚驚，霜披瓦，月上軒，燈死，百慮息，鞭屏翳，問白日，譎星伯，誅長風……。

在〈夢蝗詩〉(卷四)中，蝗會說話而通人性，在〈答問詩十二篇寄呈滿子權〉(卷六)中，鎛、耒、斧、水車、龍，也都像卡通童話一般，賦予人性，同樣會思考會說話。〈詆燕〉與〈燕答〉(卷十八)，更是一篇作者自己想像的答問——當他詆毀燕子時，燕子也會反駁他。

若以王國維的「境界說」來界定，則此擬人化手法則屬於「有我之境」，物皆著我之色彩，實則作者心境的對外投射，非物之本然也。

第五章　王令詩歌的體製與風格

第一節　體　製

《廣陵集》中，有各種詩歌體製，如琴曲歌辭、雜言古詩、近體歌行、五言絕句、七言絕句、五言律詩、七言律詩、五言古詩、七言古詩等，依序分別敍述如下：

一、琴曲歌辭

琴曲歌辭屬於樂府類。徐師曾《詩體明辯·琴曲歌辭序》曰：「立操曰操，舜作思親操，及陳暘《樂書》所載十二操之類是也。」〔註1〕。所舉之〈神鳳操〉、〈別鶴操〉、〈龜山操〉、〈將歸操〉、〈猗蘭操〉，或七言，或八言，或雜言，或四言。句數或四句，或七句，或十六句，十二句等，可見其體製未有定格。

《廣陵集》中有十餘首「操」〔註2〕。其中有批評世人之「以己逆人兮，余不知其何心」（〈倚楹操〉），「嗟今之人，顧己是求」（〈終風操〉），對於世俗之「有以我為是兮，豈無以我為非？」（〈辭栗操〉）

〔註1〕徐師曾《詩體明辯》（廣文，61年）頁421。卷六，樂府琴曲歌辭。

〔註2〕卷一〈倚楹操〉、〈鼷鼠操〉、〈噫田操〉、〈終雌操〉、〈終風操〉、〈夕日操〉、〈於忽操〉、〈辭栗操〉、〈陬操〉。卷二〈愕高操〉、〈松休操〉。

感到失望，既然「人固捨吾而弗從，吾安得狗人而從之？」（〈陬操〉），表現出詩人狷介寡合的一面。

二、雜言古詩

雜言古詩指古詩自四、五、七言外，又有雜言，大略與樂府歌行相似〔註3〕。

廣陵集中有八首雜言古詩〔註4〕。

其中有著名的〈南山之田〉爲逢原初次拜見王安石所賦之詩。詩中藉耕作的困難——「我耕淺兮穀不遂，耕之深兮石撓吾耒，吾耒撓兮嗟耕難。雨專水兮日專旱……我雖力兮功何有？」表現自己不屈不撓向生活挑戰的情操——「時寧我違，而我無時負」。

〈無衣〉一首批評世人「群心愿愿，毀予以自德，曾莫肯己直」，又「謀及於道佛」、「謂白蓋黑」，指責世人「巧言以成跡」，故詩人萌生歸歟之思——「嗟爾君子，歸歟予遲」。

〈山中詞〉、〈江上詞〉爲其登山及渡江有所感而發者〔註5〕。其中有對大自然的嚮往，及盼望歸隱的心情——「舟來歸兮何時？步芳州兮濯足，陟南山兮採薇。」。

三、近體歌行

近體歌行指後代詩人所作詩歌，其名沿用樂府之歌、行、吟……。蓋即事名篇，既不沿襲古題，而聲調亦復相遠〔註6〕。

《廣陵集》中有五首近體歌行〔註7〕。

〔註3〕同註1，頁685。

〔註4〕卷二〈南山之田〉（四五七八言），〈送黃莘任道赴揚州主學〉（七八言），翩翩弓之張兮（六四言），〈我策我馬〉（七四言），〈無衣〉（四五六言），〈我思古人〉（五六言），〈山中詞〉（四五六七言），〈江上詞〉（六七言）。

〔註5〕《廣陵集》卷二十七〈與束伯仁書〉一云：「惟〈山中詞〉、〈江上詞〉作非苟然，雖未爲工，然其素心也」。

〔註6〕同註1，頁691。

〔註7〕卷二〈送黃任道歌〉，〈效醉翁吟〉，〈桃源行送張頒仲舉歸武陵〉，〈魯

　　〈效醉翁吟〉為懷念歐陽脩之作，嘆己之不逢時，錯過認識歐陽脩的機會，如今則「知來之不可望兮，悔去而莫追。」，只能遵循前日之足跡「語從人以遊兮，告以其處。高公所望兮，卑公所遊。」，想像昔日之盛況〔註8〕。

　　〈桃源行送張頡仲舉歸武陵〉，寫的是陶淵明筆下的桃花源，差別的只是體裁的不同，及詩末發了些宋詩特有的議論。

　　〈魯仲連辭趙歌〉意在佩服魯仲連不同世人之汲汲營營，以布衣之位，談說於當世，折卿相之權而無所畏懼，反對秦國之帝天下的壯舉。

四、五言絕句

　　五言絕句是指五言四句的小詩。《廣陵集》中只有九首五絕，可見逢原並不喜也不擅長此種體裁。而其中有五首〈效退之青青水中蒲之作〉〔註9〕，扣去這五首僅存四首——〈偶成〉（卷十三）、〈偶古〉（卷十六）、〈泰伯廟〉（卷十七）、〈春怨〉（卷十五），多即興偶成之作，缺乏興象詩意，不算成功之作。

五、七言絕句

　　七言絕句是七言四句的小詩。在《廣陵集》四百餘首詩歌中，有五十首七絕，約佔全部的八分之一。

　　逢原在七絕上的成就，較五絕出色，不僅內容題材包涵較廣——詠物、贈答、詠懷、抒情、山水、詠史，無所不包，在氣骨、興象上亦較能發揮其才氣，然此種體裁於逢原整個詩作中，還不算成功。

　　其中較出名的有〈春晚之二〉（卷十五）：「三月殘花落更開，小簷日日燕飛來。子規夜半猶啼血，不信東風喚不回。」〔註10〕。頗有

　　　仲連辭趙歌〉。卷十一〈快哉行呈諸友兼簡仲美〉。

〔註8〕歐陽脩於慶曆八年（1048）知揚州，時逢原方十七歲，在天長束氏家塾講學，未及認識脩。

〔註9〕錢仲聯《昌黎詩繫年》（學海，74年）頁23。卷一〈青青水中蒲〉。引朱彝尊評此詩云：「語淺意深，可謂鍊藻繪入平淺，篇法祖毛詩，語調則漢魏歌行」。

〔註10〕此詩四庫本題名〈春怨〉二首，此詩題據沈校本補。

唐詩氣味，末兩句尤富感染力。

許多宋詩選本常選之〈漎漎〉（卷十三）：「漎漎輕雲弄落暉，壞簷巢滿燕來歸。小園桃李東風後，卻看楊花自在飛」，此詩頗富閑適淡泊之情懷，直與梅妻鶴子之林和靖抗衡。

〈龍池二絕〉名爲詠景，實乃自道抱負之作：「終當力卷滄溟水，來作人間十日霖。」、「如何蟠屈無飛志？卻放蛙鳴有怒聲！」，氣象豪健，頗富韓風。

〈春遊〉（卷十三）：「春城兒女從春遊，醉倚層台笑上樓。滿眼落花多少意，若何無箇解春愁？」，胡雲翼《宋詩研究》評論此詩頗富少年味，不同於一般宋詩暮氣沈沈，老氣橫秋之作。

六、五言律詩

五言律詩是五言八句，重視平仄聲調及對偶的詩體。廣陵集中約有二十五首，爲數不算多。然在形式上五言八句者，《廣陵集》中尚有頗多，因不合律故將之納入五言古詩之列（約有三十首）。

其內容題材，多是與朋友間往來贈答之詩，其次是詠物抒情。詩風多悲苦，頗有孟郊之風。

此詩體未能發揮其犖犖不群之才華，故就各詩體而言，不算突出。

其中如「古今愚智府，天地是非羅」（卷十八〈答劉仲美〉），「時節看風柳，生涯寄酒杯」（卷十五〈庭草〉之一），「風勁童呵指，泥深馬失蹄」（卷十五〈暮歸馬上口占〉），「喜色開南信，悲懷動北琴」（卷十八〈歲暮呈王介甫、平甫〉），都可算是此體佳句。

七、七言律詩

七言律詩在《廣陵集》中佔有滿大的份量，不僅數量多——約一百三十餘首，佔三分之一詩數，質量上亦較五律精密。

其內容題材有近三分之二（八十首）是與朋友之間的贈答酬酢之作，少部份詠物、抒懷之作。

逢原七律中頗多佳句，如《桐江詩話》所引之：「鑱劖物象三千

首，照耀乾坤四百春」（卷十七〈讀老杜詩集〉），「風力引雲行玉馬，水光流月動金蛇」（卷十四〈舟次〉）〔註11〕，「九原黃土英靈活，萬古青天霹靂飛」（卷十三〈寄滿子權〉）三首，及葛立方《韻語陽秋》推崇「識度之遠，又過荊公」的作品：「天門廉陛鬱巍巍，勢利寧無淡泊譏？誰與跖徒爭有道？好思吾黨共言歸。古人踽踽今何取？天下滔滔昔已非。終見乘浮去滄海，好留餘地許相依。」（卷十五〈寄介甫〉）。

　　大抵說來，逢原雖長於古體之作，然於七律之中，亦頗能見其才華，只是才高者，不願為聲律所拘耳。

　　從下列詩中，可見逢原對偶之工、詩意之妙，律詩於逢原，非不能也，不屑為也。

　　　　力卷雨來無歲旱，盡欣雲去放天高。（卷十五〈暑熱思風〉）
　　　　自有赤心包白日，竟無綺語敵青蠅。（卷十四〈答王薄正叔〉）
　　　　道旁老幼饑將死，雲外蛟龍懶自眠。（卷十五〈不雨〉）
　　　　君知仕路三無慍，我與人情七不堪。（卷十八〈寄宿倅陸經子履〉）
　　　　老將日月來雙鬢，生委乾坤寄一毛。（卷十五〈小雨〉）
　　　　布衣空有萵萊淚，肉食方多妄馬思。（卷十三〈和洪與權逃民〉）
　　　　寒侵騏驥應方瘦，蠹滿梗楠豈易榮。（卷十六〈病中〉）
　　　　踈竹有風堪待月，空庭無雀可張羅。（卷十六〈閒居奉寄几道〉）
　　　　清世暫時藏琬琰，紅塵終不臥麒麟。（卷十六〈寄都下二三子失舉之一〉）
　　　　梁王臺畔一分袂，揚子江頭三換春。（卷十六〈寄都下二三子失舉之一〉）
　　　　足磨漢塌星辰動，筆挫吳天氣象空。（卷十六〈甫里〉）
　　　　樓臺影落魚龍駭，鐘磬聲來水石寒。（卷十七〈金山寺〉）
　　　　蛟龍不是池中物，燕雀烏知隴上嗟。（卷十六〈秋日感憤〉）

八、五言古詩

　　五言古詩在《廣陵集》中所佔數量最多，約有一百四十餘首，幾

佔總詩數的三分之一，不僅數量豐富，內容題材廣泛，亦較能馳騁其豪放不羈的才氣。

逢原五古詩作，亦不免宋代「以文爲詩」——以寫文章之手法作詩的傾向。不僅以詩代替書信，與朋友互相酬酢往來，更以詩來記事、議論，表達自己的見解。

此詩體之中，與朋友之間之贈答，約占一半，其餘多抒情感懷之作，間亦有記遊寫景之作。

通觀此體，頗有歐陽脩所主張之「重氣骨而輕辭采」的傾向，詩中大量使用虛字，又偏向敍述性的手法，不免留予後世詩評家「押韻之文」之譏，然而環肥燕瘦，各有所長，唐詩以情韻勝，宋詩以理致勝，各存其形儀，供後世愛好者資取。

逢原以文爲詩之傾向，從詩題上即可看出，如〈同孫祖仁、王平甫遊蔣山〉（卷八）可知爲記遊之作，又〈道士王元之以詩爲贈，多見哀勉，因以古詩爲答〉（卷十），「壬辰三月二十一日讀李翰林墓誌銘：少以任俠爲志，因激素志，示杜子長并序〉（卷十），〈病起聞說貪山頗有泉石，遂不能遊〉（卷十），〈令既有高郵之行，而束先兄弟余詩云〉（卷六），〈離高郵答謝朱元弼兼簡崔伯易〉（卷七），〈客杭思李常伯滿粹翁〉（卷十），〈西園月夜醉作短歌二闋〉（卷十一），從詩題上，吾人即可知其作詩之緣由，甚至詩題之後，正文之前，有「序」來加以說明自己寫作的緣由。此種風氣，唐詩中尚甚少見，至宋，以詩當成日常生活應用的一種體製，故此種詩題亦漸漸普遍起來。

至於內容方面，則包羅萬象，凡所感所懷，或敍述，或議論，無不筆之於詩。

如〈答束徽之索詩〉（卷四）：

世味久己譖，多惡竟少好。惟詩素所嗜，決切欲深造。人安己不休，眾恥我獨冒……肝腸困尋搜，吻舌倦博造。心靈無餘多，爲此日有耗……自笑如秋蟬，飢極止不噪。努

力排韓門，屈拜媚孟灶……徽之才超高，竿幢出標纛。爲
學尚淹蘊，富橐不肯暴。文章內未豹，外襲一以包。大論
尤堅強，推舟出行幂……

此詩不僅敍述自己嗜詩苦吟的情況，且道出韓、孟乃自己所崇拜追隨
的偶像，再者褒獎束徽之才高學富，文章內蘊充實，議論堅強，故此
詩實乃一篇書信，或者應用評論之文，只是以詩的形式呈現出來。

又卷十〈道士元之以詩爲贈多見哀勉因以古詩爲答〉：

不願當世是，不羞群曹嗤。曰富貴在我，又何有年時？……
浩乎如有失，茫乎其若思。望乎如未獲，專乎如有期。夜
或不記寢，晝或忘其飢。不以儒自卻，不以庸自卑。樹而
不可拔，山而不可移。拒之不使雜，磨之不容疵。孰爲古
之聖？孰爲今之推？孰遠不可到？孰高不可訾？……或
示我使嚮，或導我使隨。或鑿我未開，或完我已虧。或退
而我引，或墜而我提。或輔而我夾，或顛而我支。或砭我
贅疣，或膏我瘡痍。浴我搵我垢，醞我釀我醨。……

大量運用虛字，而且運用排比的句子，使氣勢雄壯，其中連用十
個「或」字，或者受《詩經・小雅・北山》（連用十二個「或」字），
或者受韓愈〈南山詩〉（連用五十餘個「或」字）的影響未可知，然
受其啓發而刻意模仿，騁其才氣，則不容置喙。

九、七言古詩

七言古詩爲最能展現逢原才力之詩體。雖然全集中僅有六十餘
首，佔全部詩作六分之一，但逢原的代表作品，如〈原蝗〉（卷三）、
〈夢蝗〉（卷四）、〈暑旱苦熱〉（卷九）、〈呂氏假山〉（卷三）、〈賦黃
任道韓幹馬〉（卷八）等，皆出於此體，可見逢原之七言古詩，最受
詩評家的賞識與重視，也最能馳騁其才華力氣之作。

逢原七古之作，最能表現其奇險雄勁之氣：

鯨牙鯤鬣相摩捽，巨靈戲撮天四突……醉揭碧海瞰蛟窟。
不然禹鼎魑魅形，神顛鬼脅相撐挾。（卷三〈呂氏假山〉）
蝱取而冠萬鬼撅。雷虩電泣竟莫抹，黿擗鼉踊弔蛟虬。奮

穴出哭勞鱔鰌。(卷七〈龍角歌和崔公度〉)

醉腳倒踏青雲歸……一口驚張萬誇和。雷公訴帝喘似吹，盛恐聲名塞天破。……多爲峭句不姿媚，天骨老硬無皮膚。人傳書槧莫對當，破卵驚出鷟鳳翔。間或老筆不肯屈，鐵索縛急蛟龍僵。少年倚氣狂不羈，虎脅挿翼赤日飛……才拔太華鏖鯨牙。(卷二〈贈慎東美伯筠〉)

古廟隆隆蔽庭扉，風雨剝壁齾柱榱。……神君龐軀突鬚眉，視我睅睅坐倨箕。惕爍觀者駭不怡，群鬼後先張福威……目益所見怪可噓，馬羊牛犬雜豕雞。……。(卷五〈古廟〉)

朝看氣象浩茫昧，夜歸瞑想通幽疑。夢乘虛空謁帝所，砆礩象柱承瓊榱。坦塗壁壘相照射，鶴扇蔿蔽狐腋帷。帝旁鮮鮮舞萬女……其傍臨臨立萬鬼，帝所寵與借色辭。……笑齒發露寒差差……。(卷八〈甲午雪〉)

左圖守相父母吏，右狀將帥熊羆姿。長冠峩峩偉笏佩，鬥以玄白爲裳衣。屹如丁寧立以議，遜若避讓行而隨。圖成儼毅色可讋，過吏不敢竊目窺。……又聞當世大手筆，磊砢詩句相撐支。手搏蛟龍拔解角，爪擘虎豹全脫皮。……。

(卷三〈寄題韓丞相定州閱古堂〉)

祿兒射火燒九天，鬼手不撲神聽旃。群庸仰口不肯唾，反出長喙噓之燃。睢陽城窮縮死黿，危繫一髮懸九淵。巡瞋睊遠兩眥拆，怒嚼齒碎鬚張肩。……。(卷五〈張巡〉)

初疑秋波瑩明淨，魚子變怪成蛟螭。鱗鬣爪角尚小碎，但見婉蜒相參差。又如開張一尺素，醉筆倒畫胡髯髭……或云南山產巨怪，意欲手把乾坤移。先偷日月送巖底，次取草木陰栽培。……至今風雨虢山夜，樹石號作鬼神悲。……多稱老松已變石……又云鬼手亦能畫……。(卷二〈寒林石屏〉)

蝗生於野誰所爲？……埋葬地下不腐爛，疑有鬼黨相收持。寒禽冬飢啄地食，拾掇穀種無餘遺。吻惟掠卵不加破，意似留與人爲飢。……吾思萬物造作始，一一盡可天理推。……夫何此獨出群類？既使跳躍仍令飛。麒麟千載或

一見，仁足不忍踏草萋。鳳凰偶出即爲瑞，亦曰竹食梧桐
棲。……萬目仰面號天私。天公被誣莫自辨，慘慘白日陰
無輝。……。(卷三〈原蝗〉)

傳聞三馬同日死，死魄到紙氣方就。鐵勒夾口重兩街……
老驥驚嗟失開口。生搜朔野空毛群，死斷世工無後手……。

(卷八〈賦黃任道韓幹馬〉)

清風無力屠得熱，落日著翅飛上山。人固已懼江海竭，天
豈不惜河漢乾？崑崙之高有積雪，蓬萊之遠常遺寒。不能
手提天下往，安忍身志遊其間？(卷九〈暑旱苦熱〉)

以上所舉之例，皆可見逢原雄奇之氣。詩風較近韓愈、李賀之奇詭，
這類詩使逢原被歸入奇險一派。

　　當然，逢原七古之作，亦有少數清新俊逸之作。大致逢原七古以
氣勢勝，取境大，取材奇，頗能承襲韓愈、歐陽脩以來，以文爲詩，
重議論氣骨的詩風，在宋詩風的開創上，逢原亦當有一席之地。

小　結

　　由上可見，逢原在各種詩歌體裁中，大致七言勝於五言，古體詩
又勝於近體詩，緣其才氣豪健，長篇大論之作，最能展現其才氣，當
然宋代詩歌體製趨於復古，長於七古七律的風氣，亦不可說不有影響
〔註12〕。

　　古體之中，七古最能表現其雄勁之氣。近體詩中，七律最能表現
其對偶工整，佳句連篇的功力。

　　各體詩作數量，古體詩最多，約二百餘首，佔全詩作的二分之一。
絕句最少，尤其五絕，只有九首。

　　五言體與七言體比較，七言較五言多，可見逢原擅於七言，尤其
七言古詩。

〔註12〕龔鵬程「江西詩社宗派」(復文，77年)，頁524。(收於《宋詩論文
　　　選輯》(一))

第二節　風　格

　　風格本謂一個人外貌之風度格調〔註13〕，或聰明才氣〔註14〕，後多用來指作家才性充分表現於其詩文者〔註15〕。

　　中國文學批評史上第一篇論文——曹丕〈典論論文〉，即曾指出「徐幹時有齊氣……應瑒和而不壯，劉楨壯而不密，孔融體氣高妙……」等有關作家風格的品評。及劉勰《文心雕龍‧體性篇》，區分文章風格為八類：「一曰典雅，二曰遠奧，三曰精約，四曰顯附，五曰繁縟，六曰壯麗，七曰新奇，八曰輕靡。」說明個性與風格的關係：「賈生俊發，故文潔而體清；長卿傲誕，故理侈而辭溢；子雲沈寂，故志隱而味深；子政簡易，故趣昭而事博；孟堅雅懿，故裁密而思靡；平子淹通，故慮周而藻密；仲宣躁競，故穎出而才果；公幹氣褊，故言壯而情駭……觸類以推，表裡必符。」，說明了作者個性與風格的關係。

　　司空圖《二十四詩品》將詩的風格細分為二十四種：雄渾、沖淡、纖穠、沈著、高古、典雅、洗鍊、勁健、綺麗、自然、含蓄、豪放、精神、縝密、疏野、清奇、委曲、實境、悲慨、形容、超詣、飄逸、曠達、流動。不免有繁蕪之譏。

　　魏慶之《詩人玉屑》引敖陶孫評論詩家風格：「魏武帝如幽燕老將，氣韻沈雄……鮑明遠如飢鷹獨出，奇矯無前……陶彭澤如絳雲在霄，舒捲自如……白樂天如山東父老課農桑，言言皆實……秦少游如時女步春，終傷婉弱……」以形象化的語言批評作家的風格，頗能予人具體明確的概念和印象。

　　總之，個性是作家個性才情，表現於其詩文中的一種風貌。

　　逢原個性耿介褊狹，不合時俗，在詩歌上造成一種「雄健奇崛」的風格。又由於生活的貧困拮据——「平生事文字，無路活寒飢。」，

〔註13〕《晉書》卷七十三〈庾亮傳〉「風格峻整，動由禮節」。
〔註14〕《晉書》卷四十五〈和嶠傳〉「嶠少有風格，慕舅夏候玄之為人，厚自崇裡」。
〔註15〕《宋史》卷四五七隱逸上〈魏野傳〉：「為詩精苦，有唐人風格」。

身體的虛弱多病——「十日九日病」，亦使得風姿煥發的青年詩人，
詩歌中不免流露出「悲慨苦吟」的風貌。

一、雄健奇崛

　　逢原最受人注目，亦最能代表其風格的即是這類雄健奇崛的詩
句。如《四庫全書提要》評其「才思奇軼，所爲詩磅礴奧衍……」，
劉克莊《後村詩話》所稱賞的〈暑旱苦熱〉即屬此風格。今人錢鍾書
先生在《宋詩選注》中批評逢原「詞句和李覯一樣創闢，而口氣愈加
雄壯，彷彿能夠昂首天外，把地球當皮球踢著似的，大約是宋代裡氣
慨最闊大的詩人了。」又評其〈暑旱苦熱〉「要把整個世界提在手裡
的雄闊的心胸和口吻，王令詩裡常有。」。

　　詩家在評詩和選詩時，也較喜歡選逢原此種風格之詩〔註16〕。

　　逢原評論他人詩歌，崇尚雄勁豪健的詩歌（請參第二章第四節），
茲不再贅敍，亦曾自謂「吟恐詩無氣」（卷十八〈太湖〉）、「浩歌不敢
兒女聲」（卷二〈贈慎東美伯筠〉），可見逢原的詩歌創作，是以豪健
自許的。

　　最能表現逢原此種詩風的是他的古體詩，尤其是七言古詩。

　　今歸納造成此種詩風之原因如下：

（一）句法奇

　　即破除詩句結構和音節，使詩歌形成一種雄偉奇崛的氣勢，又大
量使用虛字〔註17〕，使句意活絡，句中所欲表現之景象情態更爲明朗
傳神。

　　胡震亨《唐音癸籤》談到句法時以爲：「五言句以上二下三爲脈，

〔註16〕《宋詩紀事》選二首逢原詩——〈韓幹馬〉、〈假山〉頗能代表此類
　　　　風格的詩。而逢原較受矚目的——〈原蝗〉、〈夢蝗〉、〈暑熱思風〉、
　　　　〈龍池〉二絕、〈偶聞有感〉、〈龍興雙樹〉都是詮釋此風格的代表作。
〔註17〕大量使用虛字，是宋詩特色之一——所謂「虛字」，可以是名詞、代
　　　　名詞以外的字，亦可以指介詞、連詞、助詞、歎詞這些連接輔助文
　　　　句的字，最通俗的說法是指白話文中的了麼，文言文中的之乎者也
　　　　等語尾助詞。

七言句以上四下三為脈，其恆也。」，又王力的《漢語詩律學》以為：
「中國詩節奏，以每二個音為一節，剩下一音自己獨立成一節。」，
說法雖不同，意義大抵相同。要之，以朗朗上口，文從字順為尚。然
逢原卻破壞詩的句法，造成一種拗奇的氣勢。

兹舉例如下：(後面括弧者為節奏)

至和改元之一年，有蝗不知從何來。(二五)

一吟青天白日昏，兩誦九原萬鬼哭。(二五)

子不父而父，妻不夫而夫 (一四，卷四〈夢蝗〉)

始聞定作閱古堂，又聞定有閱古詩。(二二三)

議如丁寧立以議，遜若避讓行而隨 (二五，卷三〈寄題韓丞相
定卅閱古堂〉)

嘗聞蝗出軒轅丘，其長百尋圍十牛。(二五)

帝亦謂應土德修。(一二四)

俾朝食壞暮飲流。(一三三，卷七〈龍角歌和崔公度伯易〉)

又疑身骨不化土，定作金鐵埋重泉。(二二三，卷五〈張巡〉)

蝗生於野誰所為？秋一母死遺百兒。(一三三，卷三〈原蝗〉)

鳳凰偶出即為瑞，亦曰竹食梧桐棲。(二五)

如知在人不在天，譬之蚤蝨生裳衣。(二五，卷三〈原蝗〉)

或云南山產巨怪，意欲手把乾坤移。(二五)

又云春氣入山骨……多稱老松已變石……又云鬼手亦能
畫。(二五)

城狐老能男女變，海唇口或樓台吹。(三四，卷二〈寒林石屏〉)

其辭浩大無涯岸，有似碧海吞浸秋晴空。(二五、二七)

奈何天下俱若然，吾與東野安得不泯焉。(二五、四五，卷十
一〈還東野詩〉)

曰十月朔日且蝕。(一四二)

惟此丙申日在未。(二三二)

大哉玄象浩難測……天乎反成豎子名。(二五，卷八〈日蝕〉)

雖然今尚爾無奈。(二一四，卷三〈晝睡〉)

不知培栽竟誰手，而又始植為何年。(二五、二二三)

吁今誰是愛材者，定知惜此雙樹篇。(二二三，卷三〈龍興雙樹〉)

嘗聞千歲松爲石，豈意今逢林出屛。(二五)

謂予皆恥之……曰富貴在我，又何有年時。(一四)

夜或不記寢，畫或忘其飢。(一四)

不以儒自卻，不以庸自卑。(二三)

孰爲古之聖？孰爲今之推？孰遠不可到？孰高不可躋？(一四)

或示我使嚮，或導我使隨。或鑿我來開，或完我已虧。(一四)

或退而我引，或墜而我提。或輔而我夾，或顚而我支。(一四)

或砭我贅疣，或膏我瘡痍。(一四)

浴我抆我垢，醞我釀我醨。(二二一)

今而所有者，財一毛於皮。(一四)

若寒餒貧賤，此於我何居。(一四)

若誇毀譽訾，此其如予奚。(一四，卷十〈道士王元之以詩爲贈，多見哀勉，因以詩爲答〉)

以諫得罪者爲誰。(二三二)

然今天子甚明聖，雖暫盛怒終復歸。(一三三)

仲尼逮有激而爲。(二三二，卷十一〈唐介并序〉)

詩三百具存，聲巳亡南陔。(三二，卷六〈聞哭〉)

時以管窺豹。進如暗赴明，退必醜厭貌。(一四，卷十〈客杭思李常伯、滿粹翁〉)

（二）氣象大

　　逢原好以龍、虎、雷、電、劍、神、鬼……等雄奇意象入詩，造成雄奇的詩風。

魚子變怪成蛟螭。鱗鬣爪角尚小碎……或云南山産巨怪，意欲手把乾坤移。先偸日月送巖底……至今風雨號山夜，樹石號作鬼神悲。又云春氣入山骨……多稱老松巳變石……又云鬼手亦能畫……。(卷二〈寒林石屛〉)

雷公訴帝喘似吹，盛恐聲名塞天破。文章喜以怪自娛……

多爲峭句不姿媚，天骨老硬無皮膚。……破卵驚出鸞鳳翔。間或老筆不肯屈，鐵索縛急蛟龍僵。少年倚氣狂不羈，虎脅插翼赤日飛……欲偷北斗酌竭海，才拔木華鏖鯨牙。(卷二〈贈慎東美伯筠〉)

鯨牙鯤鬣相摩捽，巨靈戲撮天凹突。舊山風老狂雲根，重湖凍脫秋波骨。我來謂怪非得眞，醉揭碧海瞰蛟窟。不然禹鼎魑魅形，神顚鬼脅相撐挾。(卷三〈呂氏假山〉)

鯨廏海翻飛陸塵，鐵房孤劍枯紫鱗。……天公始自誇爲神，誰令寇敵牙梜橫？……。(卷三〈偶聞有感〉)

右狀將帥態羆姿。長冠峨峨偉笏佩，鬥以玄白爲裳衣……圖成儼毅色可讋，過吏不敢竊目窺。仍令大筆署行事，寫出黑膽朱肝脾。……死者有靈如不泯……宜有神鬼陰助其……磊砢詩句相撐支。手搏蛟龍拔解角，爪擘虎豹全脫皮。……。(卷三〈寄題韓丞相定州閱古堂〉)

埋藏地下不腐爛，疑有鬼黨相收持。寒禽冬飢啄地食……吻惟掠卵不加破……麒麟千載或一見，仁足不忍踏草萎。鳳凰偶出即爲瑞，亦曰竹食梧桐棲……天公被誣莫自辨，慘慘白日陰無輝。(卷三〈原蝗〉)

快句銳利磨矛刀……若急敵迫不可逃。顏頰舌澀不可吐，滯若亂緒強抽搔……誓欲棄甲弓矢櫜。新詩見殺又須和……。(卷三〈答李公安〉)

交將砭刀潰瘡痏，縱得平好無完皮。傾山竭河論麴水，都投大海爲酒池……。(卷三〈晝睡〉)

老匠鐵手風運斤，一挾刃入千山髡……西瀦巨澤江海通，獰波撼地波撐空……渴龍枯死乾無鱗，絕海失舟踏鯨背……三洲水隔不到山，借得紫虹千萬尺。平時塵土埋吳雄，吾亦棄劍來遊東。欲觀水盡朝宗海，安得身乘破浪風……。(卷三〈吳江長橋〉)

一蝗百兒月兩孕，漸恐高厚塞九垓……卻恐壓地陷入海。萬生未死飢餓間，支骸遂轉蛟龍醢……發爲疾蝗詩，憤掃

百筆突。一吟青天白日昏，兩吟九原萬鬼哭……方將訴天公，借我巨靈手。盡拔東南竹柏松，屈鐵纏縛都爲帚。掃爾納海壓以山……脱剝虎豹皮……齒牙隱針錐……。（卷四〈夢蝗〉）

玄雲壓空虛，半夜暴霆震。睡耳起欲掩，驚仆失肝腎……。（卷四〈寄滿子權〉）

強枝拗回信有力，高幹復俯蛟虯拳……雷疲風休雲雨去，蛇龍鬥死猶鉤纏。安分爪角與尾鬣，徒見上下相蜿蜒……。（卷四〈八檜圖〉）

玄雲載雨惜不下，北風吹急水相黏……憑陰托寒恣凌爍，風伯得意欣沾沾。但幸天公不省悟，誰顧地下人嗟讒……九龍銜火互相煖，稱有日我借不甘。群兒鋭奮不量席，欲仰吐氣吁以炎。惟有壯士抱劍臥……。（卷五〈冬陰寄滿子權〉）

長河之流幾萬里，駭若瀉自天上來。奔湍衝山拔地走，直有到海無邪回。人之所觀乃流沫，猶以激射憂天摧。想其根源發聲勢，如縱烈火燒千雷……我疑鴻荒混沌日，沖破天地之元胎。夸娥搖頭巨靈走……。（卷五〈贈黃任道〉）

祿兒射火燒九天，鬼手不撲神聽旃……睢陽城窮縮死鼈，危繫一髮懸九淵。巡瞋睨遠兩眥折，怒嚼齒碎鬚張肩。恨身不毛劍無翼……。（卷五〈張巡〉）

古廟隆隆蔽庭扉，風雨剝壁駢柱榱……神君龐軀突鬚眉，視我睥睚坐倨箕。愓爍觀者駭不怡，群鬼後先張福威……目益所見怪可嘘。馬牛羊犬雜豕雞。（卷五〈古廟〉）

猛虎出白日，其欲未易量……壯士獨何者？忿氣裂怒腸。脱身拔劍去，奮躍如驚翔……。（卷六〈猛虎〉）

嘗聞螾出軒轅丘，其長百尋圍十牛……仍命九龍狎其游……螾取而冠萬鬼揄。雷號電泣竟莫捄，黿擗鼉踊弔蛟虬。奮穴出哭勞鱔鰌……。（卷七〈龍角歌和崔公度伯易〉）

利劍不刺鼠，大鈞不聯鯆。天昏白日沈，劍決浮雲披。地蕩海水搖，鈞引九鯨糜……左手將醢戎，右手期鋤夷……

塊視勒山功，芥拾封侯龜。（卷十〈道士王元之以詩為贈多見哀勉，因以古詩為答〉）

信乎介亦壯男子，直能金鐵其肝脾。雷霆之怒萬鈞重……一言所犯百死在，要領可斷族可夷……直舌鐵硬堅不移……。（卷十一〈唐介并序〉）

錦纏紅帕將軍府，紫電清霜武庫兵，絕幕烽煙沈遠候，太平金鼓雜謹聲……黑膽赤心男子事，大弨長劍丈夫行……當年功業鯨鯢盡，振古勳名日月明……。（卷十四〈送仲叔寶赴秦幕〉）

二十男兒面似冰，出門噓氣玉蜺橫。……狂去詩渾誇俗句，醉餘歌有過人聲。燕然未勒胡雛在，不信吾無萬古名。（卷十四〈感憤〉）

坐將赤熱憂天下，安得清風借我曹？力卷雨來無歲旱，盡欣雲去放天高。豈隨虎口令輕嘯，願助鴻毛絕遠勞。江海可憐無際岸，等閒假借作波濤。（卷十五〈暑熱思風〉）

長蛟老蜃空中影，驟雨驚雷半夜聲。（卷十五〈大松〉）

直道崒崒日蚪拳，雷拔僵龍出靄煙，但假深根常得地，何憂直幹不扶天……。（卷十五〈松〉）

雲外蛟龍懶自眠。赤日有威空射地，清江無際漫連天。（卷十五〈不雨〉）

已夫鳳鳥今不至，行矣鱣鯨非所容。且把心胸同伏虎，誰知頭角是真龍……。（卷十五〈餘杭倦遊〉）

擊劍高歌四顧遲……蛟龍不是池中物，燕雀焉知隴上嗟。（卷十六〈秋日感憤之一〉）

秋劍寒酸蟄鐵蛇。自是臥龍猶戰角，浪嗟穴虎向生牙……。（卷十六〈秋日感憤之二〉）

萬頃清江浸碧山，乾坤都向此中寬。樓台影落魚龍駭，鐘磬聲來水石寒……。（卷十七〈金山寺〉）

得自廢墟埋萬古，失曾飛將購千金。客思秋水龍泉冷，士嘆中原虎穴深。（卷十七〈和人古劍〉）

龍遺赤日走，天避火雲高。虎懼千山熾，鯨憂四海熱。(卷
十七〈苦熱〉)

(三)想像奇詭浪漫

　　想像奇詭是指用奇險驚人的詩句，表現其奇詭的想像。浪漫則指
詩人對待自然描寫景物，常給對象抹上詩人主觀情感與想像〔註18〕。

　　其想像奇詭部份，在前一小節「氣象大」中多有例證，不再一一
贅舉，然有涉於想像浪漫者，又不得不略舉以示例。筆者以為，逢原
想像浪漫的特質，通常透過修辭上擬人化與形象化的手法〔註19〕，故
能將天地把玩於手上，亦能將無情無思之物轉成生動鮮明的意象。

　　茲舉例如下：

醉腳倒踏青雲歸……雷公訴帝喘似吹，盛恐聲名塞天
破……醉膽憤痒遣酒拏，欲偷北斗酌竭海……。(卷二〈贈慎
東美伯筠〉)

想當措意初，嚼雲吐虹霓。唇牙哆葷鮮，肺腸湧光輝……。
(卷四〈謝李常伯〉)

清風無力屠得熱，落日著翅飛上山……不能手提天下往，
何忍身志遊其間。(卷九〈暑旱苦熱〉)

方思力舉滄溟水，潑殺生平氣焰心。(卷三〈贈別晏樊父太祝〉)

男兒日月鑽心胸……好召風雷起臥龍。(卷十三〈寄洪與權〉)

〔註18〕逢原生長於北宋前期，相當於十一世紀初，而浪漫主義一辭，則流
行於西歐十八世紀末十九世紀初，由於各國啟蒙運動的發展，及德
國古典哲學強調唯心主義的影響，導致個人主義的抬頭，文藝則重
視主觀之情感、想像，把人的心靈提到客觀世界創造主的地位之浪
漫主義蓬勃發展。(參見《文學理論資料彙編》所引朱光潛《西方美
學史》下卷，頁758～764)雖然浪漫一詞源於西方，時代又比逢原
晚，然逢原詩歌中想像豐富，帶有濃厚主觀之色彩，完全符合後起
之浪漫主義，故今特借以形容之。

〔註19〕據黃慶萱《修辭學》(三民)頁267上解釋：「描述一件事物時，轉
變其原來性質，化成另一種本質截然不同的事物，而加以形容敘述
的，叫做『轉化』。」而把轉化分為三種：一、人性化──擬物為人。
二、物性化──擬人為物。三、形象化──擬虛為實。

我有壹鬱氣，從來未經吐。欲作大嘆吁向天，穿天作孔恐天怒。(卷十一〈西園月夜醉作短歌兩闋之一〉)

終當力卷滄溟水，來作人間十日霖。(卷十三〈龍池二絕〉)

自有赤心包白日，竟無綺語敵青蠅。(卷十四〈答王薄正权〉)

安得植梯懸碧落，共操長帚掃妖氛。(卷十五〈晚晴寄滿子權〉)

晚虹隨雨過山巔，誰插青雲倒掛懸？可惜兩垂空到海，不令一直徑沖天……好使渴來能劇飲，且教溪壑減清淵。(卷十五〈晚虹〉)

朝雲飛飛來無窮，暮雲漠漠昏相蒙。閑來既自不成雨，拂去安用遮長空。擬鞭屏翳問白日，更謫星伯誅長風。盡令萬物被光景，夜看北斗朝天中。(卷十八〈朝雲〉)

臨風一嘆人不會，直氣飛去添虹霓。(卷十八〈登城〉)

清風逆回六月熱，急雨借得三秋涼。(卷十八〈招東伯仁杜子長夜話〉)

我來謂怪非得真，醉揭碧海瞰蛟窟。(卷三〈呂氏假山〉)

常星作彗倘可假，出手為掃中原清。(卷三〈偶聞有感〉)

老枝叉芽忽並出，似欲併力擎青天。靈根深盤不可究，疑與地軸相拘攣。(卷三〈龍興雙樹〉)

獰波撼地波撐空。(卷三〈吳江長橋〉)

夜徑行招海月伴，晝榻坐與天雲朝……寒氣欲起凌人威，清風時來助氣勢。(卷三〈題滿氏申申亭〉)

清牢睡思醒，明發醉膽健。披風睨白月，瞪視不為眩。(卷四〈對月憶滿子權〉)

日月繫兩垂。天童坐戲弄，縱掣成東西。(卷五〈金繩掛空虛自勉兼示束孝先〉)

意欲手把乾坤移，先偷日月送巖底。(卷二〈寒林石屏〉)

醉眼不識天，疑是高帳幬。忿月喝不住，起欲取繩縛。(卷十一〈西園月夜醉作短歌二闋之二〉)

神龍挐白日，挾雨萬里飛。(卷五〈答黃薮富道〉)

二十男兒面似冰，出門噓氣玉蜺橫。(卷十四〈感憤〉)

長江從天來……西山避之逃，東山開爲門。(卷九〈金山〉)

安得清風借我曹。力卷雨來無歲旱，盡欣雲去放天高。(卷
十五〈暑熱思風〉)

誰翻碧海踏天傾。(卷十三〈和束熙之雨後〉)

仰視蒼崖巓，下視白日徂。夜半身在高，若騎箕尾居。(卷
八〈同孫仁祖，王平甫遊蔣山〉)

行招千古遊，坐與來世語。延風散盧襟，揖月坐嘉樹。(卷
八〈古風〉)

回視束下人，怳如御風行。誰能倒長江，奔瀉暫西傾。(卷
八〈蘄口道中之三〉)

揚子江風十月初，西駕巨浪渺無隅。常憂傾搖地爲動，意
欲起塞天無虗……。(卷十二〈揚子江阻風〉)

手提三聖出，口壓九師垠。眾耳雷霆震，群觀日月新……。
(卷十三〈上聲隅先生〉)

二、悲慨苦吟

　　北宋詩人中，逢原境遇堪稱悲苦，五歲喪父，十六、七歲即自謀
衣食，加上體弱多病，故歎貧哀窮，傷春悲秋之語亦流露詩篇之中，
成爲作者心境的一面鏡子。第三章「王令詩歌內容與題材」中，既已
敘及其「懷才不遇的憤懣」及「貧病交迫的窘態」，茲不再贅述，掇
其嗟衰感時，有寒瘦苦吟之風者如下：

余材生何偏，日月費吟嘯。(卷七〈送贈王平甫〉)

十日九日病，偶平還苦吟。(卷十四〈偶成〉)

一哭摧心肝，屢哭彫朱顏……二十人未壯，我衰巳毛斑。(卷
三〈哭辭〉)

秋居寒蕭疏，秋意愁交并。飽犬無吠志，飢鳥有凶聲……
浩歎欲出門，日暮不可行。(卷三〈雪中聞鳩〉)

晚歲意不適，新詩老無情。萬古共一嘆，百年行半生……。
（卷三〈晚歲〉）

秋夕不自曉，百蟲齊一鳴……獨有東家雞，苦心爲昏明。(卷
四〈秋夜〉)

窮巷不見春……東風能幾時，聽爾多歡欣。徒恐春風歸，
汝我同悲辛。(卷五〈東風〉)

今古悲略同，斯道竟奈何？衰絃直易絕，哭詞曲難歌。(卷
五〈哭詩〉)

槭槭庭前樹，朝零非昔稠。呦呦草蟲鳴，暮急曉未休。爾
雖無不平，豈亦有哀憂。胡爲勞吟呻，與士傷感投……所
抱不列陳，調苦難謠謳……。(卷六〈秋懷〉)

晝日苦辛辛……長夜漫不眠……長歌涕垂頤。(卷六〈中夜〉)

秋雲自明晦。脫葉下衰草，蜩蟬事今退……志士感所懷，
長吁下清淚。(卷六〈秋日〉)

醉懷感物傷盛衰。秋來縱得萬艾死，歲晚已非蘭蕙時。哀
歌不入俗耳聽。(卷六〈秋興〉)

長林剝霜紅，遠水漾寒派。露蟲悲自咽……昔予來方春，
焰焰樹生態。今歸亦未幾，馬踏落葉壞。時物固有然，盛
衰信難概。吁嗟爲生勞，黽勉計無奈……。(卷六〈書懷寄黃
任道，滿子權〉)

惟余零落滿地紅，主人更聽奴頻掃。悲來四顧慷慨歌……
春歸欲挽誰有力？河濁雖泣行奈何！(卷七〈望花有感〉)

破窗多穿風，冷燭無定焰。滴瀝隨衣淚，反覆到心念。趨
生迷夷塗，失城陷深塹……無家可容歸，有灶亦斷掭。鳧
短鶴脛長，飲啄兩自贍……。(卷十〈夜坐〉)

時尋別時語，涕淚下縱橫。仰觀風中雲，下視水上萍。共
在天地間，可無同飄零……。(卷十〈寄姊夫焦韠叔兼簡三姊〉)

微生不過人，氣力兩眇麼。力學失自謀，徑古與今左……
過市不成步，傴僂伻齷跛。周旋不出扉，迷若蟻循磨……。

（卷十一〈寄王正叔〉）

雞呼雞來前，……役以食乃爾。今吾曷爲悲，人而雞犬爲……。（卷十二〈呼雞〉）

浪說春期計春盡，留春無術只春愁。（卷十三〈春愁〉）

壯志老來退，窮愁無易攻。（卷十三〈偶感〉）

叩几悲歌涕滿襟，聖賢千古我如今。凍琴絃斷燈青暈，誰會男兒半夜心？（卷十三〈夜深吟〉）

樹哭寒蜩草哭蟲，何堪羈客憤時窮。卒無可樂群書外，百不堪言一嘆中……支居若問秋來況，淚滿遺編髮亂蓬。（卷十四〈秋懷寄呈子權先示徽之兼簡孝先之熙〉）

寒葉落佌佌……晚歲霜雪多。茲世居無可，勞生計奈何。（卷十四〈寄滿衡父〉）

欲遣春愁興未能……欲圖長醉貧無計。（卷十五〈春興〉）

長鴻抱寒去……時節看風柳，生涯寄酒杯。傷春欲誰語，遊子正徘徊。（卷十五〈庭草之一〉）

客愁渾寄淚，野思不堪歌。獨有詩心在，時時一自哦。（卷十五〈庭草之二〉）

常是春歸獨念春，落後見花尤更惜……。（卷十五〈春怨之一〉）

子規夜半猶啼血，不信東風喚不回。（卷十五〈春怨之二〉）

三年客夢迷歸路，一夜西風老壯心。欲作新聲寄遺恨，直絃先斷淚盈琴。（卷十五〈秋日寄滿子權〉）

三年客興看秋葉，萬里歸心寄斷蓬。（卷十五〈奉寄朱昌叔〉）

爲有客愁歸未得，獨憑斜日望多時……。（卷十七〈送雁〉）

夢枕幾年懸客淚，曉窗殘月破西風……更有孤砧共岑寂，平明華髮滿青銅。（卷十七〈和人促織〉）

萬事無成只一吁，窮年況復嘆窮途。功名未立頭先白……富貴早知皆有命，窮通料是不由吾……。（卷十七〈歲暮言懷呈諸友〉）

一夕西風葉下柯，羈人憔悴發沈痾。窮來無子知難得，命薄于人可奈何？困臥牛衣空有淚……。(卷十七〈日益無聊賴偶成呈子長〉)

塵沙日翳翳，雨雪夜陰陰……悲懷動北琴。感時須寂寞，何獨少陵心。(卷十八〈歲暮呈王介甫平甫〉)

春空漠漠多愁容，春意冉冉隨歸鴻。寒雲飛高不肯雨，白日翳暗何時風？……北窗厭睡不知夜，起見海月如秋空。(卷十八〈春意〉)

肝腸困尋搜，吻舌倦摶造……已勤尚無成，既苦每自勞。自笑如秋蟬，飢極不止噪……。(卷四〈答束徽之索詩〉)

常恐衰顏隨節換，空看落葉倚風飛。(卷十五〈悲秋〉)

第三節　王令與孟郊、韓愈、盧仝、李賀之比較

《四庫全書·廣陵集提要》中評論逢原之詩云：「令才思奇軼，所為詩磅薄奧衍，大率以韓愈為宗，而出入於盧仝、李賀、孟郊之間。」

歷來評論逢原詩歌者，亦多以為「以韓、孟為宗」，強調其「雄勁奇崛」之風格者。

今欲撥開迷霧，一窺究竟，故將逢原與韓、孟、盧、李之間作一比較，以證前人之言是否確實。

一、性情操守上

在性情操守上，皆屬耿介方拙之屬：

孟郊《新唐書》本傳謂：「性介，少諧合」〔註20〕，今人尤信雄在《孟郊研究》中指出：「孟郊之賦性在高潔好古，任性率真之外，以耿介方拙最為明顯，也最突出」〔註21〕。

〔註20〕《新唐書·韓愈傳》下附〈孟郊傳〉，鼎文。頁5265。
〔註21〕尤信雄《孟郊研究》文津73。頁47。

韓愈《新唐書》本傳曰：「愈發言真率，無所畏避，操行堅正，拙於世務。」〔註22〕，從著名的元和十四年諫唐憲宗迎佛骨表中，即可看出韓愈拙於世務的剛直性格。

盧仝《新唐書》附〈韓愈傳〉下，僅簡略數語。據今人吳車〈盧仝評傳〉中云：「個性疏狂孤癖，厭仕無友」〔註23〕。韓愈〈寄盧仝詩〉：「先生結髮憎俗徒，閉門不出動一紀」〔註24〕，其乖癖可見。韓愈乃是愛其操守，與之交游者。

李賀《新唐書》、《舊唐書》皆有傳。其個性「孤僻，與世多忤」〔註25〕，甚至為表兄至親所深惡，樹敵不少，「時人亦多排擯毀斥之。」〔註26〕，二十一歲參加禮部考試時，以父名晉肅而不得舉進士，終至窮愁落寞，抑鬱以終。

至於逢原之個性耿介寡合，在第一章第二節「個性」中已有詳述，茲不再贅敘。

由上可見無論韓、孟、盧、李、王，在性情上都是耿介正直之士，操守上亦都是有為有守，抱道不移者。

二、生活境遇上

在生活上都是貧困潦倒之人。

孟郊一生窮苦，故詩中詠窮嘆貧之作頗多，東坡謂「郊寒島瘦」已指出其詩歌內涵。在人生境遇上，郊更是累舉不第（直至四十六歲才中進士第），又孤獨無子〔註27〕，可謂一典型的詩人境遇。

韓愈雖為唐代文學運動的盟主，然早年亦頗貧困遼倒。生兩月而

〔註22〕《新唐書》卷176韓愈傳，鼎文，頁5259。
〔註23〕吳車《韓門詩家論評》輔大碩士論文62年。頁138。
〔註24〕同註23，頁138。
〔註25〕同註23，頁114。
〔註26〕同註23所引李商隱撰〈李長吉小傳〉，頁114。
〔註27〕錢仲聯《韓昌黎詩繫年》卷六〈孟東野失子并序〉「東野連產三字，不數日輒失之」（學海，74年），頁675。

喪母，三歲而喪父〔註28〕，依長兄韓會嫂鄭氏以立。然兄死於貶所，生活之孤苦無依可想而知。愈十九歲隻身往長安應科舉，在禮部進士考試連三次失舉，在長安十年生活十分窮困〔註29〕。在仕途上，亦由於其剛直敢言，得罪當道，使得仕途多蹇〔註30〕。

盧仝則「家境屢空，時賴鄰僧以米相濟」〔註31〕，胡震亨《唐詩談叢》引王弇州文章夷命之說，備載古今文人之窮者，盧仝、孟郊、韓愈皆列名上，〔註32〕可見盧仝窮困之著。韓愈為河南令時，因愛其操守，亦雅好其詩，故時致厚禮以濟其貧困〔註33〕。

李賀為一沒落王孫。早年雖曾有過風光的歲月，但十八歲以後，父親李晉肅之死，使得全部家計落在李賀肩上，而賀又因時輩之排擠而不得舉進士，雖曾屈就官卑職小的奉禮郎，然待遇微薄，不足以養家活口〔註34〕，故詩中亦每有為貧窮所苦之句。又早衰多病——「長安有男兒，二十心已朽。」（卷三〈開愁歌〉），「病骨傷幽素」（〈傷心行〉），以二十七歲之英年鬱悒而夭，良可嘆也。

逢原五歲而孤，十六歲即自謀衣食，又個性剛耿，與人寡合，亦不舉進士〔註35〕，生活窮困而又多病早衰，以二十八歲之壯年卒於腳氣病，死時無子（只遺腹一女），生活境遇之悲苦，與孟郊、韓愈、盧仝、李賀滿又相去幾何？

〔註28〕韓愈乳母李氏墓誌銘「愈生未再周月，孤失怙恃」《新唐書》，韓愈本傳「三歲而孤」鼎文，頁 5259。

〔註29〕高八美《韓愈詩研究》（師大博士論文，75 年），頁 9。

〔註30〕如元和十四年諫迎佛骨，由刑部侍郎貶為潮州刺史，甚至差點喪失性命。

〔註31〕同註 23，頁 130。

〔註32〕胡震亨《唐詩談叢》（新文豐，74 年，叢書集成新編 79 冊）卷四，頁 308。

〔註33〕同註 23，頁 130。

〔註34〕楊文雄《李賀詩研究》（文史哲，72 年），頁 37～41。

〔註35〕《廣陵集》卷五〈答黃籲富道〉云：「勉從進士科，束若縛褓兒」卷十一〈壬辰示杜子長并序〉，序中云：「皇祐壬辰歲，天子詔天下興賢者，予以故不預……」由此看來，逢原似曾舉進士而不中。

三、詩歌創作上

在詩歌風格上，孟、韓、盧、李都被歸爲「奇險」一派。在創作精神上，則承襲杜甫「語不驚人死不休」的路線，韓愈在〈贈張秘書〉一詩中評郊詩：「東野動驚俗，天葩吐奇芬」，〈薦士詩〉中云：「有窮者孟郊……橫空盤硬語，妥帖力排奡……」，都說明了奇險詩之力求驚俗吐奇及生硬堅澀之特色與風格。

然而「吐奇驚俗」則爲其追求之目標。至其爲詩之態度與方法，則爲「苦吟」——乃秉持藝術至上的精神，用心爲詩者。

孟郊之詩，以苦吟爲主，而表現其奇險孤峭之風〔註36〕。《新唐書》本傳謂其詩「有理致，然思苦奇澀」〔註37〕。

韓愈與孟郊同爲中唐奇險詩的領袖，其詩風格與特色，在第二章第三節「韓派背景及其手法」已詳述，茲不贅敘。

盧全詩以險怪著稱，將孟韓之奇險推向極致，詩體之不守成規，散文化，用怪字，造怪句。嚴羽《滄浪詩話》云：「玉川之怪，長吉之瑰麗，天地間自欠此體不得」，形成詩歌史上有名的「玉川體」。其代表作如〈月蝕詩〉、〈與馬異結交詩〉，皆以怪著稱。

李賀雖英華早發，七歲能辭章，然其「苦吟鍊字」在詩歌史上是著名的。《新唐書》記載其作詩：「每旦日出，騎弱馬，從小奚如，背古錦囊，遇有所得，書投囊中」〔註38〕，故其母云：「是兒要嘔出心乃已耳」。可見李賀作詩嘔心瀝血，艱苦經營的情形。

李賀詩「辭尚奇詭，所得皆驚邁」〔註39〕，賀詩有獨特浪漫的想像，詩中充滿魅異譎怪的鬼神世界，故有「牛鬼蛇神」之評。又其詩喜用穠麗詭暗的字眼，創造淒艷迷離的詩境，使其詩呈現奇詭幽暗的風格〔註40〕。

〔註36〕同註21，頁178。
〔註37〕《新唐書·韓愈傳》附，頁5265。
〔註38〕《新唐書》本傳，頁5788。
〔註39〕同註38，頁5788。
〔註40〕同註23，頁122。

在詩的內容方面，李賀由於現實的挫折及英年早逝，詩多兀傲之鳴，詩作頗多英雄衘闘之思，少年負氣之語（註41）。

在詩歌創作上，逢原承認自己是「日月費吟嘯」（卷七〈送贈王平甫〉），「肝腸困尋搜，吻舌倦搏造」（卷四〈答束徽之索詩〉）的苦吟作家。在詩歌內容上，除了苦吟窮愁，也有頗多少年任俠負氣之語，求新求奇之思──「文章喜以怪自娛」（卷二〈贈慎東美伯筠〉），「收奇欲聲名」。（卷七〈送贈王平甫〉）

逢原曾在詩中表達對孟韓的崇拜──「努力排韓門，屈拜媚孟灶。惟此二公才，百牛飽懷抱。」（卷四〈答束徽之索詩〉），形容自己讀東野詩──「三日三夜讀不倦，坐得脊折臀生胝」（卷十一〈還東野詩〉）的熱衷情況。對於韓愈，除了對其文學涵養的敬佩之外，還特地寫了一首〈韓吏部〉（卷十七）的詩歌，讚美其「深州破賊」的軍事才能，爲「眞儒能見用，可爲邦國大皇威」的眞理。

在詩歌中，逢原的〈原蝗〉，或許是得到韓愈〈原道〉的啓示，在文章中，韓愈有著名的〈師說〉與〈送窮文〉，而逢原也有（註42），不能說是偶然了。

對於盧全，逢原喜歡其〈蕭宅二三子贈答二十首〉，而仿其擬人手法寫了〈答問詩十二篇寄呈滿子權〉（卷六）（註43），在〈月蝕詩〉（卷十三）中，則表達盧全已不作，昌黎亦死的孤寂。

詩文中，逢原未曾提到李賀，詩歌內容與手法上某些雷同，應屬性情、生活遭遇相類，所引起相同情懷，不能說一定是受李賀的影響吧！

〔註41〕同註23，頁 115～117。
〔註42〕《廣陵集》卷十八〈師說〉卷廿八〈送窮文〉。
〔註43〕盧全《玉川子集》卷一有〈蕭宅二三子贈答詩二十首并序〉，乃盧全與曾館蕭修秀才揚州未售之宅者，相與憂宅之售，而互相酬酢，錄以寄蕭者。內容有〈客答石〉〈石讓竹〉〈竹答客〉〈峽蝶請客〉〈蝦蟆請客〉等二十首，乃將蕭宅內之石、竹、井、馬蘭、峽蝶、蝦蟆等，以擬人化的手法表現出來。逢原之〈答問詩十二篇寄呈滿子權〉即學此種擬人化之手法，寫磚、耒、斧、水車、龍之間的問答。

第六章　結　論

　　王令爲北宋仁宗時一青年詩人，雖得年不永，以二十八歲之英年卒於腳氣病〔註1〕，然其詩歌在中國詩史上，自有其價值。今從兩方面——王令詩與詩歌傳統、宋初詩壇，探討其詩歌之承襲與價值。

一、王令詩與詩歌傳統

　　逢原爲一純粹儒者，具有濃厚之儒家思想。不僅在個性上，表現狷介而有所不爲的態度；行事上，亦表現其抱道不移的操守；在詩歌主張上，更是站在儒家實用的觀點，主張以「禮義政治」爲詩歌之主〔註2〕。

　　在詩歌內容上，逢原有「諷諭詩」反映民間疾苦，哀民憂國之作〔註3〕，有「君不唐虞皆我罪，民推溝壑更誰尤？」，捨我其誰，以天下爲己任之胸襟與抱負。

〔註1〕《廣陵集》附錄王安石〈與王逢原書〉八（《臨川集》缺）云：「腳氣（指逢原）已漸平復，殊以爲慰……近見說腳氣但於早起未下床未語以前，取唾以手大指摩腳心，取極熱，乃下床，久之，自不復發」可見當時逢原即苦於足疾，安石教以除疾之法。逢原弟子劉發所撰之〈廣陵先生傳〉云：「江陰地下濕，得疾苦足弱，因復邊當，未幾，以足疾終。」逢原在〈與束伯仁手書〉（卷廿七）六、七中亦一再提及「令以腳疾不已，不樂南居」「令以足病不便乘馬」
〔註2〕參看第二章第四節王令的文學理論「重實用」部份。
〔註3〕參看第三章第六節「諷諭詩」。

詩歌技巧上，不能否認《詩經》予其重大影響——在疊字的運用及巧用譬喻上〔註4〕。另外《楚辭》豐富浪漫的想像及擬人化的手法，在想像空間及詩歌技巧上，亦予逢原重大的啓示〔註5〕。

二、王令詩與宋初詩壇

宋初詩壇以唯美柔靡的「西崑體」擅勝，影響宋初詩歌風格約三十餘年，自眞宗咸平元年（998）至仁宗明道二年（1032）〔註6〕。

直到歐陽脩、蘇舜卿、梅堯臣之併力掃除西崑末流徒具形式，缺乏內容之萎靡詩風，改以尙氣格、賤麗藻，重鍊意、輕修辭，同時採用韓愈「以文爲詩」的創作方式——以詩議論，以詩紀事，建立了宋詩特有的風格與特色，以此宋詩與唐詩之抗衡，即基於此種特殊之風格與特色。

逢原雖未加入歐陽脩的文學集團（逢原小歐陽脩二十五歲，小蘇舜卿二十四歲，小梅堯臣三十歲），然而從逢原對歐陽脩的仰慕〔註7〕，可見逢原是贊同也是支持歐陽脩的〔註8〕。

在詩歌的創作實踐上，逢原走的正是「以文爲詩」的路線，不僅在句法上破壞詩的節奏〔註9〕，並且以詩議論〔註10〕、以詩紀事〔註11〕，

〔註4〕參看第四章「詩歌技巧之表現」第一節、第二節。

〔註5〕參看第四章第三節「擬人化的手法」及第五章第二節「風格」（一）雄健奇崛之「想像奇詭浪漫」一條。

〔註6〕梁崑《宋詩派別論》（東昇，69年）頁26，此三十五年爲西崑全盛期，自仁宗明道三年（1034）至英宗治平三年（1066）共三十三年，爲西崑衰沒期。

〔註7〕《廣陵集》卷二有〈效醉翁吟〉，卷十八〈平山堂寄歐陽修〉，拾遺中有〈平山堂〉，對歐陽脩表仰慕之情。

〔註8〕逢原對韓愈的崇拜，及刻意學韓，不能說不是受到歐陽脩的影響。

〔註9〕參看第五章第二節「風格」（一）「雄健奇崛」。

〔註10〕逢原詩許多議論，如〈別老者王元之〉批評佛老「惜乎無倫弗禮義」。〈龍興雙樹〉批評世人不懂惜材愛材「不思大幹有強用，反以斧鈍難其堅」。〈寒林石屏〉批評世人不尙有用之物，而重「奇」「怪」之物「細思此屏竟無用，石不中礩木莫支，徒將文理有小異，招聚譬說成籠欺」，使得「強材美幹立修陰，羅列滿野誰復窺」。〈原蝗〉中探求蝗害之原得出「如知在人不在天，譬之蚤虱生裳衣」。〈謝李常

在奠定宋詩風格上，不能說沒有貢獻。

逢原詩以「雄健奇崛」之風格與氣勢開闊著稱，對於掃除西崑體唯美柔靡的詩風，幫助甚大。

在宋代詩歌史上，逢原雖沒有歐陽脩、梅堯臣、蘇舜卿等人開創之功，亦無王安石、蘇軾、黃庭堅等人開拓之勞，要之，在宋詩風格的奠定上，亦應具有一席之地。

伯〉中「有聞未之行，季路終不嬉，名浮過所實，孟氏恥以非」，〈答友人〉中「大凡欲有爲，當決如蝠狁，苟進又安退，何自鼠穴首，吾見人見荒，未有耕不收，設爲堅決爲，加以勤自副，石將爲溜穿，曲亦因累揉」。〈南山雪〉中「世於利祿不擇義，苟可走奪足恐蹉」……等。

〔註11〕逢原以詩歌當作朋友間之書信往來。如〈謝束丈見贈〉，〈答黃藪富道〉，〈壬辰示杜子辰并序〉皆可當成逢原自傳看。另外如〈答束徽之索詩〉是逢原自道學詩和寫詩的對象和態度，〈答束孝先〉回憶自己初到束氏家塾教束氏兄弟的經過和情形。〈寄洪與權〉寫兩人初識定交的經過。〈山陽思歸〉書寄女兄表達對其姊的思念及羈旅在外的心情，敘述家塾主人厚待的情況。〈寄崔伯易〉敘述自己與世俗愈加不合，迫於窮餓，又不能與友好相聚的悲嘆……

附錄：王令年譜

此年譜參酌沈文倬先生校點之《王令集》中所附之王令年譜，（上海古籍 1980）以整理編定。

宋仁宗明道元年壬申（1032）

王令生，一歲。

△三月，江淮旱，是歲京東，淮南、江東饑。

宋仁宗明道二年癸酉（1033）

二歲。

△六月，日食。是歲畿內，京東西，河北，河東，陝西蝗。淮南，
江東，兩川飢。

宋仁宗景祐元年申戌（1034）

三歲。

△閏六月，常州無錫縣大風發屋，是歲開封府，淄州蝗。歐陽脩二
十八歲官京師。

宋仁宗景祐二年乙亥（1035）

四歲。

△五月，徭獠寇化州，詔桂廣兵討之。

宋仁宗景祐三年丙子（1036）

五歲。

父世倫卒。(按：《東都事略》卷一一五王令條，生五歲而孤。)。

往廣陵依叔祖父乙。(《宋史翼》卷廿六，叔祖父乙居廣陵，令幼育於乙。)

△六月虔、吉水溢壞城郭廬舍。

蘇軾生

宋仁宗景祐四年丁丑（1037）

六歲。

△十二月并、伐、忻州，並言地震，吏民壓死者三萬餘人，傷五千餘人，畜擾死者五萬餘。

宋仁宗寶元元年戊寅（1038）

七歲。

△六月建州大水，壞民廬舍。十二月京師地震，鄜延路言趙元昊反，禁邊人與元昊互市。

宋仁宗寶元二年己卯（1039）

△六月益州火，焚廬舍三千餘區。削趙元昊官爵除屬籍。九月出內庫銀四萬兩，易粟賑益，梓、利、夔路飢民。是歲，曹、濮、單州蝗。

蘇轍生。

宋仁宗康定元年庚辰（1040）

九歲。

△正月日食。五月趙元昊陷塞門砦，安遠砦。九月滑州河溢，元昊寇三川砦，圍師子、定川堡，戰士死者五千餘人，遂陷乾溝、乾河、趙福三堡。

歐陽脩三十四歲再官京師。

宋仁宗慶曆元年辛巳（1041）

十歲，晝從群兒戲，夜獨誦書，往往達旦（《揚州府志·隱逸傳》
王令條）

△二月趙元昊寇渭州，將佐軍士死者六千餘人，七月元昊寇麟州、
府州，八月，元昊寇金明砦、破寧遠砦、陷豐州。

宋仁宗慶曆二年壬午（1042）

十一歲。

△閏九月趙元昊寇定州砦，大掠渭州而去。三月契丹遣使致書割
地，四月富弼報使契丹，五月契丹集兵幽州，聲言來侵，七月富
弼再報使契丹，契丹持誓書報撤兵。

王安石二十二歲，中進士。

宗仁宗慶曆三年癸未（1043）

十二歲。研讀詩書等儒家經典（《廣陵集》卷十一〈壬辰三月廿一
日讀李翰林墓銘云少以任俠爲事，因激素志，示杜子長并序〉詩云：
「成童始就學，數歲通書詩。」）

△四月冊封趙元昊爲夏國王，歲賜絹十萬匹，茶三萬斤。五月日食。
九月桂陽洞蠻寇邊，湖南提刑募兵討平之。

宋仁宗慶曆四年甲申（1044）

十三歲。

△五月淮南飢，忻州地震。八月保州雲翼軍殺官吏據城叛。十月宋
歲賜銀、絹、茶、綵，凡二十五萬五千予夏。

宋仁宗慶曆五年乙酉（1045）

十四歲。

△二月以久旱祈雨相國天清寺。七月廣州地震，八月荊南府岳州地
震。

詩人黃庭堅生。畢昇發明活字版。

宋仁宗慶曆六年丙戌（1046）

十五歲。任俠尚意氣（《廣陵集》卷十一〈壬辰示杜子長并序〉：「十五尚意氣。」）。周鄉里之急，爲不義者，面加毀折，無所避，人皆畏而服之（劉發撰〈廣陵先生傳〉）。

與滿氏兄弟遊。滿執中責其所爲非是，乃自悔，更閉門讀書（〈廣陵先生傳〉）

△二月青州地震。三月日食，登州地震，六月，以久旱民多渴死。

宗仁宗慶曆七年丁亥（1047）

十六歲。隨從叔越石在瓜州（沈編王令年譜）

△十月河陽，許州地震。十一月，貝州宣毅卒王則據城反。

宋仁宗慶曆八年戊子（1048）

十七歲。

姊寡無以自存，令離乙別居，自謀衣食，迎姊歸遂家於瓜州。隻身至山陽家塾教學（沈編王令年譜）

作品：卷七〈山陽思歸書寄女兄〉。

△閏正月，貝州平，二月賜瀛、莫、恩、冀州緡錢二萬，贖還飢民鬻子。八月河北、京東西水災。

歐陽脩四十二歲知揚州、建平山堂（令有〈平山堂寄歐陽公〉（卷十八）、〈平山堂〉（拾遺）二首詩表仰慕之情）

宋仁宗皇祐元年己丑（1049）

十八歲。

在揚州之西天長縣束氏家塾教學（沈編王令年譜）

△正月日食，河北水災。九月廣源州蠻儂智高寇邕州。

詩人秦觀生。

宋仁宗皇祐二年庚寅（1050）

十九歲。

在天長束氏家塾教學（沈編王令年譜）

叔祖父乙卒於海州（《臨川文集》卷九十八〈右領軍衛將軍致仕王君墓誌銘〉：「君王氏諱乙……皇祐二年，年七十三……卒於海州。」）

△正月，以歲飢罷上元觀燈。八月深州大雨壞盧舍，閏十一月，秀州地震有聲如雷，河北水。

宋仁宗皇祐三年辛卯（1051）

二十歲。

作品：卷三〈哭辭〉「二十人未壯，我衰已毛斑。」，卷十四〈感憤〉「二十男兒面似冰，出門噓氣玉蛻橫。」二詩。

在天長束氏家塾聚學（沈編王令年譜）

△五月恩冀州旱。八月遣史安撫京東、淮南、兩浙、荊湖江南飢民。

宋仁宗皇祐四年壬辰（1052）

二十一歲。

作品：卷十一〈壬辰示杜子長并序〉，卷十四〈聞邕盜〉，卷廿八〈送窮文〉「維皇祐壬辰十二月卅日……」

△四月儂智高反，五月，儂智高陷邕州，遂陷橫、貴等八州，圍廣州。十一月日食。

宋仁宗皇祐五年癸巳（1053）

二十二歲。

在天長束氏家塾聚學（沈編王令年譜）

作品：卷廿一〈道傍老父言〉，卷廿八〈與李君厚書〉（按：沈氏年譜此年離開天長前往高郵。而此書有「聽者不從，觀者不化，日尋鞭扶，學者雖懼，猶附離相半……所賜束修，謹具回納」之語，蓋生徒日稀，逢原耿介他覓，離開束氏家塾）卷八〈日蝕〉：「十月朔日且蝕……惟此丙申日在未」

△正月狄青敗智高於邕州，斬首五千餘級，智高遁去。五月，賑邕州貧民。十月丙申朔日蝕，以蝗旱令監司諭親民官上民間利害。

詩人晁補之、陳師道生。

宋仁宗至和元年甲午（1054）

二十三歲。

作品：卷二〈南山之田〉，卷八〈甲午雪〉，卷四〈夢蝗詩〉（「至和改元之一年」）卷七〈令既有高郵之行，而束孝先兄弟索余詩〉。卷廿四〈上王介甫書〉。

在高郵軍聚學（沈編王令年譜）

王安石三十四歲被召入京，道出淮南，令投〈南山之田〉詩往見之（廣陵先生傳）……。

△正月京師大寒，民多凍餒死者。四月，日食。

宋仁宗至和二年乙未（1055）

二十四歲。

作品：卷十九〈招學說寄興叔〉，卷廿五〈上孫莘老書〉。卷廿七〈謝束丈〉（「不肖無所用於人，因緣於此，去而復來。」）卷十五〈周伯玉字元韞序〉「至和二年，高郵之學成，後三月而令來。」

在高郵軍任學官，旋辭官，仍歸天長束氏家塾（沈編王令年譜）

△三月，以旱除畿內民逋欠及去年秋逋稅。

宋仁宗嘉祐元年丙申（1056）

二十五歲。

作品：卷一〈藏芝賦〉（「丙申歲，自四月至六月大雨，余之所客天長縣……」），卷廿五〈再上邵不疑書〉。

在束氏家塾聚學，秋後至潤州（沈編年譜）

△正月大雨雪。四月大雨，水注安上門，門關折，壞官私廬舍數萬區。江、河決溢，河北尤甚。八月，日食。

宋仁宗嘉祐二年丁酉（1057）

二十六歲。

在潤州。旋即移家江陰暨陽，聚徒講學，曾至常州爲諸生講《論語》、《孟子》（沈編王令年譜）

作品：

△〈孟子講義〉一篇。《臨川集》卷七十一〈題王逢原講孟子後〉「逢原在常江陰時，學者有問以孟子，而逢原爲之論說……未幾而逢原卒，故其書才終於一篇。」。今已佚。（可參趙國雄《兩宋孟子著述考》之「亡佚之孟子著述」頁95～96）。〈論語講義〉。《臨川集》卷七十八〈與王逢原書〉：「承以論語義見教，見微旨奧，直造孔庭」。卷七〈暨陽居〉四首。卷二〈江上詞〉、〈山中詞〉。卷廿三〈潤州遊山記〉（〈廣陵先生傳〉：「居潤，賦〈江上〉、〈山中詞〉，居頃之，熟於潤之山川道里，又著遊山記以寓其意」）。卷廿七〈與束伯仁手書〉五「到江陰又已經月……離潤日長……」

△正月梓、夔路，三里村夷人寇淯并鹽。澧州、羅城洞蠻內寇，發兵擊走之。雄、霸地震。四月，幽州大地震，壞城郭，覆壓死者數萬人。邕州火峒蠻儂宗旦入寇。

宋仁宗嘉祐三年戊戌（1058）

二十七歲。

在江陰暨陽聚徒講學，四月，至蘄州親迎吳婦，十一月還暨陽，十二月以常人之招，遷常州（沈編王令年譜）

作品：卷廿七〈與束伯仁手書〉六（「四月南航，比今方還。」）。〈與束伯仁手書〉八（「令既已至家，已冬至，復以生用之窘，已從常人之招，旦夕當遷。」）。卷廿七〈與王介甫書〉二（「舟行濡遲，以十一月到家，十二月遷常……」）。卷八〈蘄口道中〉三首。

△七月，夔州路旱，遣使安撫。八月日食。

宋仁宗嘉祐四年己亥（1059）

二十八歲。

在常州聚徒講學（沈編王令年譜）

六月，以足疾卒於常州，〈廣陵先生傳〉：「遷常，未幾以足疾終。」

〈王逢原墓誌銘〉：「卒之九十三日，嘉祐四年九月丙申，葬於常州。」

推之，則卒於六月。又《臨川文集》卷七十一〈題王逢原講孟後〉

云：「逢原卒於嘉祐己亥六月」亦可證。

婦吳氏，歸令未及一年而寡，抱始生之孤，闢唐曠土，家資累鉅萬

（〈節婦夫人吳氏墓碣銘〉）

△正月，日食，自冬雨雪不止。二月廣南言交阯寇欽州。四月，大

　震雷，冰雹。

參考書目

1. 《史記》，司馬遷，洪氏。
2. 《晉書》，房玄齡等，鼎文。
3. 《舊唐書》，劉昫，鼎文。
4. 《新唐書》，歐陽脩、宋祁等，鼎文。
5. 《宋史》，脫脫等，鼎文。
6. 《宋史翼》，陸心源，文海。
7. 《東都事略》，王偁，文海。
8. 《中國通史》，傅樂成，大中國。
9. 《宋遼金史》，王明蓀，長橋。
10. 《國史史料學》，崧嵩。
11. 《揚州府志》，文海。
12. 《宋元學案補遺》，王梓材、馮雲濠，世界。
13. 《宋元學案選注》，繆天綬，商務。
14. 《宋代社會研究》，朱瑞熙，弘文館。
15. 《論語》，藝文。
16. 《孟子》，孟軻，藝文。
17. 《老子》，老聃，藝文。
18. 《莊子》，莊周，藝文。
19. 《楚辭補注》，洪興祖撰，藝文。
20. 《詩經》，學生。

21. 《昭明文選》，蕭統編，藝文。

22. 《廣陵集》，王令，文淵閣四庫全書。

23. 《臨川文集》，王安石，文淵閣四庫全書。

24. 《王荊公詩注》，李壁注，文淵閣四庫全書。

25. 《山谷集》，黃庭堅，文淵閣四庫全書。

26. 《徂徠集》，石介，文淵閣四庫全書。

27. 《河東集》，柳開，文淵閣四庫全書。

28. 《元豐類稿》，曾鞏，文淵閣四庫全書。

29. 《歐陽文粹》，歐陽脩，文淵閣四庫全書。

30. 《玉川子集》，盧仝，四部叢刊正編。

31. 《中國文學發展史》，劉大杰，華正。

32. 《中國詩歌流變史》，李曰剛，文津。

33. 《新編中國文學史》，文復。

34. 《中國文學批評史》，郭少虞，文史哲。

35. 《中國文學批評史大綱》，朱東潤，開明。

36. 《中國文學思想史》，青木正兒，開明。

37. 《中國文藝思潮史略》，朱維之，地平線。

38. 《中國詩學》，劉若愚，幼獅。

39. 《中國文學理論》，劉若愚，聯經。

40. 《中國詩歌通論》，范况，商務。

41. 《中國詩歌研究》，胡萬川等，中央文物供應社。

42. 《論中國詩》，小川環樹，香港中文大學出版社。

43. 《宋代文學》，呂思勉，商務。

44. 《宋詩概說》，吉川幸次郎，聯經。

45. 《宋詩紀事》，厲鶚，中華。

46. 《宋詩選註》，錢鍾書，木鐸。

47. 《宋詩三百首》，金性堯，文津。

48. 《宋詩派別論》，梁昆，東昇。

49. 《宋詩研究》，胡雲翼，宏業。

50. 《宋詩之派別》，陳延傑。

51. 《禪學與唐宋詩學》，杜師松柏，黎明。

52. 《北宋文學批評資料彙編》，黃師啟方，成文。

53. 《宋詩論文選輯》，黃師永武、張高評，復文。

54. 《文學理論資料彙編》，華諾。

55. 《文言虛字用法》，三民。

56. 《修辭學》，黃慶萱，三民。

57. 《文心雕龍》，劉勰，世界。

58. 《苕溪漁隱叢話》，胡仔纂集，長安。

59. 《詩人玉屑》，魏慶之，九思。

60. 《容齋隨筆》，洪邁，商務。

61. 《唐詩談叢》，胡震亨，新文豐（叢書集成新編）。

62. 《墨莊漫錄》，張邦基，新文豐（叢書集成新編）。

63. 《客座贅語》，顧起元，新文豐（叢書集成新編）。

64. 《甌北詩話》，趙翼，木鐸。

65. 《中國詩學設計篇》，黃師永武，巨流。

66. 《中國詩學鑑賞篇》，黃師永武，巨流。

67. 《中國詩學思想篇》，黃師永武，巨流。

68. 《詩與美》，黃師永武，洪範。

69. 《詩體明辯》，徐師曾，廣文。

70. 《迦陵談詩》，葉嘉瑩，三民。

71. 《中國詩律研究》，王子武，文津。

72. 《百種詩話種類》，臺靜農編，藝文。

73. 《詳註分類正歷代詠物詩》，俞琰，廣文。

74. 《古典詩文論叢》，顏崑陽，漢光。

75. 《古典文學散論》，王熙之，學生。

76. 《王令集》，沈文倬校點，上海古籍。

77. 《韓昌黎詩繫年》，錢仲聯，學海。

78. 《韓愈》，羅聯添，國家。

79. 《孟郊研究》，尤信雄，文津。

80. 《李賀詩研究》，楊文雄，文史哲。

81. 《李太白研究》，夏敬觀等，里仁。

82. 《韓愈詩選》，止水選注，遠流。

83. 《孟郊賈島詩選》，周錫䪖選注，遠流。

84. 《李賀詩選》，劉斯翰選注，遠流。

85. 《王安石詩選》，周錫䪖選注，遠流。

86. 《韓門詩家論評》，吳車，輔大碩士論文，民國 62 年。

87. 《北宋的古文運動》，何寄澎，台大博士論文，民國 73 年。

88. 《詩經疊字研究》，黃章明，文化碩士論文，民國 68 年。

89. 《韓愈詩研究》，高八美，師大博士論文，民國 75 年。

90. 《李白詩研究》，呂興昌，台大碩士論文，民國 62 年。

91. 《王安石研究》，梁明雄，東海碩士論文，民國 64 年。

92. 《歐陽脩生平及其文學》，江正誠，台大博士論文，民國 67 年。

93. 《韓愈生平及其詩》，吳達芸，台大碩士論文，民國 61 年。

94. 《中國士人仕與隱的研究》，陳英姬，師大碩士論大，民國 72 年。

95. 《兩宋孟子著述考》，趙國雄，政大碩士論文，民國 75 年。

朱希真及其詞研究

孫永忠 著

作者簡介

孫永忠，字恪誠。江蘇省阜寧人，1957 年生於台北。輔仁大學文學博士。目前任教於輔仁大學中文系，教授中國文學史、古典詩詞曲選、書法、書畫藝術欣賞、應用文等課程。著有《類書淵源與體例形成之研究》、《公文寫作》、《實用書牘》、《應用文》。曾任輔仁大學國劇社、崑曲社指導老師，現任輔仁大學「東籬詩社」指導老師。

提　要

　　本文冀對朱希真之思想、感情以及藝術成就作全面深入之研究，並試為其在宋詞演進史上定位。全文共分四章：第一章分兩部分進行，首先，由史籍文獻中整理出朱希真一生之梗概，包括其家世出身、平生際遇，才學成就等外在的情境以為經。其次，再由詞作中探尋其感情世界，包括其早、中、晚三期的感情變化、人品抱負、交友、遊蹤等內在的感情層面以為緯，藉由經緯交織朱希真真實的面貌。第二章研究《樵歌》之內容，將詞作以主題為依據畫分為五大類，除探討朱希真隨時代而遞變的思想與充沛的感情外，更著重其內容開拓與實用功能的貢獻。第三章就遣詞用字、格律體裁、書寫手法等方向切入，探討朱希真詞的形式藝術。第四章結論，綜合前各章之研究，總述朱希真其人與檢討其詞風格與影響等整體藝術成就，並肯定其在詞史上應有之地位。

目

次

緒　言

　　詞以其性質而論，比詩更易於表達纖杳難描之情。無論歡情、悲憤，凡是不能著於詩文表白者，均可藉詞抒發。於是詞體興起，受到文士之愛好與重視。到了宋代，由於社會需要與大家之推展，詞終於成為宋代代表文學。

　　在三百年的宋詞演進史中，南渡時期是一重要環節，因為必遭非常之變，方有非常之文學作品。試想：屈原若非為奸小排擠而遭放逐，〈離騷〉不能以孤忠之憤震搖千古；後主倘無滅國失土之劫，其詞未必有悲涼之情漾盪百代。北宋承染南唐之風，詞的內容多寫男女情思、賓筵送別之情，直到蘇軾，方以不羈之才，為詞「指出向上之路」。但因天下太平，社會繁榮，蘇詞縱有悲吟之聲，亦限於思古之幽情、身世之哀嘆而已。靖康之亂，擊碎了宋代政治社會的常態，肩承喪國之恥的文士，身隨宋室南遷，目睹億萬生靈塗炭、大好江山遍地瘡痍之慘狀，無論在思想或情感上，都有極大的變化。當然，詞的聲情內容，也由溫柔旖旎一變而為慷慨激昂。由此可見時代環境對文學之影響力。

　　在這樣一個風雲動盪的時代，孕育出一位大詞人——朱敦儒。他一生跨越兩宋之交，身逢繁華與戰亂；南渡前是位散逸名士，巨變後竟成矢志恢復之志士。傳有詞集《樵歌》三卷，收錄詞作二百四十五

首，寫下時代風變，兼有豪放、婉約之長，卓然傲立於當世，在南渡前後之詞人中具有其代表性。但數百年來他未受到公平之待遇，歷來詞評或詞選正視敦儒之成就者寥寥可數。詞集若非清王鵬運爲之重新刻印，今日或已失傳。近世自胡適率先推重後，雖已漸爲學者所肯定，但研究專文並不多見。筆者不揣弊陋撰《朱希眞及其詞研究》，冀對希眞之思想、感情以及藝術成就作全面深入之探研，並試爲其在宋詞演進史上定位。全文共分四章：第一章分兩部分進行。首先，由史籍文獻中整理出希眞一生之梗概，包括其家世出身、平生際遇，才學成就等外在情境以爲經。其次，再由詞作中探尋其感情世界，包括其早、中、晚三期的感情變化、人品抱負、交友遊踪等內在感情層面以爲緯，希望由經緯交會而織繪出希眞眞實的面貌。第二章研究《樵歌》之內容，將詞作以主題爲依據畫分爲五大類，除探討希眞隨時代而遞變的思想與充沛的感情外，更著重其開拓與實用功能的貢獻。第三章就遣詞用字、格律體裁及章法結構三方面，來研究《樵歌》的形式技巧是否成功的表現出詞情。第四章結論，綜合前各章之研究，檢討希眞藝術成就，包括風格與影響，並爲之肯定其在詞史上應有之地位。

最後附帶一提有關《樵歌》版本流傳之問題：《樵歌》最初有《直齋書錄解題》所載之長沙本《樵歌》一卷，已佚；後有阮元四庫未收本《樵歌》三卷，依毛晉汲古閣舊鈔過錄，全集分三卷，收詞二百四十八首，今藏於故宮博物院圖書館；道光年間，有瞿鏞之鐵琴銅劍樓鈔本，但鈔自何本已不可考，今藏於中央圖書館；光緒年間，梅里許氏聽香館刊有《樵歌》三卷，收詞二百四十五首，前有劉繼曾序，卷後有許巨楫跋，謂「此刻自庚寅至癸巳始竣」，蓋最早之刊本。光緒年間另有王鵬運四印齋刊本，乃據吳枚庵鈔校本刊印，分爲三卷，收詞二百四十五首，與癸巳年付梓之彙刻本《樵歌拾遺》三十餘首，皆藏於中央研究院歷史語言研究所；還有朱祖謀《彊村叢書》收《樵歌》三卷，詞二百四十五首，乃據范白舫藏本付梓，並以吳鈔本、許刊本校勘，爲希眞詞之傳世最爲完善者。本文寫作、

引詞俱依《彊村叢書》本。

　　本文撰寫期間，蒙　王師靜芝、包師根弟之悉心指導，勖勉再三，在此謹誌至深之謝意。唯個人資質愚鈍，雖勉力爲之，然仍有未盡理想之處，敬祈博雅君子不吝賜正。

第一章　朱希眞之生平

　　要研究一位偉大的文學家之藝術成就，除了從作品本身探索外，若能多角度地瞭解其生命歷程，將有助於更深入地掌握作品與作者生命間不可分割的血脈，以達到作品剖析與欣賞的更高層次。所以，研究者必須盡可能地運用一切可得資料。由於宋史本傳資料的不足，要詳細明瞭朱希眞其人，就不得不借重其他的文獻資料。因此，除了以《宋史》本傳爲主外，本文另採用的重要資料有：

1. 宋・劉一止《苕溪集》
2. 宋・周必大《文忠集》
3. 宋・陳騤《南宋館閣錄》
4. 宋・朱熹《朱文公集》
5. 宋・李心傳《建炎以來繫年要錄》
6. 宋・鄧椿《畫繼》
7. 宋・陳振孫《直齋書錄解題》
8. 宋・岳珂《寶眞齋法書贊》
9. 宋・劉克莊《後村詩話》
10. 元・徐碩《嘉禾志》
11. 明・朱謀垔《畫史會要》
12. 鄭師因百〈朱敦儒生平年歲彙考〉

今分兩部分討論朱希眞生平：

第一部分，從史籍文中理整出朱希眞一生梗概。正史對希眞一生之記載過於簡略，是以後人無法獲知其生平詳細際遇，更難據以推研其心路歷程，本部分試將各項已發現之文獻彙集，詳究一代偉大詞人一生之梗概。其目的在從了解其人著手，進而探索其作品內在之感情世界。

首先，由「家族考」之資料，研究希眞是否因良好之家世背景，使他得以文武全才、志行高潔，卓然獨立北宋末年。其次，整理其平生際遇，以便探求因世俗沈浮而對其作品內容之影響。《宋史》本傳未載明希眞之生卒年歲，本部分亦將援據研考。最後，透過對希眞才學之探討，分析其藝術作品間相互影響之層次，以助於瞭解其詞風形成之背景。

第二部分，乃從希眞詞作中探尋其感情世界。由於希眞前後生活環境的急遽變動，他的詞在內容與風格上都畫出前中後三期的明顯分別。早期在宋室南渡之前，他生活在北宋晚年社會經濟高度繁華、上下競相奢侈的時期，他耳聞目見的，他心靈感受的，他表現於作品中的，自然都是那種享樂生活的反映。逮金人南侵，一夜之間，往日的繁華與安逸都被毀滅；國破家亡，北宋時代的繁華一時盡成灰燼。政治社會起了這麼大的變動，影響最大的，是人們心靈上的鉅變，詩人們因感動而覺悟，紛紛表現出正義的精神與壯烈的勇氣。此時希眞作品裡，也一掃過去綺羅香澤與享樂狂肆，而用悲壯的調子寫著故國山河之慟。南渡後，主和派當勢，江南得以偏安生息。工商日漸發達，經濟復甦，南宋君臣的享樂，人民的狂歡，又呈現承平盛世的現象，把國勢危急、靖康之恥及賠款稱姪的羞辱都忘記了。希眞在這裡偏安的享樂氣氛中，不滿地退隱嘉禾，壯烈豪放的氣概日褪，反映在作品中的是田園生活的安詳與對人生徹悟。這些只有在其自由抒寫，寄興托感的詞作中，才能發現他前後不同的心態。

第一節　朱希眞之生平梗概

一、家世出身

朱希眞據《宋史》本傳記載爲河南人，又由紹興十四年希眞題蘭亭帖之跋中，亦可知其爲洛陽人。〔註1〕洛陽今爲河南省屬縣，在宋朝稱西京河南洛陽郡。《宋史》所說之河南人，即爲河南府人。

徐碩《嘉禾志》云：「朱敦儒，字希眞，號巖壑。」〔註2〕《宋史》本傳、周必大《二老堂詩話》，周紫芝《竹坡詩話》、鄧椿《畫繼》及陳騤《南宋館閣錄》等文獻，均言敦儒字希眞，唯《御選歷代詩餘》云：「朱敦儒，字希眞，一作希直。」希直之說，未知所本。〔註3〕

「巖壑」之號，另見於朱熹〈跋朱希眞所書道德經〉云：「巖壑老人小楷道德經二篇，精妙醇古。」〔註4〕此外，希眞尚有別號曰伊水老人及洛川先生。朱熹跋朱希眞所書〈樂毅報燕王書〉云：「今觀玉山汪季路所藏伊水老人手筆，老人得無亦有余之恨乎？」〔註5〕陸游〈達觀堂詩序〉云：「（吳景先）少嘗從洛川先生朱公希眞問道。」〔註6〕

由於文獻不足，無法考證希眞之先世，目前能知悉的是：其父朱勃，其兄敦復與子女各一人。《宋史》本傳云：

> （希眞）父勃，紹聖諫官。

范祖禹云：

> 朱勃遜之，元祐六閏八月二十七日與公楙同舉御史。〔註7〕

〔註1〕見《蘭亭續考》卷一，希眞題跋云：「傳朋赴鎮上饒，相遇嘉興，觀定武舊本蘭亭，眞氣凜然。紹興中甲子九月十四日，雒陽朱敦儒題。」按：紹興中甲子即紹興十四年。漢以火德王，忌水，改洛陽爲雒陽，後人好古，每襲用之。

〔註2〕見徐碩《嘉禾志》卷十三。

〔註3〕按「直」蓋爲「眞」之壞字，《御選歷代詩餘》編者不察而錄，見《御選歷代詩餘》卷一○四。

〔註4〕見《朱文公集》卷八十四。

〔註5〕見《朱文公集》卷八十二。

〔註6〕見《渭南文集》卷十五。

〔註7〕見〈范太守傳〉卷五。

周必大〈跋汪季路所藏張文潛與彦素帖〉云：

朱希眞，父諱勃，元祐、紹聖之交爲右司諫。〔註8〕

劉攽〈太僕寺丞朱勃可權發遣虢州制〉云：

勃以幹敏著稱，是以選擇，往茲撫之。〔註9〕

綜合上述史料，可知希眞之父朱勃，曾於元祐六年被舉詔爲御史，擔任諫官，之後歷任太僕寺丞與虢州撫民之特使，素有幹敏之善譽。

希眞有兄名敦復，《全宋詞》「朱敦復」條云：

敦復，字無悔，洛陽人。希眞兄。

並錄其詞作〈雙雁兒〉一闋，詞云：

尚志服事跐神仙。辛勤了、萬千般。一朝翻身死入黃泉。至誠地、哭皇天。　旁人苦苦叩玄言。不免得、先諸賢。禁法蝎（偈之誤）兒不曾傳。喫畜生、四十年。（採自宋范公偁撰《過庭錄》。稗海本。）

又，希眞在壬戌年（高宗紹興十二年八月）於會稽所題之蘭亭跋云：

右蘭亭，從毛雍玉唐人所臨本上雙鉤摹寫。亡兄無悔昔與雍玉相遇於汝州教授陳和夫官舍，大熱揮汗，自旦至暮，極其精思，較他本爲勝。〔註10〕

綜合以上資料可知：希眞之兄名敦復，亦能塡詞，書法造詣也有可觀，曾摹寫唐人本蘭亭，逝於紹興十二年之前。

希眞有子女，《宋史》本傳云：

檜子熺亦好詩，於是先用敦儒子爲刪定官。

周必大〈跋汪季路所載朱希眞眞蹟〉云：

秦丞相擢其子爲勅局刪定官。〔註11〕

〔註8〕見《文忠集》卷十八。按《宋史》本傳及本則資料可知，周必大《二老堂詩話》記載：「（希眞）紹聖諫官勃之孫。」中，「孫」字乃「子」字之誤。

〔註9〕見《彭城集》卷二十二。原制文全稱爲：「知趙州杜紳可知濱州：太僕寺丞朱勃可權發虢州：知濱州張奕可知趙州：知虢州張仲容可知建昌軍制。」

〔註10〕見《蘭亭考》卷七。

〔註11〕見《文忠集》卷十七。

可知希眞有一子，名號不詳，曾於紹興年間任刪定官，能詩。又《樵歌》〈柳梢春〉詞，副題爲季女生日而作，可知其至少有一女，餘則不詳。

二、生平際遇

希眞在南渡之前，隱居洛陽，因其志行高潔，所以有朝野之望，曾屢爲宋廷所召。《宋史》本傳云：

> 靖康中，召至京師，將處以學官，敦儒辭曰：「麇鹿之性，自樂閑曠，爵祿非所願也。」

《建炎以來繫年要錄》亦云：

> 敦儒，河南人，靖康中嘗召至闕，命以初命官，舉與學校差遣，辭不就。〔註12〕

就在此時，金人揮軍南侵，擄走徽、欽二帝，即史稱「靖康之難」，希眞逐避難於嘉禾。據《嘉禾志》記載：

> 宋朱敦儒……本中原人……高宗南渡初，寓此。有讀書堂在天慶觀之西。〔註13〕

趙構就帝位於南京（河南商邱），是爲高宗。《宋史》希眞本傳云：

> 高宗即位，詔舉草澤才德之士，預選者命中書策試，授以官。於是淮西部使者，言敦儒有文武才。召之，敦儒又辭。

而《建炎以來繫年要錄》所載：

> 建炎二年乙卯朔。……至是淮西使者薦其有文武才，乃再召之，敦儒卒不至。〔註14〕

與正史所載相符，當金人再陷南京，希眞經由江西避難兩廣。〔註15〕此時宋廷又召其出仕，《宋史》本傳云：

> 避亂，客南雄州，張浚奏赴軍前計議，弗起。紹興二年，宣諭使明橐言敦儒達治體，有經世才，廷臣亦多稱其靖退。詔以爲右迪功郎，下肇慶府，敦遣詣行在。敦儒不肯受詔。

〔註12〕見《要錄》卷十三。
〔註13〕見《嘉禾志》卷十三。
〔註14〕見《要錄》卷十三。
〔註15〕據《二老堂詩話》所載：「（希眞）靖康亂，避難地，自江西走二廣。」

在敦儒第三次拒絕朝廷召請時，其友人乃力勸他云：

> 今天子側席幽士，翼宣中興，譙定召於蜀，蘇庠召於浙，張自牧召於長蘆，莫不聲流天京，風動郡國，君何爲棲芳茹蘀，白首巖谷乎？

於是希眞幡然而起，展開了其十八年的仕宦生涯。《宋史》本傳云：

> 既至，命對便殿，論議明暢，上悅，賜進士出身，爲秘書省正字。俄兼兵部郎官，遷兩浙東路提點刑獄。

關於這段任官的經歷，《建炎以來繫年要錄》記載頗詳，其言曰：

> 紹興三年九月壬子朔。己巳。河南布衣朱敦儒特補右迪功郎，令肇慶府以禮敦遣赴行在。……宣諭官明彙言其深達治體，有經世之才。參知政事席益、吏部侍郎直學士院陳與義又交稱其賢，乃是有命。〔註16〕

> 紹興五年十二月己亥朔。辛亥，右迪功郎朱敦儒賜進士出身，守秘書省正字。〔註17〕

> 紹興六年十一月乙丑朔。辛卯，秘書省正字朱敦儒兼權兵部郎中，行在供職。〔註18〕

> 紹興十四年二月壬午朔。乙酉，左朝奉郎江南東路制置大使司參議官朱敦儒爲兩浙東路提點刑獄公事。〔註19〕

《苕溪集·朱敦儒除秘書郎制》亦云：

> 朕自艱難以來，首開冊府，以取眾俊，庶幾，人才足用，比隆於古。爾老於文學器度不浮，丞郎位高，實治省事，簡求其稱。〔註20〕

又於〈朱敦儒除都官郎官制〉云：

> 如敦儒擴停涵蓄，養邃於學而妙於辭。〔註21〕

〔註16〕見《要錄》卷六十八。
〔註17〕見《要錄》卷九十六。
〔註18〕見《要錄》卷一〇六。
〔註19〕見《要錄》卷一五一。
〔註20〕見《苕溪集》卷三十九。
〔註21〕見《苕溪集》卷四十四。

《南宋館閣錄》「朱敦儒」條云：

　　字希眞，河南人，汪應辰榜同進士出身，治詩。九年四月
　　除，五月爲都官員外郎。〔註22〕

又於「朱敦儒」條云：

　　五年十二月除，七年五月通判臨安府。〔註23〕

以上文獻正可相互參證。

　　希眞十餘年之仕途生涯尚稱平順，本應由此得以相機展施其抱
負，以期早日靖敵歸返故園。但由於高宗一味求和，苟且偷安，秦
檜爲迎逢其意，而利用其黨羽，攻擊排擠主戰的朝臣。紹興十六年，
右諫議大夫汪勃劾希眞「專立異論，與李光交通」（《宋史》本傳），
事實上，李光是指斥秦檜「懷奸誤國」的名臣，爲秦檜一心欲置之
死地的忠貞之士。希眞力求恢復，其政治主張必與李光相同〔註24〕，
所以遭到奸黨排擠，本是意料中事。更令人失望的是高宗竟言：

　　爵祿所以屬世，如其可與，則文臣便至侍從，武臣便至節
　　鉞；如其不可，雖一命亦不容輕授。

完全不能體察希眞獻身報國的赤誠。〔註25〕

　　根據《要錄》記載：

　　紹興十九年十月己酉朔，丙辰，左朝請郎，主管台州崇道
　　觀朱敦守本官致仕。從所請也。〔註26〕

可知希眞被罷後，至台州崇道觀任主管。〔註27〕紹興十九年奉准致

〔註22〕　見《南宋館閣錄》卷七。
〔註23〕　見《南宋館閣錄》卷八。
〔註24〕　〈水龍吟〉云：「回首妖氛未掃，問人間、英雄何處。」可見其甚爲
　　　　　憂急國事。又〈相見歡〉云：「中原亂。簪纓散。幾時收。試倩悲風
　　　　　吹淚、過揚州。」可見其不忘故國。
〔註25〕　《要錄》卷一一五記載：「紹興十六年十一月丁卯朔。辛卯。朝散郎、
　　　　　兩浙東路提點刑獄朱敦儒罷。左諫議大夫汪勃論敦儒專立異論，與
　　　　　李光交通，望特賜處分。」
〔註26〕　見《要錄》卷一○六。
〔註27〕　宋制，設有宮觀祠祿之官，以佚老優賢，而有內外之別。《宋史》卷
　　　　　一○七「宮觀」條云：「京祠以前宰相、見任使相充使，次充提舉，
　　　　　餘則爲提點，爲主官，皆隨官之高下，處以外祠。選人爲監獄廟，

仕，返回嘉禾。

　　經歷了宦場挫折，又加上年老，希眞遂重返山水田園，過著隱逸的生活。《宋人軼事彙編》引《堅瓠集》云：

> 希眞居嘉禾。嘗有朋儕詣之，聞笛聲自煙波間起。問之，曰：「此先生吹笛也。」頃之，棹小舟至，則與俱歸。室內懸琴、筑、阮咸之類，平日所留意者。簾間蓄珍禽，皆目所未睹。籃缶置果實脯醢，客至，挑取奉客。

原以爲此番退隱，可安享天年，過段逍遙的時光；可惜好景不常，寧靜的生活卻又爲秦檜所打碎。《宋史》本傳云：

> 敦儒素工詩及樂府，婉麗清暢。時秦檜當國，喜獎用騷人墨客以文太平。檜子熺亦好詩，於是先用敦儒子爲刪定官，後除敦儒鴻臚少卿。檜死，敦儒亦廢。

《要錄》記載云：

> 紹興二十五年十月乙亥朔。庚辰，右朝散郎朱敦儒特引對。秦檜喜敦儒之才，欲爲其子孫楷模，敦儒已告老，強起之。既至，落致仕，仍詔陳乞過恩澤免追奪，日後致仕，更不推恩。比對，即除鴻臚少卿；人始少其節。〔註28〕

此次復出爲時甚短，在秦檜死後次日，即紹興二十五年十月丁酉日，希眞便被廢。由於希眞乃秦檜所強起，而且任職不過十八天，所以處分得很輕，只處以依舊致仕。至於其出處之評議，將於下一節之「人品節操」單元再作研討，在此暫不述論。

　　希眞再度致仕之後，便在嘉禾渡過其餘年。《要錄》「紹興二十九年正月丙辰朔」條云：

> 甲申，左朝奉郎致仕宋敦儒卒於秀州。〔註29〕

經考宋敦儒乃朱敦儒形近之誤。其卒年雖可確定；然其生年仍未有明

非自陳而朝廷特差者，如黜降之例。」在《蘭亭考》卷五所云：「希眞年六十六，已爲請宮祠計，欲歸老浙西。」即言此制。而其十六年被罷後，大概就派爲台州崇道觀主管。

〔註28〕 見《要錄》卷一六九。
〔註29〕 見《要錄》卷一八一。

文載錄。希眞在紹興十二年十一月七日所作之〈蘭亭帖跋〉云：「……
希眞六十六，已爲請宮祠計，欲歸老浙西。」以此推算，希眞當生於
神宗元豐四年（1081），至紹興二十九年（1159）卒，享年七十九歲。
〔註30〕

　　希眞平生好言神仙，他的死也充滿神秘的色彩。宋趙與峕《賓退
錄》記其去世的經過甚詳：

> 紹興戊寅（按 28 年）除夜，（希眞）體中不佳，三更方得
> 睡。至一山館。（以下夢境略）。忽驚起，索燈火，目想神
> 思，縱筆爲記。次日己卯（29 年）歲旦，子孫環侍，朱出
> 此記示之，且云：「所遊甚樂，悔不便爲住。」計後八日，
> 又自云：「好去、好去，自有快樂。」三更初，端坐啓手
> 足，神思不亂，寂然而逝。七日方斂，舉體柔軟，氣貌如
> 生。〔註31〕

陸游〈達觀堂詩序〉亦云：

> 朱公（希眞）之逝甚異，世以爲與尹先覺、譙天授、蘇養
> 直俱化仙去。〔註32〕

以上的神異之說固不足爲信，但由此卻可推算出希眞逝於正月初九日。

三、才學成就

　　希眞精於詩、詞、文章、書畫，而且兼備文武之才，是位謀遠識
宏之賢臣。《宋史》本傳記有宣諭官明槖向高宗奏謂希眞「有經世才。」
《要錄》「紹興三年九月壬子朔」條亦有同樣之記載，〔註33〕並加以
參知政事席益、吏部侍郎直學士陳興義又交稱其賢等語。

　　希眞雖早年靖退，散逸在江湖山水之間，一旦應詔廷對，便能「議
論明暢」而深得高宗所喜，可見其平日學養厚蘊，惜史籍並未載明其

〔註30〕有關希眞之生卒年歲詳考，請參閱鄭師因百發表於《台大中文學報》
　　　　之〈朱敦儒生卒年歲彙考〉一文。
〔註31〕見宋趙與峕《賓退錄》卷六。
〔註32〕見《渭南文集》卷十五。
〔註33〕見《要錄》卷六十八。

政績、政論。但由其被秦黨佞臣汪勃彈劾「專立異論，與李光交通」
之事研判，可見希眞是位主戰派的大力支持者。以歷史的眼光而言，
當時力戰進取是宋朝政府最合時宜的自救方法，所以有良知、有遠見
的臣民，都力主求戰反攻金人，以復北地山河，可惜高宗自毀長城，
坐失良機，希眞自當以爲憾。

《宋史》本傳稱希眞有「文武才」，然因未言其詳，僅由其詞中
可略見其武功，如：「射麋上苑，走馬長楸」。惜生未逢時，希眞僅得
「兵部郎官」一職，而無法展其長才。若當年高宗積極揮軍北伐，或
許希眞得以封將掛帥，成就一番非常之武功勳業亦未可知，如此便不
致生「有奇才無用處」（希眞詞語）之嘆。

其藝文方面之表現，可分文章、詩、詞、書法、繪畫五類，其中
又以詞最爲世人所樂道。

希眞早年在洛陽，便因喜詞而享有「洛中八俊」之一的令名。
〔註34〕沈雄言其「擅詞名」；〔註35〕周必大亦稱其「詩詞獨步一世」；
〔註36〕王灼評其詞「佳處亦各如其詩」；〔註37〕徐碩則曰：「（希眞）
以詞章擅名，天資曠遠，有神仙風致」。〔註38〕阮元更對其詞之音律
加以批評云：「音律諧緩，情至文生，宜其獨步一時也」。〔註39〕其
他如《古今詞話》、《詞品》、《詞苑萃編》、《花庵詞選》等，均收錄
希眞詞之佳作。在旺盛的創造力與生活體驗的結合下，他留下了二
百四十五首詞作，收錄於詞集《樵歌》之中。

《宋史》本傳云：「（希眞）素工詩及樂府，婉麗清暢」，以及前

〔註34〕 樓鑰《攻媿集》卷七十一，〈跋朱巖壑鶴賦及送閭丘使君詩〉云：「承
平時，洛中有八俊：陳簡齋詩俊、巖壑詞俊、富季申文俊，皆一時
奇才也。」餘五俊則不詳。
〔註35〕 沈雄《古今詞話》卷七云：「擅詞名。」見頁20。
〔註36〕 見周必大《二老堂詩話》云：「（希眞）詩詞獨步一世。」
〔註37〕 見王灼《碧雞漫志》卷二。
〔註38〕 見《嘉禾志》卷十三。
〔註39〕 見阮元《四庫未收書總目提要》卷三「樵歌三卷」條，頁46。

引《二老堂詩話》、《碧雞漫志》所載，可證其能詞亦能詩，是以秦檜強起復出，以爲子孫楷模。希眞之詩作收於《獵較集》與《巖壑老人詩文集》之中，可惜均已亡佚。而今僅能由劉克莊《後村詩話》、鄧椿《畫繼》、周紫芝《竹坡詩話》及夏樹芳《栖眞志》，收得希眞少許的詩或詩聯，〔註40〕風貌與其詞十分相似，王灼評希眞詞「佳處各如其詩」，應是不錯的。

　　由《巖壑老人詩文集》之書名可知，希眞除有詩詞之作外，亦有文章傳世。劉一止《苕溪集‧朱敦儒除秘書郎制》云：「爾老於文學，器度不浮。」〈除都官郎官制〉又云：「停涵蓄養，邃於學而妙於辭。」《宋史》本傳亦云：「論議明暢」，可見希眞文章亦有可觀，惟因《巖壑老人詩文集》已佚亡，故無法得見其中文章。今僅見者惟《嘉禾志》所載之〈天慶觀增修聖祖殿記〉一文，〔註41〕《寶眞齋法書贊》所收之「朱希眞書簡」五則，〔註42〕以及《式古堂書畫彙考》所收之〈別後塵勞帖〉等文。〔註43〕大體而言，希眞文章平易，少雕琢，自然而流暢。

　　《寶眞齋法書贊》將希眞書簡視爲珍藏之墨寶；〔註44〕同樣的，宋汪季路也收有希眞之書法作品若干，請周必大、朱熹、樓鑰等名士爲之題跋。其作品名稱可知的，如：〈樂毅報燕王書〉、〈道德經〉、〈鶴賦〉及〈送閭丘使君詩〉；其他無明示帖名之跋，尚有三件。另有《式

〔註40〕　其中《後村詩話》所輯者，乃出自《獵較集》，其他則不知出於何集。
〔註41〕　見《嘉禾志》卷十七。請參閱附錄三。
〔註42〕　見《寶眞齋法書贊》卷二十二，「朱熹眞書簡帖」條。按「熹」字乃「希」字之誤。由書齋之署名「敦」與岳珂之跋可證。
〔註43〕　見清卞永昱之《式古堂書畫彙考》卷十四。
〔註44〕　《寶眞齋法書贊》「朱希眞書簡帖」條下注：「五帖並行書。第一、第四帖各十行，第二帖九行；第三帖三行；第五帖四行。尾批三行。」書簡之後有跋有贊。跋云：「右紹興鴻臚少卿朱公敦儒字希眞，書簡帖五幅，眞蹟一卷。中州遺老，百年一人，梅花清癯，風流蓋與孤山相似，幡然一出，林宗之巾墊矣，帖尚走以其意象之傳也。」贊云：「洛陽耆英，淪于朔塵三十年，有人典型之存，炙乎絕倫，一日之伸，梅花分繽紛，孤山分片雲。」

古堂書畫彙考》所收之〈朱希眞別後塵勞帖〉等。〔註45〕以朱熹〈跋朱喻二公法帖〉與〈跋朱希眞所書道德經〉二跋，最能道出朱希眞書法之妙。如〈跋朱喻二公法帖〉云：

> 書學莫盛於唐，然人各以其所長自見。而漢魏之楷法遂廢。入本朝來，名勝相傳，亦不過以唐人爲法。至於黃、米，而歌頌側媚、狂怪怒張之勢極矣。近歲朱鴻臚、喻工部者出，〔註46〕乃能超然遠覽，追迹元常於千載之上，〔註47〕斯已奇矣。故嘗集其墨刻以爲此卷，而尤以樂毅書、相鶴經爲絕倫，不知鑑賞之士以爲如何也。（《晦菴題跋》，卷八二）

又如〈跋朱希眞所書道德經〉云：

> 巖壑老人小楷道德經二篇，精妙醇古，近世楷法如陳碧虛之相鶴，黃長睿之黃庭，皆所不及。唯湍石喻公之典引諸書，爲可方駕耳。（《晦菴題跋》，卷八二）

可謂推崇備至，因元常被書家譽尊爲眞書之祖，王羲之亦曾師法其〈宣示帖〉。希眞也曾爲蘭亭帖先後題有六跋，對各帖得失每每有所批評，可見希眞非但長於書法作品之創作，在書藝鑑賞上也深具素養。

其他有關希眞翰墨之妙的記載，如《佩文齋書畫譜》所引之《書法鉤玄》云：

> 朱巖壑書，橫斜顚倒，幾若楊少師。陸游金陵記云：鳳凰臺攬輝亭，朱希眞隸書。〔註48〕

除了長於書藝，希眞復善於丹青。鄧椿《畫繼》云：

> 秦檜當國，有携希眞畫山水謁檜。檜薦于上，頗被眷遇，與米元暉對御輒畫。而希眞恥以畫名，輒退避不居也。故常告親友曰：「吾非善畫者，所畫多出錢端回之手。」其實

〔註45〕《式古堂書畫彙考‧朱希眞別後塵勞帖》下注：「行草書紙本。」

〔註46〕喻工部，即喻樗，字子才，號湍石，原爲南昌人，後徙嚴中。建炎三年及進士第，趙鼎都川陜荊襄辟樗爲屬。紹興初年，授秘書省正字，轉工員外郎，出知蘄州。《宋史》有傳。

〔註47〕即鍾繇，字元常。三國魏人。善書，工正、隸、行、草、八分，尤長於正隸。後譽之者稱秦漢以來一人而已。

〔註48〕見《佩文齋書畫譜》卷三十四所引陸游〈金陵記〉。

非也。〔註49〕

希眞善以丹青描寫山水，能融詞人與畫家之巧思於詞作，故讀希眞之詞，常覺景色浮現於心，其來有自也。

由以上史籍文獻整理所得，希眞一生之梗概可分爲下列幾點：

1. 希眞爲北宋洛陽人，其詳細家世已不可考，謹知其父朱勃曾在朝任官，爲仕宦子弟。

2. 希眞生於神宗元豐四年（1081），卒於高宗紹興二十九年（1159），享年七十九歲。身居處靖唐之亂宋室南渡時期。

3. 希眞在紹興二年出仕任官，至紹興十九年以左朝請郎，主管台州宗道觀致仕。爾後於紹興二十五年被秦檜強起，任鴻臚寺少卿，旋又致仕。晚年隱居嘉禾。

4. 希眞早年優遊自樂，中期常有悲國懷鄉之思，晚歲則蕭然開適。

5. 長於文學、藝術，舉凡詩、詞、文章，均有盛名，有詞集《樵歌》流傳，而以詞作最受人注目，又有藝術修養，善於書畫。

以上五點是以客觀的史籍文獻整理所得，已爲希眞一生找出幾條大脈絡，由此將進一步探索希眞在遭歷家國劫難，仕途遷降的時期，他內心的感受又是如何？這點則不得不藉其眞情流露的詞作來探掘。本節所得之脈絡，正有助於研究希眞內心的感情世界。

第二節　朱希眞之感情世界

一、自樂逍遙的時期

本段所謂「自樂逍遙時期」，乃指希眞四十六歲，宋朝南渡前之時期。

在敦儒青少年時期，北宋依然保持繁華豪盛的小唐局面，無名氏

〔註49〕見《畫繼》卷三。

有〈鷓鴣天〉詞詠徽宗宣政時上元盛況云：

> 寶炬金蓮一萬條，火龍圍輦轉州橋。月迎仙杖回三殿，風
> 遞韶音下九霄。登複道，聽鳴鞘，再須酥酒賜臣僚。太平
> 無事多歡樂，夜半傳宣放早朝。

孟元老〈東京夢華錄序〉亦載當時汴京之繁華。

> 花光滿路，何限春遊，蕭鼓喧空，幾家夜宴。伎巧則驚人
> 耳目，侈奢則長人精神。

希眞值此盛世，又世居西京洛陽，古都名勝，山水靈秀，均有助於浪
漫氣息之培育。再加上父親在朝爲官，家計當不虞匱乏。是以希眞開
逸逍遙，縱情詩酒。試觀其在〈好事近〉詞云：

> 春去尚堪尋，莫恨老難卻。且乘禁煙百七，醉殘英餘萼。
>
> 　　坐聞玉潤賦妍辭，情語見眞樂。引滿瘦杯竹瀝，勝黃
> 金鑿落。

又如〈烏夜啼〉詞云：

> 翦勝迎春後，和風入律頻催。前回下葉飛霜處，紅綻一枝
> 梅。　　正遇時調玉燭，須添酒滿金杯。尋芳伴侶休閒過，
> 排日有花開。

再如〈菩薩蠻〉詞云：

> 風流才子傾城色。紅纓翠憶長安陌。夜飲小平康。暖生銀
> 字簧。　　持杯留上客。私語眉峯側。半冷水沈香。羅帷
> 宮漏長。

如〈水調歌頭〉「淮陰作」上片，追憶此時之生活云：

> 當年五陵下，結客占春遊。紅纓翠帶，談笑跋馬水西頭。
> 落日經過桃葉，不管插花歸去，小袖挽人留。換酒春壺碧，
> 脫帽醉青樓。

又如〈雨中花〉「嶺南作」上片，亦是追憶此時生活：

> 故國當年得意，射麋上苑，走馬長楸。對蔥蔥佳氣，赤縣
> 神州。好景何曾虛過，勝友是處相留。向伊川雪夜，洛浦
> 花朝，占斷狂遊。

此時希眞正值青春年少，開懷縱情，放浪不羈，全然一派王孫公子追

逐個人享樂的模樣。每日或訪名山勝水，或醉臥青樓酒榭，或邀友促膝清談，或尋芳擊節，吟唱華藻麗辭的風流歌章，其他便無所事事。希眞這些玩歲愒惵的行逕，在當年乃是社會高雅的時尚。

　　早在宋太祖陳橋兵變，黃袍加身，穩定了五代以來半世紀之久的動盪局勢之時，便樹立了北宋君王一心謀取和平與安定的政風。他巧妙地以杯酒釋兵權，將政權移交由文人統掌。於是經由科舉考試拔選的文人士大夫成爲君王統治天下的左右手，亦即實際執行政務的重要人物。讀書人的地位一躍而昇至極點，造成文人士大夫專業的風氣，成就了社會上一群特殊階層的人物。以文化來說，士大夫則是社會上的讀書人、文人。「士」既成爲讀書人與知識的象徵，象徵格外崇高的社會地位，並且承繼著前代以來古典文化的傳承與社會文化指導的任務。

　　由於宋代國策一意休養生息，尋求社會經濟的復甦、安定與和平，促成北宋工商業的繁榮與發達，顯現高度社會經濟發展力，也形成了繁榮的大都市與富商大賈。社會重視士人，因此經濟力量雄厚的富商，爲了求得較崇高的社會地位，自然以其雄厚經濟爲資本，由商入仕，這種現象在仁宗時代已格外明顯。因大賈挾資與士人並進，爲免使士大夫品類混淆，故而北宋士大夫特別標舉清高的氣節，講究生活雅趣，推崇所謂士大夫精神。〔註 50〕所以希眞的表現並非偶然。

　　但是更該重視的是，在希眞縱情享樂、自肆逍遙的背後，他蘊藏著一番遠大的理想與抱負，他自認爲是一條臥龍，〔註 51〕待時而昇，順應當時社會的浮華風氣，爲的只是「眞處不使人知」。希眞經常以高潔的梅花自許，雖是「千林無伴」，也能「澹然獨傲霜雪」，如其〈卜算子〉詞云：

〔註50〕見歐陽修〈試策〉一文。
〔註51〕見《樵歌》卷上〈木蘭花慢〉（折芙蓉弄水）一闋，有「當時種玉五
　　　　雲東，露冷夜耕龍」之句。

> 古澗一枝梅，免被園林鎖。路遠山深不怕寒，似共春相
> 趁。　　幽思有誰知，託契都難可。獨自風流獨自香。明
> 月來尋我。

古澗中潔傲的梅花不願羈於園林，而情願避藏到天寒路遠的深山裏。如果梅是希眞的化身，那其所不屑的園林，便可視爲當時的宋廷了。

宋神宗用王安石變法圖強，不料卻因求治過急、用人不當，未能收到預期之效果。哲宗朝司馬光、章惇先後爲相，因政治意見不同，開啓了新舊黨之爭；於是兩黨之人各持己見，爲意氣私慾而相互爭鬥，失去應有之政治理想與抱負。徽宗臨朝，雖鑒於兩黨各走極端均有所失，故新舊並用，惜兩黨仍相排而不合作。後蔡京躍居相位，盡其所能地迫壓舊黨，立有元祐奸黨碑，詔令宗室不得與元祐奸黨子孫締親，士庶不得以元祐學術政事聚徒傳授。蘇軾兄弟與黃庭堅之詩文，亦被禁止誦讀與私藏。黨禍之烈，爲前所未見。朝中貞士因而盡去，群小當政，國本爲之敗壞。再加上蔡京陰以奢靡迷惑徽宗，冀圖博取其歡心，以便把持朝政，致使徽宗不問政事，崇信道教，興宮觀，豢道士，自稱教主道君皇帝，荒誕無度，將歷朝國庫積存，浪費幾盡。如此君臣交相爲惡，民不聊生，盜賊四起。後雖禪位欽宗，亦於事無補。

宋廷政治腐敗如許，莫怪希眞不願涉入時政。在儒家傳統觀念中，「學而優則仕」本是由「誠意、正心、修身」到「齊家、治國、平天下」的最直接途徑。在安百姓、平天下的最高目標之下，每位士人應該都能超越他自己個體的和群體的利害得失，而轉換成對整個社會的深厚關懷，這是一種近乎宗教信仰的精神。士人們除了在學習中培育個人道德之外，還得投身在現實社會生活及政治制度中，找尋其自身的定位，並以所學帶動社會與政治轉向理想的層次。換句話說，政治參與已成爲每位士人應盡之責，而如何透過合理的政治運作，來達到改善社會的秩序，是士人最重要的課題。但是當政治制度不合理，士人理想不能得以舒展時，暫時「深根寧極」似乎是一種存身之道。孔子云：「天下有道則見，無道則隱」。「隱」，其實只是一個待時

而動的態度。吳璧雍〈人與社會——文人生命的二重奏：仕與隱〉一
文曾說：

> 如客觀環境眞正允許理想的拓展，那麼潛居歛藏不失爲可
> 行之道。一味固持已能，表現強勁的孤傲，只是昧於「時」
> 義的愚行，所以孔子推崇蘧伯玉爲君子而讚之曰：「君子
> 哉，蘧伯玉，邦有道則仕，邦無道則可卷而懷之。」〔註52〕

希眞眼見當政者荒謬無度的愚行，乃察覺到：如果一味強調己身的高
潔孤傲，恐怕反遭不測之禍，是以縱情詩酒登山玩水，冀望藉著山水
的浩渺，來尋得生命片刻的寧靜；乘著美酒的長醉，以掩飾心中憂生
憂世的苦痛。但一塊落在沙中的金子，仍難掩其脫俗的光彩。靖康元
年，希眞奉召至汴京，宋廷欲借重其才，將授以學官。但他云：「麋鹿
之性，自樂閑曠，爵祿非所願也。」固辭而還。〈鷓鴣天〉詞中寫道：

> 我是清都山水郎。天教分付與疏狂。曾批給雨支風券，累
> 上留雲借月章。　　詩萬首，酒千觴。幾曾著眼看侯王。
> 玉樓金闕慵歸去，且插梅花醉洛陽。

詞中狂傲的指出：在自己的生涯中，只管雨、風、雲及月，而不過問
人間塵俗世務。人世間的爵位富貴，何曾著我青眼？只願意插著梅花
長醉洛陽城，過著以往優遊的生活，以此終老。

二、憂國懷鄉的時期

　　本段乃指希眞四十六歲宋廷南遷之後，至紹興十九年希眞六十九
歲辭官致仕之時期。

　　正當希眞長歌「且插梅花醉洛陽」之際，金兵由幹離不率領渡河
南侵，直趨汴京，宋廷舉朝震動。欽宗膽怯多疑，或戰或和，舉棋不
定，雖有四方二十餘萬勤王之師，而終不敢與六萬金兵一戰，宋室君
臣慵懦，由此可見一斑。首次汴京之圍，在金人極苛虐的剝索下，割
地賠款方才解除。而欽宗又悔恨和議決策，將主和諸臣免職，誓保太

〔註52〕收錄於聯經出版社之《中國文化新論》，文學篇一，抒情的境界。

原、河間、中山三鎮，決心不依約交給金人；但各項軍事佈置又乖張無度，是以宋軍每戰必敗。宋室至此，已病入膏肓，無藥可救。在金兵首次南侵班師後數月，又發動第二次南侵，汴京失陷。徽、欽二帝及宋室皇族多人均被擄北行，北宋從此亡。

在短短數年間，希眞由安逸繁華的洛陽，輾轉徙遷到當時荒涼落後的兩廣之地。周遭的草木山川、風俗語言雖是新奇，但卻是截然陌生的，正如其〈卜算子〉詞所云：

> 山曉鷓鴣啼，雲暗瀧州路。榕葉陰濃荔子青，百尺桃榔樹。　　盡日不逢人，猛地風吹雨。慘黯蠻溪鬼峒寒，隱隱聞銅鼓。

荔子樹、桃榔樹以及銅鼓，都是北地所少見的。但這份新奇而陌生的感覺，無情而鮮明的標示出希眞是位遠來的異鄉客，去國懷鄉之情油然而生。如〈沙塞子〉詞云：

> 萬里飄零南越，山引淚，酒添愁。不見鳳樓龍闕、又驚秋。
> 九日江亭閒望，蠻樹繞，瘴雲浮。腸斷紅蕉花晚、水西流。

在這個時期，希眞不斷將其懷鄉憂思發抒在詞中。但回首中原，只見烽火連天，大好故國江山喪入金人鐵蹄，二帝北狩未歸，萬里生靈受盡凌虐屠夷，恐懼環繞著每一個人的眼神。此時此地的山水，非但未能撫慰希眞的心靈，反而更增添他無限惆悵。希眞再也不能按捺滿懷愴痛，他的良知在召喚他，他開始對早年隱遁的行爲感到疑惑。在〈相見歡〉詞中他言道：

> 瀧州幾番清秋，許多愁，歎我等閒白了少年頭。　　人間事、如何是、去來休，自是不歸歸去，有誰留。

眼見政局中，多少忠貞之士由「全身投入到寂寞自照，由春陽燦燦到秋氣蕭蕭」，〔註53〕這雖是一個不堪回首的歷程，但誰不對人世懷著些許希望呢？他的苦悶，在〈驀山溪〉詞中獲得了解答：

> 西江東去，總是傷時淚。北陸日初長，對芳尊，多悲少喜。

〔註53〕同前註。

　　美人去後，花落幾春風，杯漫洗。人難醉。愁見飛灰細。

　　　　梅邊雪外。風味猶相似。迤邐暖乾坤，仗君王、雄風
英氣。吾曹老矣，端是有心人，追劍履。辭黃綺。珍重蕭
生意。

詞中由春回人間，懷想到北國故鄉也該是春暖時節，二帝被擄北荒，
屈指已有數年，迄今未還，所以傷心淚如西江之水一般，滾滾東流。
但願能依仗著當今君王之雄風英氣，使宋朝山河都能注滿溫煦的春
光。希眞奉勸有心報國之人，勿要學夏黃公與綺里季的隱居遁世，而
須效法蕭何乘時建功立業；勸人爲國勠力奮勉之際，也爲自己肯定了
一條明路。

　　希眞初任官時雄心萬丈，希望能施展其「文武才」與「經世才」，
以報邦國、以救蒼生。同樣的，宋朝部隊在將士用命的情況下，紹興
四年由韓世忠率領所屬在大儀附近，用計大破兀朮、劉麟所率領之聯
軍，世忠乘勢揮軍追擊至淮河，金兵驚潰，在淮河溺死者不可勝數。
大儀之捷，爲南宋爭得喘息的機會。而在內部平賊的成效則有：張浚
剿平江淮之馬進；韓世忠剿平長沙之劉忠、建安之范汝爲；岳飛剿平
道賀兩州之費成與洞庭一帶的楊太。至是，湖湘遂定，嶺北亦平。東
南內患一除，宋廷乃有經略中原之機會。高宗便使張浚撫師淮上，以
圖中原，並使韓世忠屯楚州，張俊屯盱眙，劉光世屯合肥，岳飛守襄
陽。部署就緒之後，高宗列舉劉豫罪狀，下詔討伐。劉豫南下攻宋部
隊，爲楊沂中所破；沂中追至壽春，北方爲之震動。金人因而廢立劉
豫。南宋中興大業，亟其可爲。

　　在此捷報頻傳、人人冀望北定中原的時節，希眞也寫下了許多血
淚織成的豪壯詩篇，如〈木蘭花慢〉云：

　　指榮河峻嶽，鎖胡塵幾經秋。歎故苑花室，春遊夢冷，萬
斛堆愁。簪纓散，關塞阻，恨難尋杏館覓瓜疇。悽慘年來
歲往，斷鴻去燕悠悠。　　招幽。化碧海西頭。劍履問誰
收。但易水歌傳，子山賦在，青史名留。吾曹鏡中看取，
且狂歌載酒古揚州。休把霜鬢老眼，等閒清淚空流。

再如詞〈風流子〉下半闋：

> 有客愁如海，江山異，舉目暗覺傷神。空想故園池閣，卷
> 地煙塵。但且恁、痛飲狂歌，欲把恨懷開解，轉更銷魂。
> 只是皺眉彈指，冷過黃昏。

此種國仇家恨的愁苦，即使是痛飲狂歌也無能開解。「除奉天威，掃平狂虜，整頓乾坤都了」，方才有心情「共赤松携手，重騎明月，再遊蓬島。」

　　正當希真拔劍北指，全身血液隨舉國人心的振奮而騰沸時，高宗卻喪失了反攻的勇氣，不顧群臣反對，起秦檜爲相，積極謀合；而金人在征戰屢遭失利的情況下，已有尋求和議之心。適逢宋廷派王倫赴金商談和約，亦遣金朝張通古爲江南詔諭使，與王倫同至臨安，允許將河南陝西之地歸還宋廷。張通古所帶之金熙宗詔書云：

> 倘能偃兵息民，我國家豈貪尺寸之地。……所以去冬特廢
> 劉豫，今自河之南，復以賜宋。

詔書中用「賜宋」字樣，已令宋人難堪；且張通古又以「詔諭」爲名，尤使朝論洶洶。張浚、岳飛由駐地入疏反對，樞密院編修胡銓抗疏請斬秦檜、王倫，以謝天下。可是高宗仍舊接納了和議，下詔大赦，並命王倫爲東京留守。不料紹興十年，金人又肆意敗盟揮兵南下。是時，幸有吳璘禦之扶風、劉錡拒於順昌、韓世忠迎擊於海州，岳飛奉命經略東西，各地紛傳捷報。岳飛復揮師北上，大破兀朮之軍，捷報每日數至，朝野相慶。宋人氣勢爲之大振，岳飛乘勝進軍朱仙鎮，準備收復故都，兀朮雖空巢而出，亦難阻岳軍之銳；兩河豪傑皆率眾來歸，願供驅遣。岳飛正欲指日渡河之時，秦檜忽定和議，將淮河以北之地盡與金人，並以十二道金字牌召岳飛班師，收其兵權，勾結奸黨誣陷岳飛下獄；紹興十一年，終以「莫須有」之罪名將岳飛害死。是年冬，和議再成，畫定宋金東以淮水中流爲界，西以大散關爲界，京西割唐鄧二州、陝西割商秦之半給金，又議定宋歲貢銀二十五萬兩，絹二十五萬匹，而且宋主受金冊封，得稱宋帝，全國之人爲之蒙羞。宋廷自

折棟柱，高宗寵信奸佞，忘親事讎，不以受仇人冊封爲恥，故縱復國良機而求偏安江左，乃令宋廷永無克復中原之望。

　　希眞當時仍「行在供職」，必然詳知這段史實始末。感嘆之餘，又恨己身懷才不遇，有志難伸，空令年華老逝；憤憤之間，不由緬懷當年在嵩山伊水間的隱逸生涯，這種心態，在〈水龍吟〉詞中表露無遺：

　　放船千里凌波去。略爲吳山留顧。雲屯水府，濤隨神女，
　　九江東注。北客翩然，壯心偏感，年華將暮。念伊嵩舊隱，
　　巢由故友，南柯夢、遽如許。　　回首妖氛未掃，問人間、
　　英雄何處。奇謀報國，可憐無用，塵昏白羽。鐵鎖橫江，
　　錦帆衝浪，孫郎良苦。但愁敲桂櫂，悲吟梁父，淚流如雨。

本來希眞便無意功名之追逐，只是爲了清滅胡塵、收復故國江山，才出仕報國。眼見大願難償之際，退隱之意遂生，但又念及中興大業匹夫有責，理當堅毅不拔。這種進不得、退未忍的矛盾心情，迫使他陷入無邊的痛苦之中。在〈蘇幕遮〉下半闋他言道：

　　有奇才，無用處。壯節飄零，受盡人間苦，欲指虛無問征
　　路。回首風雲，未忍辭明主。〔註54〕

當然，希眞也非常瞭解，如果他堅持個人的理想，而不肯隨波逐流，那天地雖大，他也只能在棘鍼尖上坐。如〈減字木蘭花〉所云：

　　無人惜我，我自殷勤憐這箇，忢峭惺惺，不肯隨人獨自
　　行。　　乾坤許大，只在棘鍼尖上坐。依舊多情，摟著虛
　　空睡到明。

由於高宗一味求和，苟且偷安，秦檜爲迎逢其意，斥排主戰朝臣；紹興十六年，希眞被劾「專立異論，與李光交通」而遭罷黜，此時心境，可以〈朝中措〉詞爲代表：

　　新來省悟一生癡。尋覓上天梯，拋失眼前活計，蹋翻暗裏

〔註54〕這種「進不得，退未忍」的心態，可以樓鑰《攻媿集》卷七十一「跋
　　　　朱巖壑鶴賦及送閭丘使君詩」條所云佐證。樓鑰云：「〔希眞〕始以
　　　　隱逸召用于廟，而骯髒不偶，終以退休。〈鶴賦〉之作，其有感于斯
　　　　邪？使其羽翮一成，豈不能翱翔寥廓，往而不返。猶思以靈藥仙經
　　　　求報主人，愛君之意又見于此。」

危機。　　莫言就錯，眞須悔過，休更遲疑。要識天蘇陀
味，元來只是黃虀。

希眞此詞，將其一生爲國爲民的雄心壯志一刀絕斷，痛心絕望地嘲諷
自己盡心追求的理想不過像粗糙的黃虀一般。國事既已不可爲，而自
身華年已老，百感交集之下，他爲自己重新選擇了一條路，〈如夢令〉
云：

一夜新秋風雨，客恨客愁無數。我是臥雲人，悔到紅塵深
處。難住。難住拂袖青山歸去。

紹興十九年，希眞自台州崇道觀上書請歸，結束了一無所成的宦海生
涯，返回秀州。

三、蕭然閒適的時期

希眞告老致仕至以七十九歲高齡逝世爲止，可稱爲蕭然閒適的時
期。

希眞在無奈而傷感的情形下離開了官場，其心態極需自我重新
調適，故〈減字木蘭花〉中，便以自悟的心情道出一種排遣的語調：

無知老子，元住漁舟樵舍裏。暫借椎監。持節紆朱我甚
慚。　　不能者止。免苦龜腸憂虎尾。身退心閒，賸向人
間活幾年。

「不能者止，免苦龜腸憂虎尾」，像陶靖節不爲五斗米折腰般，除了
適性之外，還以一種反面的說辭來表達對政治現象的不滿。但多年復
國歸鄉的心願末了，溢懷的感慨，希眞只得試圖將其淡化，甚而轉化。
如〈鼓笛令〉云：

紙帳綢衾忒暖。儘自由、橫翻倒轉。睡覺西窗燈一㳠。恰
聽打、三更三點。　　殘夢不須深念。這些簡、光陰煞短。
解散韁繩休繫絆。把從前、一筆勾斷。

從前種種恰如殘夢，無需珍惜，更無需刻意思尋。重要的是「且喜面
前花好，更聽林外鶯新」。〈臨江仙〉云：

堪笑一場顛倒夢，元來恰似浮雲。塵勞何事最相親。今朝

忙到夜，過臘又逢春。　　流水滔滔無住處，飛花忽忽西
沈。世間誰是百年人。箇中須著眼，認取自家身。

全詞充滿對人生無常、萬事皆空的參悟。但事實上希眞的感情仍然豐
富，他一時無法完全做到「洗淨凡心，相忘塵世、夢想都銷歇。胸中
雲海，浩然猶浸明月」的境地。所以他縱飲遊樂，想藉著歡樂的氣氛
來沖淡愁懷，運用美酒來麻醉自己未能排解的情結。〈朝中措〉云：

紅稀綠暗掩重門。芳徑罷追尋。已是老於前歲，那堪窮似
他人。　　一杯自勸，江湖倦客，風雨殘春。不是酴醾相
伴，如何過著黃昏。

詞中借花稀葉盛喻朝廷中君子少而小人多，慨嘆自己已是江湖倦客，
面對日非的國事，正如眼前的「風雨殘春」，心中塊壘只得借酒澆除。
如〈驀山溪〉下半闋云：

高談濶論，無可無不可。幸遇太平年，好時節，清明初破，
浮生春夢，難得是歡娛，休要勸，不須辭，醉便花間臥。

希眞刻意將自己引進一個「無可無不可」的世界。當心情逐漸不再浪
潮澎湃，希眞才眞正品覺到閒的神韻，就像王摩詰必定在氣定神閒之
刻，方能體查到桂花飄落的妙境一樣。〔註55〕

又如〈感皇恩〉云：

早起未梳頭，小園行徧。拄杖穿花露猶泫。菊籬瓜畹。最
喜引枝添蔓。先生獨自笑，流鶯見。　　著意訪尋，幽香
國豔。千里移根未爲遠。淺深相間。最要四時長看。尋芳
休怪我歸來晚。

散髮解簪便是以外在的行爲表現，反映內心「解散韁繩休繫絆」的
追求，是一種逍遙、自由的象徵。當先生見菊籬瓜畹引枝添蔓時的
會心之笑，僅有流鶯發現到，這是多幽靜恬淡的生活寫照。再如另
一闋〈感皇恩〉：

一箇小園兒，兩三畝地。花竹隨宜旋裝綴。槿籬茅舍，便

〔註55〕見王維〈鳥鳴澗〉詩：「人閒桂花落，夜靜春山空。月出驚山鳥，時
　　　　鳴春澗中。」

有山家風味。等閒池上飲，杯間醉。　　都為自家，胸中無事。風景爭來趁遊戲。稱心如意。賸活人間幾歲。洞天誰道在，塵寰外。

可見希眞已寄身田園。由於已是無可無不可之人，故而「心中無事」，也才能欣賞到周遭景色。稱心如意之餘，歡愉的說：「洞天誰道在，塵寰外。」是的，惟有自我超脫，始能體察到天地之大，享受那閒適的心境。此時希眞所獲得的「閒」，不同於早期肉體感官上的「閒」，乃是經歷過巨風惡浪之後，「心海風恬浪靜」的悟徹。

飽嘗人間苦痛之後，希眞晚年有許多發人深思的作品，如〈西江月〉二闋：

世事短如春夢，人情薄似秋雲，不須計較苦勞心，萬事原來有命。　　幸遇三杯酒好，況逢一朵花新。片時歡笑且相親，明日陰晴未定。

日日深杯酒滿，朝朝小圃花開。自歌自舞自開懷，且喜無拘無礙。　　青史幾番春夢？黃泉多少奇才？不須計較與安排，領取而今現在。

楊升庵《詞品》評云：「辭淺意深，可以警世之役役於非望之福者。」但最足以代表其晚期心態的，莫過於〈好事近〉「漁父詞」：

搖首出紅塵，醒醉更無時節。活計綠簑青笠，披霜衝雪。　　晚來風定釣絲閒，上下是新月。千里水天一色，看孤鴻明滅。

這是一種澹寂的境界，是一種閒適的情緒，十分恬淡消極，然而又表現出一種高潔的情懷，不與濁世同流合污。首句「搖首出紅塵」，希眞在堅毅的態度中，卻隱藏著不得已而退避的隱痛。「醒醉更無時節」，在極度逍遙中，透露出希眞對現實的失望而尋求麻醉的苦楚。「綠簑青笠，慣披霜衝雪」的漁夫生活，雖未能完全脫離塵世，但其中「不受世間拘束，任東西南北」的生活快意，更常被古人美化，而當作一種消極的與現象不妥協的象徵。下闋的「風定」比喻生活的平靜；「釣絲閒」表示心境的平和恬適。無邊的湖山與無際的天空

構成一片浩瀚之景，象徵著希眞此後生活天地之寬廣，而那隻新月之下翺遊的孤鴻，便是希眞的化身了。全詞構成一幅清麗的畫面，也涵寄著希眞深切的借托。

雖然在這段晚年時光，希眞曾被秦檜強起任官。但由於爲時甚短，況且其心態已歸於平淡，故而未造成明顯影響。

四、人品節操

希眞少年時曾有〈古鏡〉詩云：「試將天下照，萬象總分明。」胸懷是何等豪邁。早年居洛陽期間，志行高潔，雖爲布衣，而有朝野之望。初因高才清德而受詔出仕，後以不合污於奸佞而遭罷黜，世人均崇仰其志潔。

不料，在紹興二十五年，由於秦檜喜用騷人墨客以文飾太平。被強起復除鴻臚少卿，除正史與要錄之記載外，周必大《二老堂詩話》對希眞出處亦有詳細記載，其言曰：

> 秦丞相晚用其（希眞）子某爲刪定官，欲令希眞教秦伯陽作詩。遂落致仕除鴻臚寺少卿。蓋久廢之官也。或作詩云：「少室山人久桂冠，不知何事到長安，如今縱插梅花醉，未必王侯著眼看。」蓋希眞舊嘗有〈鷓鴣天〉云：「我是清都山水郎，天教懶慢帶疎狂，曾批給露支風勅，累奏留雲借月章，詩萬首、醉千場，幾曾著眼看侯王。玉樓金殿慵歸去，且插梅花醉洛陽。」最膾炙人口，故以此譏之。淳熙間，沅州教授湯巖起刊詩海遺珠所書其略，而云：「蜀人武橫詩也。」未幾，秦丞相薨，希眞亦遭臺評。高宗曰：「此人朕用橐薦以隱逸命官，寘在館閣，豈有人始恬退而晚奔競耶！」

高宗所疑雖甚是，可惜高宗未能更深入查驗，終令希眞蒙冤終身。試觀希眞老去之後，已是「心迹雙清」之人，何以復出紅塵，以致遭人非議？其中隱情實值得深查。由希眞晚年作品中可看出，他過著含飴弄孫的美滿生活，如：

> 探袖弄明珠，滿眼兒孫，一壺酒，□向花間長醉。（〈洞仙歌〉）

紗帽籃輿青織蓋，兒孫從我嬉遊。(〈臨江仙〉)

夜來雨過，桃李將開徧。策杖引兒童，也學人、隨鶯乘燕。
(〈驀山溪〉)

攜酒提籃，兒女相隨到。風光好。醉敧紗帽。索共梅花笑。
(〈點絳脣〉)

仙翁笑酌金杯，慶兒女、團圓喜悅。嫁與蕭郎，鳳凰臺上，
長生風月。(〈柳梢青〉，季女生日)

以上詞例的字裏行間，可體會希眞極度滿足於與兒孫共享春光的甜蜜
中。非但與兒女情感甚篤，大概與女婿也很融洽。由希眞對兒孫的深切
關愛看來，若爲兒孫作些犧牲，以保護現有幸福，也是人之常情。再者，
當時希眞已年屆七十五，雖說不算太老，但相信無論在身體與心理上，
均無法再經歷一次「南走炎荒」的浩劫了。所以《宋史》本傳云：

談者謂敦儒老懷舐犢之愛，而畏避竄逐。

周必大《二老堂詩話》「朱希眞出處」條云：

其實，希眞老愛其子，而畏避竄逐，不敢不起。

應該與事實相去不遠，其「出處固有可議，然亦可憫也。」〔註56〕

五、交友行迹

（一）交友考

「欲觀其人，先觀其友。」藉由觀察一個人交往的朋友，來考察
其人格品德，是最客觀而直接的方式。希眞之交友，出現在《樵歌》二
百四十五首詞中的，計有二十八人。其中依資料蒐集多寡可分爲：生平
可考者；生平不可考但知爲詞人者；生平不可考但知爲詩人、書家者；
生平不可考但知爲歌妓者，以及生平不可考者五類。分別敘述如下：

　1. 生平可考者：

　（1）董彌大：見〈水調歌頭〉「和董彌大中秋」。按董彌大即

〔註56〕 見周必大《二老堂詩話》「朱希眞出處」條。

董將，字彌大。曾任儀眞太守，以文學政事選入尚書吏
部郎，出爲蘇州刺史。〔註57〕

（2）楊子安：見〈念奴嬌〉「楊子安侍郎壽」。按楊子安即楊
畏，字子安，洛陽人，哲宗朝曾任禮部侍郎。〔註58〕

（3）子權兄弟：見〈鵲橋仙〉「唐州同子權兄弟飲梅花下」，
與〈踏莎行〉「送子權赴藤」，及〈好事近〉「子權携酒與
弟、姪相訪」。按子權兄弟疑即朱巽與其兄朱震，《宋元
學案》云：「朱巽，字子權，文定弟。亦富學，號二朱。」
〔註59〕文定即朱震，字子發，人稱漢上先生。二人均爲
謝良佑之門生。

（4）李易安：見〈鵲橋仙〉「和李易安金魚池蓮」。按李易安
疑即李清照。希眞和其〈鵲橋仙〉詞，易安原作未見，
但二人同時，或有往來。

（5）李邦獻：見〈木蘭花〉「探梅寄李士舉」，〈謁金門〉「和
李士舉」。按李邦獻字士舉，河陽人。《全宋詞》小傳云：
「李邦彥之弟。宣和七年（1125）直秘閣，管司萬壽觀。
紹興三年（1133），夔州路安撫司辦公事。五年（1135），
特追職名。二十六年（1156），刑湖南路運判官，又直秘
閣、兩浙西路轉運判官。乾道二年（1166），夔州路提點
刑獄。六年（1170），與元路提點刑獄。」並收其〈菩薩
蠻〉「蠟梅」詞一闋。

（6）楊道孚：見〈醉思仙〉「淮陰與楊道孚」。按楊道孚即楊
克一，字道孚，爲張文潛文甥。〔註60〕張文潛與希眞之
父有同省之誼。

〔註57〕　事見孫覿《鴻慶居士集》卷二十三〈燕香堂記〉。
〔註58〕　見《宋史》卷三五五有傳。
〔註59〕　見《宋元學案》卷三十七〈漢上學案〉。
〔註60〕　見周必大《文忠集》卷十八。

（7）顯忠：見〈浪淘沙〉「中秋陰雨，同顯忠、椿年、諒之坐寺門作」。按顯忠疑即李顯忠，薛應祈云：「李顯忠，綏德軍青澗入也。太后至臨安，顯忠入覲加保信軍節度使，浙東副總管。建炎二年，討賊徐明才，嘉興郡賴以全，金人攻明州，又與田師中，趙密殊死戰，破之。顯忠熟西邊山川險易，因上恢復策，忤秦檜意，遂降官，奉祠台州居住。乾道改元，乃還會稽復防禦，使觀察使浙東副總管。」〔註61〕

（8）洪駒父：見〈好事近〉「清明百七日洛川小飲和駒父」。按洪駒父即洪芻，字駒父，紹興元年進士，靖唐時任諫議大夫，汴京失守，坐為金人括財，流沙門島而卒，著有《老圃集》。惠洪《石門文字禪》跋洪李三士詩云：「陳瑩中嘗問予，南州近時人物之冠，予以師川、駒父、商老為言。瑩中首肯之。駒父戲效孟浩然，作語如王謝家子弟，風神步趨，不能優劣。」〔註62〕可見駒父乃希眞洛陽舊識，擅於文學。

（9）季欽：見〈浣溪沙〉「季欽擁雙佳麗，使來求長短句，為賦」。按季欽即魯訔，字季欽，號冷齋，紹興五年進士，授餘杭主簿，官至朝請郎太府卿。周必大《文忠集・直敷文閣致仕魯公訔墓誌銘》云：「徙浙東提點刑獄公事，又徙閩路，公已倦遊，力請奉祠得主管台州崇道觀，遂致仕，官至朝請郎。公之自廣德歸也，大闢園圃，手自種植，名曰日涉。至是殆三十年，木皆成陰，亭榭增葺，公日從容其間，歲時醼酒會賓客，鄰里以為笑樂，名士多賦詩美之。淳熙二年八月十日以微疾卒。」〔註63〕

〔註61〕 見《浙江通志》卷二十八。
〔註62〕 見惠洪《石門文字禪》卷二十七。
〔註63〕 見《文忠集》卷三十四。

2. 生平不可考但知爲詞人者：
(1) 范行之：見〈水調歌頭〉「和海鹽尉范行之」。〔註64〕
(2) 魏倅：見〈念奴嬌〉「約友中秋遊長橋，魏倅、邦式不預，
作〈念奴嬌〉和其韻」。
(3) 邦式：見〈念奴嬌〉「約友中秋遊長橋，魏倅、邦式不預，
作〈念奴嬌〉和其韻」。
(4) 師厚：見〈木蘭花慢〉「和師厚和司馬文季虜中作」與〈憶
秦娥〉「若無置酒朝元亭，師厚同飲作」。〔註65〕
(5) 祝聖俞：見〈夢玉人引〉「和祝聖俞」。

3. 生平不可考但知爲詩人、書家者：
(1) 楊貫方：見〈千秋歲〉「貫方七月五日生日爲壽」。〔註66〕

4. 生平不可考但知爲歌伎者：
(1) 沈家姊妹：見〈驀山溪〉（鄰家相喚，酒熟閒相過）闋。
按沈家姊妹乃是歌伎。
(2) 西眞姊妹：見〈驀山溪〉（西眞姊妹）闋。按乃是歌伎，
或爲沈家姊妹。
(3) 沈蕙：見〈南歌子〉「沈蕙乞詞」。按沈蕙乃是歌伎，或
爲沈氏姊妹之一。

5. 生平不可考者：
(1) 太易：見〈洞仙歌〉「贈太易」與〈踏莎行〉「太易生日」。
(2) 許總管：見〈鷓鴣天〉「許總管席上」。
(3) 趙智夫：見〈朝中措〉「上元席上和趙智夫，時小雨」，
與〈青玉案〉「坐上和趙智夫瑞香」。
(4) 椿年：見〈浪淘沙〉「中秋陰雨，同顯忠、椿年、諒之坐
寺門作」。

〔註64〕希眞既有詞和之，故知范行之亦能詞。
〔註65〕希眞「和司馬及季虜中之作」，故知師厚亦能詞。
〔註66〕按楊貫方七月五日生，能作蓬壺體詩，善蘭亭體，餘不詳。

（5）諒之：見〈浪淘沙〉「中秋陰雨，同顯忠、椿年、諒之坐寺門作」。

（6）石夷仲：見〈漁家傲〉「石夷仲一姬去，念之，止小妓燕燕」與〈西江月〉「石夷仲去姬復歸」。

（7）若無：見〈憶秦娥〉「若無置酒朝元亭，師厚同飲作」。

（8）賁大夫：見〈浣溪沙〉「贈賁大夫歌者，其人嘗在大家」。

由希眞詞中所見之交遊對象可知：其一，希眞友人多爲正直愛國之士，〔註67〕如：李顯忠，與希眞有相同之政治抱負；朱震，不但學術深博，亦爲廉守正道之士，連高宗都敬重其人。其二，希眞友人多文才雅致之士。希眞文才獨步，自然會有許多同好與之偕遊，互相唱和，如范行之、魏倅、祝聖俞等人；友朋同氣相求，道德文章亦互相影響。雖說二十人在希眞交友中只佔一小部分，卻可收見微知著之效，可爲反映眞人品德行的一面鏡子。〔註68〕

（二）行迹考

《樵歌》卷上〈臨江仙〉詞云：「生長西都逢化日，行歌不記流年。花間相過酒家眠。乘風游二室，弄雪過三川。」洛陽是宋朝的西京，希眞不但本籍爲洛陽，也生長在洛陽，根據此詞以及其他作品且參考有關文獻可知，他四十七歲之前，蹤跡未出洛陽區域。但建炎元

〔註67〕希眞友人中，洪芻雖坐爲金人括財流放沙門島而卒。但事在靖康之亂之時，希眞與其交往時，若不能稱正直之士，亦不能因此而咎希眞交友之不能擇善。

〔註68〕希眞之友人見於其他文獻者有：
（1）陳東野，見《畫史會要》，乃希眞之師。
（2）米友仁，見《畫繼》卷三，善丹青。
（3）錢端回，見《畫繼》卷三，善丹青。
（4）李光，見於《宋史》希眞傳。官至吏部尚書，參知政事，力主恢復，斥秦檜苟安之論，而遭排擠。
（5）吳景先，見陸游《渭南文集》卷十五〈達觀堂詩序〉。希眞賦詩屬之云：「子爲人深靜簡遠，不富貴必壽考。」
（6）閭丘使君，見樓鑰《攻媿集》卷七十一「跋朱嚴壑鶴賦及送閭丘使君詩」條。鑰云：「余生晚，不急見。」

年宋室南渡後，希眞避亂南方，終其一生均未回到洛陽，其〈雨中花〉：「除非春夢，重到東周。」不幸竟成讖語。

希眞〈柳梢青〉詞云：「狂蹤怪迹，誰料年老，天涯爲客。」岳珂《寶眞齋法書贊》云：「洛陽耆英，淪于朔塵三十年。」將希眞詞作中可作遊迹考之描記地名與地理景觀者加以整理分析，[註69] 希眞的行迹大致可分爲：江南西路、荆湖北路、廣南東路、兩浙路、江南東路及淮南東路六個區域。

1. 江南西：彭浪磯，見〈采桑子〉「彭浪磯」。按江南西路統轄之域，包括有今日江西省之大部。彭浪磯位於今江西省彭澤縣，周必大云：「希眞避難，經江西而至南雄州。」可知應在此時經過彭浪磯。

2. 荆湖北路：橘州，見〈長相思〉（海雲黃，橘州霜）闋。按荆湖北路統轄之域，包括今日湖北省大部分及湖南省北部，橘州即在今長沙縣西之湘江。筆者認爲希眞未曾遊跡此地，因〈長相思詞〉首句爲：「海雲黃，橘州霜。」如橘州位處長沙縣，與海岸線相去萬餘里，將如何以觀「海雲黃」，再者其他文獻也沒有希眞曾往湖南的記載。此橘州疑爲江浙一帶江流中之州名，而非湖南境內。

3. 廣南東路：

    （1）康州：見〈鵲橋仙〉「康州同子權兄弟飲梅花下」及〈浪淘沙〉「康州泊船」。

    （2）瀧州：見〈卜算子〉（山曉鷓鴣啼）闋及〈相見歡〉（瀧州幾番清秋）闋。

    （3）朝元亭：見〈憶秦娥〉「若無置酒朝元亭，師厚同飲作」。

    （4）西江：見〈憶秦娥〉「若無置酒朝元亭，師厚同飲作」。

    （5）嶺南：見〈雨中花〉「嶺南作」。

    （6）南越：見〈沙塞子〉（萬里飄零南越）闋。

〔註69〕 希眞詞作有一些地名或地理景觀經過篩檢，有不能作爲其遊迹考者如藤州，有爲洛陽地理景觀者如洛川、香山樓等。在此均未列入討論。

　　按廣南東路統轄之域，包括今日廣東的大部。本傳云希眞避難「南雄州」，南雄州即爲今日廣東之域。雖〈沙塞子〉詞所稱之「南越」，可泛指爲廣東與廣西之域，但此地則僅指廣東省之境。如詞中所言之「康州」，今爲廣東省德慶縣，「朝元亭」可能位於德慶縣境西江畔，〔註70〕希眞或曾住在此地。而「瀧州」即今廣東省羅定縣，曾隸屬康州及德慶府。希眞在嶺南之地停留三年，便奉詔前往兩浙路。〔註71〕

　　4. 兩浙路：

　　　　（1）吳越：見〈風流子〉（吳越東風起）闋。

　　　　（2）吳中：見〈相見歡〉「吳中」。

　　　　（3）胥山：見〈減字木蘭花〉（東風桃李）闋。

　　　　（4）吳浙江：見〈水調歌頭〉（平生看明月）闋。

　　　　（5）松江：見〈念奴嬌〉「約友中秋遊長橋，魏倅、邦式不預，作念奴嬌和其韻」、〈柳梢青〉（狂蹤怪迹）闋與〈相見歡〉（當年兩上蓬瀛）闋。

　　　　（6）長橋：見〈念奴嬌〉「約友中秋遊長橋，魏倅、邦式不預，作念奴嬌和其韻」。

　　　　（7）垂虹亭：見〈水調歌頭〉（平生看明月）闋、〈念奴嬌〉「垂虹亭」及〈滿庭芳〉（鵬海風）闋。

　　　　（8）洞庭：見〈好事近〉（撥轉釣魚船）闋。

　　　　（9）南都：見〈桂枝香〉「南都病起」。

　　　　（10）西湖：見〈風流子〉（吳越東南起）及〈勝勝慢〉「雪」。

　　　　（11）西子溪：見〈臨江仙〉（西子溪頭春到也）闋。

　　　　（12）鴛鴦湖：見〈朝中措〉（胸中塵土久無奇）闋及〈好事近〉（失卻故山雲）闋。

　　　　（13）月波樓：見〈好事近〉（失卻故山雲）闋。

〔註70〕〈憶秦娥〉詞云：「西江碧。江亭夜燕天涯客。」康州臨西江。

〔註71〕希眞在靖唐之亂後移居嘉禾，建炎三年（1129）金人再度南下時避亂廣東，而在紹興二年（1132）奉召出仕離開廣東。

（14）赤域：見〈踏莎行〉（花漲藤江）闋。

（15）錢塘江：見〈好事近〉（撥轉釣魚船）闋。

（16）子陵灘：見〈好事近〉（撥轉釣魚船）闋。

（17）西塞山：見〈浣溪沙〉「玄眞子有漁父詞，爲添作」。

（18）吳興江：見〈浣溪沙〉「玄眞子有漁父詞，爲添作」。

（19）揚州：見〈木蘭花慢〉「和師厚和司馬文季虜中作」、〈朝
　　　　中措〉（登臨何處自銷憂）闋、〈點絳脣〉（淮海秋風）
　　　　闋及〈相見歡〉（金陵城上西樓）闋。

按兩浙路之統轄區域爲今浙江及江蘇東南部，希眞南渡之初曾寄居秀州，即今浙江嘉興縣。爾後奉詔出仕，任所均在兩浙路域內，甚至其告老之地亦選擇秀州。計其三十三年之異鄉生活，絕大部分是在此區域渡過。

5. 江南東路：

（1）金陵：見〈荷芰香〉「金陵」及〈相見歡〉（金陵城上西
　　　　樓）闋。

（2）石頭城：見〈朝中措〉（登臨何處自銷憂）闋。

（3）朱雀橋：見〈朝中措〉（登臨何處自銷憂）闋。

（4）冶城：見〈點絳脣〉（淮海秋風）闋。

按金陵位於江南東路，江寧縣境，即今南京市之前身。紹興三年五月高宗應臣民之請，駕幸江寧，並改爲建康府。（註72）雖在當年十月便又回至臨安。但希眞此時已補右迪功郎，遣赴行在，故有金陵之行。

6. 淮南東路：淮陽，見〈水調歌頭〉「淮陰作」及〈醉思仙〉「淮陰與楊道孚」。

由以上之資料分析可知：希眞於中原淪陷後，曾經由江蘇淮陰到達浙江，再由浙江經江西輾轉到達廣東，並住在德慶縣附近。紹興二年奉詔出仕，由廣東赴浙江行在，居於臨安；後曾因罷遷之故，先後

〔註72〕見《要錄》卷二十三。

住會稽、台州，退休後隱居嘉興縣。除與高宗同住金陵外，其餘大部
分時間，都在太湖東南地區活動。由於駐足時間長，是以「兩浙路」
部分資料也特別多，與前節史籍中整理出之行跡大致相合，可見希眞
詞作與其平日生活關係之密切。

　　詹安泰於〈論寄托〉一文曾云：

> 蓋我國士大夫，素以詞爲末技小道，其或情意不能自遏，
> 不敢宣情詩文，每于詞中發洩之。此種不容不言，而又不
> 容明言之情意，最爲眞實，其人之眞性情、眞品格，胥可
> 于是觀之焉。〔註73〕

縱觀希眞一生未致顯赫功名，史料文獻記載又爲不足，若要更深入瞭
解他的思想、志節、一生經歷及交友遊迹等實情，便不得不借其詞作
當中的資料。

　　在洛陽隱逸的希眞，過著魏晉名士般的生活，安享著北宋末年的
繁華。不料時代的騷變，使他喪失了一切，漂泊在他鄉異域。在朝廷
與友人多方敦促之下，希眞毅然擔起復國重任。爲了這份使命，他奮
發過，却也失意過，在迭遭痛苦的洗煉後，他已參悟人生本如春夢，
而自己僅是舞台上的一名老參軍，無可也無不可，故而請退返回山水
田園之間。希眞一生由繁華燦麗之境跌入愁雲恨海之中，再逐漸超
脫，轉入蕭然平和的歲月。其生命成長的過程迭經起伏，人生的體驗
是豐富而痛苦；所幸其心路歷程可由詞作完整而眞實的重新展現，使
後人得以更深入的認識這位偉大詞人。

〔註73〕見《詞學季刊》三卷三號。

第二章　《樵歌》之內容分析

　　《文心雕龍》曾云：「情動而言形，理發而文現。」〔註1〕可知文學完美的藝術成就，是將作者內心所不能不發的感情思想，以適當的方式表現出來，以冀達到感動與強大說服力的目的。其中作者所欲宣洩的情感與思想便是「作品內容」的基本要素，而適當的表現方式即是「作品形式」，兩者相輔相成，不可偏廢。故《文心雕龍》又云：

> 聖賢書契，總稱文章，非采而何？夫水性虛而淪漪結，木體實而花萼振，文附質也。虎豹無文，則鞟同犬羊，犀兕有皮，而色資丹漆，質待文也。〔註2〕

正說明了內容乃文學的內在本質，而表現形式則是文學外在的表現方法。好的文學作品必然同時兼有內外的融圓。爲檢討《樵歌》藝術成就是否達到完美的境界，本章僅就《樵歌》的「內容」加以分析，「形式」則留待下一章再討論。

　　詞到了希眞之時，迭經柳永、蘇軾、周邦彥等大家的努力，無論在描寫的內容與形式的發展上，都達到了極盛階段。再加上希眞身歷兩宋的繁華與南渡時期的辛酸，豐富的人生體驗，開拓了希眞的眼界，也充實了他的情感，是以使他表現在詞中的內容多采多姿。其詞

〔註1〕見《文心雕龍·體性篇》。
〔註2〕見《文心雕龍·情采篇》。

作內容大致可分爲激颺的民族意識、徹悟的人生態度、眞摯的愛情生活、寓寄的詠物之作以及實用的酬贈之作。此五類不但記下了希眞的感情與思想，也爲當時的背景環境作了一個眞實的註腳。〔註3〕

第一節　激颺的民族意識

由於中國自古以農立國，祖先們安土重遷的性格，一代代延傳在子孫血脈中；中國人對家庭與居住土地的熱愛，遠超過世界上其他民族。基於這份根深蒂固的情感，中國人不會輕易離開鄉井。尤其中國幅員廣大，各地景觀、方言與風俗上的差異，再加上古代交通不便，各重要城市高度文明的生活與遠鄉僻壤的惡劣環境，往往形成尖銳的對比。所以鄉愁成爲詩人們經常描寫的情緒。

這種情緒若是因異族入侵所造成，那在遊子心中所造成的衝擊力更爲增強，進而提昇成一種強烈的民族意識。自古中國人就非常重視民族的觀念，孔子云：「微管仲，吾其被髮左衽矣。」（《論語》）便是從民族文化的觀點，讚揚管仲維繫了民族生存的命脈。宋室遭金人的凌辱，不但欽、徽二帝被虜，中原國土蔽於胡塵，身負文化傳承重任的知識分子，眼見中華文化遭到空前的浩劫，悲情何堪，民族意識空前高漲。這股民族意識表現在詞作中，便是對胡虜的憤恨，對二帝的慕懷，以及心繫故土欲待恢復的決心。這些作品將民族意識激颺至頂點，在岌岌不安的情況下，保定了南宋江左半壁山河，民族命脈得以延續。希眞躬逢變蕩的大時代，國仇家恨與流離顚沛的經驗，在他生命中造成無法磨滅的傷痕，希眞以其刻骨銘心的體驗，也寫下許多充滿民族意識的詞作，本文稱之爲「激颺的民族意識」。

希眞避亂渡江行經江浙、江西與兩廣，過著漂泊無定的日子，離鄉背井的痛苦加上民族絕續存亡的責任，帶給希眞沈重的壓力，使他

〔註3〕作《樵歌》內容分類時，原詞有題者，依題意而分；無題者，依內容主題而分。但有跨涉二個主題以上之作品，則以較重要之內容爲依歸。

一掃往日狂放浪漫的詞風，取而代之的是流離之苦與故國之思，如〈憶秦娥〉云：

> 吳船窄。吳江岸下長安客。長安客。驚塵心緒，轉蓬蹤跡。　　征鴻也是關河隔。孤飛萬里誰相識。誰相識。三更月落，斗橫西北。

「吳」乃南方之泛稱，「長安客」即希眞本人，「客」字點出了他出現在異鄉河岸，是位飄零的行客。「驚塵心緒，轉蓬蹤跡。」形容他萬里跋涉時，心情慌亂得如同身後胡馬所踢起的飛塵，而漂泊無定的行踪就像蓬草一樣毫無目標，更無法自主的隨風而行。見天上的「征鴻」而有同病相憐之感，悲思難平。尤其尾句寄情於景，收得淒涼無奈。

由於兩廣之地在宋代仍屬落後地區，希眞由繁華西京而來，自然極端不能適應，對周圍新鮮事物抱著懷疑與排斥的態度，如〈卜算子〉：

> 山曉鷓鴣啼，雲暗瀧州路。榕葉陰濃荔子青，百尺桄榔樹。　　盡日不逢人，猛地風吹雨。慘黯蠻溪鬼峒寒，隱隱聞銅鼓。

無論是濃陰的榕樹或青綠的荔枝，甚至是高矗的桄榔樹，都在在提醒希眞是一個異鄉客。在情感上，希眞也無法泯除南北的差異，像「盡日不逢人，猛地風吹雨。慘黯蠻溪鬼峒寒，隱隱聞銅鼓」一類的句子在《樵歌》中處處可見，如：

> 鷓鴣聲裏蠻花發，我共扁舟，江上兩萍葉。(〈醉落魄〉)

> 誰教春夢分胡越。(〈醉落魄〉)

> 江南人。江北人。一樣春風兩樣情。晚寒潮未平。(〈長相思〉)

> 旅雁孤雲，萬里煙塵。回首中原淚滿巾。(〈采桑子〉)

> 甚處是長安路，水連空，山鎖暮雲。(〈戀繡衾〉)

一再出現淒苦無望之辭句，表達出希眞內心的無歡與不安。原本樂天狂放的他，遭逢大難之後，表現出來的感情卻是濃郁無盡的楚苦，稱得上是觸目成愁。例如他自比爲江上萍飄的落葉，行棲無定，更不可

能生根札地；一旦潮起波翻，也就無息無影的沉沒江心。這意味著「落葉不能歸根」是何等難堪的警悟。〈柳梢青〉云：

> 狂蹤怪迹。誰料年老，天涯爲客。帆展霜風，船隨江月，山寒波碧。　　如今著處添愁，怎忍看、參西雁北。洛浦鶯花，伊川雲水，何時歸得。

此時江南山水勝景非但不能吸引希眞的青眼，反而令他「著處添愁」，他一心思念「洛浦鶯花，伊川雲水」，陷入當年故國生活的甜蜜回憶中，往日的情懷逐一幕幕重現。〈水調歌頭〉云：

> 當年五陵下，結客占春遊。江纓翠帶，談笑跋馬水西頭。落日經過桃葉，不管插花歸去，小袖挽人留。換酒春壺碧，脫帽醉青樓。　　楚雲驚，隴水散，兩漂流。如今憔悴，天涯何處可銷憂。長揖飛鴻舊月。不知今夕煙水，都照幾人愁。有淚看芳草，無路認西州。

又如〈朝中措〉云：

> 當年彈鋏五陵間。行處萬人看。雪獵星飛羽箭，春遊花簇雕鞍。　　飄零到此，天涯倦客，海上蒼顏。多謝江南蘇小，尊前怪我青衫。

再如〈雨中花〉云：

> 故國當年得意，射麋上苑，走馬長楸。對蔥蔥佳氣，赤縣神州。好景何曾虛過，勝友是處相留。向伊川雪夜，洛浦花朝，占斷狂遊。　　胡塵卷地，南走炎荒，曳裾強學應劉。空漫說、蟠蟠龍臥，誰取封侯。寒雁年年北去，蠻江日日西流。此生老矣，除非春夢，重到東周。

這三闋詞的共同特色是：其一，均爲希眞逃離洛陽後所作。〔註4〕其二，上片都描寫了希眞在洛陽時期的愜意生活，而下片則筆鋒逆轉，改寫南遷後飄流憔悴的倦客蒼容。這一切變化發生得太突然，由這三闋詞可以瞭解，何以希眞無法接受南疆山水。當他正得意的走馬射

〔註4〕雖無紀錄，但從詞意上可推證。如〈水調歌頭〉云：「如今憔悴，天涯何處可銷憂。」〈朝中措〉云：「飄零到此，天涯倦客。」〈雨中花〉云：「胡塵卷地，南走炎荒。」可見三者均爲南渡後所作。

麋、結客占春狂遊之際，眼前好景卻爲胡馬鐵蹄所踏碎，一時「伊川雪夜，洛浦花朝」換作蠻江煙水，「紅纓翠帶」改爲尊前淚濕的青衫。〈采桑子〉：

> 一番海角淒涼夢，卻到長安。翠帳犀簾。依舊屏斜十二山。　　玉人爲我調琴瑟，顰黛低鬟。雲散香殘。風雨蠻溪半夜寒。

只有在夢中，希眞才得以重擁往日令人熟悉、令人迷醉的歡樂時光，遊子重創的心靈，在此得到了安撫。但是，夢總歸是夢，一定有「雲散香殘」的時候。當三更夢斷，再發現己身仍在異地的風雨中，無限寒意又重襲他心底，於是希眞又轉向酖釀，來驅散這份寒意。〈風流子〉：

> 吳越東風起，江南路，芳草綠爭春。倚危樓縱目，繡簾初卷，扇邊寒減，竹外花明。看西湖、畫船輕泛水，茵幄穩臨津。嬉遊伴侶，兩兩攜手，醉回別浦，歌過南雲。　　有客愁如海，江山異，舉目暗覺傷神。空想故園池閣，卷地煙塵。但且恁、痛飲狂歌，卻把恨懷開解，轉更銷魂。只是皺眉彈指，冷過黃昏。

「芳草綠爭春」、「竹外花明」、「看西湖，畫船輕泛水，茵幄穩臨津。」好個江南春色，引來遊人如織。但希眞卻仍不能釋懷，國仇家恨不共載天，卻只能「空想故國池閣」，遭「卷地煙塵」所撲蓋。痛飲狂歌，想將恨懷開解，誰料「舉杯消愁愁更愁」，天涯倦客但令東風吹淚，「皺眉彈指，冷過黃昏」。爲故國，希眞不知流下多少淒涼淚，故云「濕偏青衫」、「濕偏樓前草」。但如果「只是皺眉彈指，冷過黃昏」，即便淚如潯陽江水，也是枉然。於是希眞毅然擲下酒杯，拔劍北向，立志恢復中原，〈蘇武慢〉下片云：

> 誰信得，舊日風流，如今憔悴，換卻五陵年少。逢花倒趄，遇酒堅辭，常是懶歌慵笑。除奉天威，掃平狂虜，整頓乾坤都了。共赤松攜手，重騎明月，再遊蓬島。

與岳飛〈滿江紅〉所云「何日請纓提銳旅，一鞭直渡清河洛，卻歸來，

再續漢陽遊。騎黃鶴。」〔註5〕雖文字曲調不同，但所表達的心意是完全一樣的。大時代的風暴激颺起希眞獻身報國的雄心，他瞭解國脈絕續與民族存亡是每個人都應擔負的責任，於是他接受朝廷的徵召，欲有所作爲，如〈相見歡〉云：

> 金陵城上西樓。倚清秋。萬里夕陽垂地、大江流。
>
> 中原亂。簪纓散。幾時收。試倩悲風吹淚，過揚州。

當希眞北望故國，感慨時光匆匆之餘，又憶起中原喪亂倉皇渡江之慘狀，不禁黯然神傷，「幾時收」一問，老淚縱橫，悲憤塡膺。和以往不同的是，希眞已能化悲憤爲力量，下定決心請秋風吹乾眼淚，策馬騰越揚州，一舉收拾故國河山，這是何等壯志豪情。王鵬運曾云：「希眞詞，憂時念亂，忠憤之志，觸感而生。」〔註6〕誠非虛言。

第二節　徹悟的人生態度

靖康國恥，釀成千萬生靈慘遭國破家亡、生離死別的苦難。希眞以儒家的責任道義，毅然挺身謀國，但現實的挫擊使得希眞滿腔熱忱屢爲冰霜澆覆，復國理想亦被蠶食殆盡。此時，隨著年歲增長，發現對自己秉執的信念，愈發無力去堅持。現實無情的衝擊，讓他又思念起舊日山水之樂，冀望山林的慰藉以療治心靈的傷痛。當南都病起，衰弱的身體加以疲憊的心態，使希眞在〈桂枝香〉中說道：

> 念壯節、漂零未穩。負九江風笛，五湖煙艇。起舞悲歌，
> 淚眼自看清影。新鶯又向愁時聽。把人間，如夢深省。舊
> 溪鶴在，尋雲弄水，是事休問。

〔註5〕〈滿江紅〉「登黃鶴樓有感」全詞爲：「遙想中原，荒煙外，許多城郭。想當年，花遮柳護，鳳樓龍閣。萬歲山前珠翠繞，蓬壺殿裏笙歌作。而今鐵騎滿郊畿，風塵惡。　兵安在，膏鋒鍔。民安在，塡溝壑。歎江山如故，千村寥落。何日請纓提銳旅，一鞭直渡清河洛，却歸來，再續漢陽遊。騎黃鶴。」原爲墨蹟，《全宋詞》自徐用儀所編之《五千年來中華民族愛國魂》一書輯出。

〔註6〕見王鵬運爲《樵歌》所作之跋。

希真有感年華老逝，壯志卻未能伸張，徒滯人間，空負九江風笛，五湖煙艇，憑添自身悲愁，故云「是事休問」並有歸去之心。又如〈木蘭花慢〉云：

> 折芙蓉弄水，動玉佩，起秋風。正柳外聞雲，溪頭澹月，映帶疏鐘。人間謫墜久，恨霓旌未返碧樓空。且與時人度日，自憐懷抱誰同。　　當時種玉五雲東。露冷夜耕龍。念瑞草成畦，瓊蔬未采，塵染衰容。誰知素心未已，望清都絳闕有無中。寂寞歸來隱几，夢聽帝樂沖融。

希真此時的心情是寂寞而孤獨的，當中夜不寐時，便念起舊日清溪、往日閒雲。因素心未已，長繫故園成畦瑞草未采瓊蔬，故將自身毫無作為的官場喻為謫墜的人間，無奈地且與時人度日。「自憐懷抱誰同」，但令俗塵染滿衰容，只能在夢中追尋沖融之樂。〔註7〕

　　希真毫不在意仕宦的成敗得失，他所關切的是何日方能靖滅胡塵，重光故國。在失望之餘，去留問題也曾困擾著他，那種進不得而退未忍的心理，便表現在詞中，如〈蘇幕遮〉：

> 有奇才，無用處。壯節飄零，受盡人間苦，欲指虛無問征路。回首風雲，未忍辭明主。

人間的無意義，空令希真受盡有才無用、壯節飄零之苦；想要返田園，未盡的責任感卻又迫使他「不忍辭明主」。事實上高宗稱不上為明主，養奸去賢，坐失復國良機，僅為一己之私心，淪千萬百姓於次等之民，並使南渡臣民忍受著有家歸不得的淒傷。希真稱其為「明主」，除為

〔註7〕　宋代社會結構既與漢唐迥異，因而整個社會思潮，自有其獨特的傾向。最應受重視的是儒釋道思想的融合。自漢代佛法來傳與儒道二家思想相斥相吸，延及唐代大乘佛法興起，而至北宋則又以禪家獨尊。更深入民間與儒道相互融合，產生新的社會觀。文士與禪僧交互往來，道家也與儒生唱和。這種三教合一的現象為漢唐所全無的僧釋染指學術界，促使佛禪思想直入文化界，為有宋文化之特色。這種風氣到北宋中晚期相習成風，文士於儒於佛於道皆兼習而相知。由於宋人之好文好儒，社會上道學大興，佛禪思想徧佈。再加上尋求苟安享樂的心理，至使整個社會上上下下都呈現著講求閒適、醇淡、苟閒、自主的風氣。

舊時臣子對君上之崇敬，亦表示希眞此時還執著於儒家忠君報國、死而後已的信念。凡事但求盡己之心，責任未了又何能捨棄而不顧？是這種信念促使他離開山林，獻身報國，卻也是這種心情在這進退之際，啃食著他的心。但是一連串的失意後，他瞭解了自己的本性不應摧殘在宦場的奉承迎合。只有即時歸隱才能不屈己意。於是，〈如夢令〉道出困惑已久，而終有尋得出處的釋然：

> 一夜新秋風雨。客恨客愁無數。我是臥雲人，悔到紅塵深處。難住。難住。拂袖青山歸去。

仕途十餘年之後，對於紅塵，希眞仍以客自居，可見在心態上已將自己排在宦場旁觀者。由於紅塵不適臥雲之人，是以愁恨油生無數，爲解心中愁恨、爲人間險惡難住，斷然拂袖，歸返青山。

歸隱山林，是對自我精神的一種維護方式，把「隱」當作一種安頓、一種歸宿，才能在山水之間怡然自得。也只有如此，隱者才能將心中的憂思釋化。〈西江月〉云：

> 日日深杯酒滿，朝朝小圃花開。自歌自舞自開懷。且喜無拘無礙。　　青史幾番春夢，黃泉多少奇才。不須計較與安排。領取而今現在。

退隱後的生活情調是活潑而愉快的，田園無吝的接待他，而「排日有花開」，希眞天天以花色和酒怡然自得，興來高歌一曲，在花叢間蹈舞手足，其所愛的即是這份無拘無礙的自由快意。在觀念上希眞也添入老莊的「任適」的思想，生命既然短如春夢，那人何以不欣然接受造化的安排？苦心積慮追求遙不可及的理想，只是徒增自己的痛苦與煩憂。此時希眞只願意在山水間領取那一份心靈的祥和與純靜，是以在生活方式上也有了改變。在題目爲「辭會」的〈沁園春〉中，將退隱歸來之空靜心態講述得十分明白：

> 七十衰翁，告老歸來，放懷縱心。念聚星高宴，圍紅盛集，如何著得，華髮陳人。勉意追隨，強顏陪奉，費力勞神恐未眞。君休怪，近頻辭雅會，不是無情。　　嚴扃。舊菊猶存。更松徑、梅疏新種成。愛靜窗明几，焚香宴坐，閒

　　調綠綺，默誦黃庭。蓮社輕輿，雪溪小櫂，有興何妨尋弟

　　兄。如今且，趁花迷酒困，心迹雙清。

由上片可看得出，希眞對不再願意參加「聚星圍紅」的熱鬧聚會，因
爲他疲憊的心無力再強顏歡笑，他只喜歡在雅靜的窗前倚几焚香而
坐，或彈琴自樂或展誦〈黃庭經〉。興起時乘輕輿上蓮社談性，亦可
在雪溪行舟。希眞已不復有年輕時「良辰美景何曾虛度」的氣勢，而
只求「心迹雙清」，過著蕭淡的隱居生活了。

　　文學史中，詩人曾寫下許多描寫山林田園，以及表現喜悅自然的
作品。一樣的山水田園情懷，會因個人生命意識之取向不同，而有仁
智之別。同樣的，當人投身自然時，由於許多主觀因素之不同，因而
造成對自然領略的迥異。分析古來詩人，則又可概分爲二種生命情
調：其一是儘可能在自然中尋求生命的眞諦，將自身與自然融合爲
一。這類詩人在觀念上認爲自然是一種自然而然的現象，既無仁慈又
無敵意，心滿意足的將自然視爲一種事實而加以接受；故而自然的奇
形異態並不重要，他們在意的是自然形象與他們內心底層相契的那份
令人神往的精神，並認爲人是自然的一部分，陶淵明與王摩詰是爲代
表。另外一類詩人雖滿懷生命之掙扎，卻是以旁觀者的角度去登山臨
水，發現、欣賞山川之美；由於對自然缺乏認同，以致產生與自然貌
近神遠、格格不入的現象，爲尋求山水的撫慰而來，卻往往在大自然
之前，發現自我愈發的孤寂與無助，以阮籍、謝靈運爲代表。〔註8〕

　　檢討希眞的歸返田園，是適性而又合於時宜的。爲了不屈己志，
消極地以隱退表達反抗，這種方式並不同於阮、謝自我放逐的生命
態度，而是希眞的生命體驗：只有縱身於宇宙無限的洪流中，使自
己的生死成爲自然中永不間息的生、老、衰、死然後再生的永恆輪
廻之一環，才能追求心靈眞正的安頓。此時希眞表現在詞作中的態
度也是如此，是一種徹悟，直指虛空。如〈念奴嬌〉云：

―――――――――――――

〔註8〕 參見呂興昌〈人與自然〉一文，收入《中國文化新論》，文學篇一，
　　　抒情的境界。

老來可喜，是歷徧人間，諳知物外。看透虛空，將恨海愁
山，一時接碎。免被花迷，不爲酒困，到處惺惺地。飽來
覓睡，睡起逢場作戲。　　休説古往今來，乃翁心裏，沒
許多般事。也不蘄仙不佞佛，不學棲棲孔子。懶共賢爭，
從教他笑，如此只如此。雜劇打了，戲衫脱與獃底。

有人說「未曾長夜痛苦者，不能以語人生。」同樣的，未曾「歷徧人
間，諳知物外」的人也不可能看透虛空。憤恨喜悅一時均爲其所超越，
是非成敗、物我彼是均因「物外」之悟而消逝。希眞詞作中有許多此
類悟道之語，如〈臨江仙〉：

信取虛空無一物，箇中著甚商量。風頭緊後白雲忙。風元
無去住，雲自沒行藏。　　莫聽古人閒語話，終歸失馬亡
羊。自家腸肚自端詳。一齊都打碎，放出大圓光。

繼〈念奴嬌〉所言「不蘄仙不佞佛，不學棲棲孔子」，希眞將儒釋道
三家之主張一起打碎，眞正體會出生命中那份圓通自然的神韻、「任
天而遊無窮」之樂趣。〔註9〕其他如〈桃源憶故人〉（誰能留得朱顏住）、
〈蘇幕遮〉（瘦仙人）、〈西江月〉（元是西都散郎）、〈減字木蘭花〉（虛
空無礙）等，亦敘介他參悟出的信念——天然即美滿。〔註10〕

縱觀希眞晚年的人生態度，可以其「和祝聖俞」之〈萬玉人引〉
做爲總結：

浪萍風梗，寄人間，倦爲客。夢裏瀛洲，姓名誤題仙籍。
欲翅歸來，愛小園，蜕籜籆碧。新種幽花，戒兒童休
摘。　　放懷隨分，各逍遙，飛鷃等鵬翼。舍此蕭閒，問
君攜杖安適。諸彥群英，詩酒皆勍敵。太平時，向花前，
不醉如何休得。

上片寫當年寄迹紅塵之中那份無可奈何的心情，就像在浪中漂流的浮
萍、風中翻走的梗草一樣，總是沒有歸屬感。這種感覺，在夢裏所見

〔註9〕 見莊子〈逍遙遊〉。
〔註10〕 原句爲「天然美滿」，出於〈減字木蘭花〉。晚年希眞已不再有所追
求，在任性隨緣的心態下，事無可無不可，只是順其自然，便常得
恬靜安詳，所以說天然即美滿是他參悟出的信念。

的仙籍冊中獲得肯定：出仕原是一場誤會，〔註 11〕應求全性歛翅而
歸。「愛小園」，則是對山水田園關愛的縮寫。下片寫其豁達的人生觀，
只要放懷隨分，雖才性不同的鵬、鷃，亦能各得逍遙之樂。希眞認識
眼前蕭淡的生活，就是最適合自己的安逸樂土。「諸彥群英」以下，
寫太平時節良朋相會、不醉不休的快意。這種徹悟的人生態度，寓寄
在許多晚年的作品之中，形成了閑澹與曠達的詞風。胡適將其比作陶
潛，應只是針對此類作品而言。〔註 12〕

第三節　眞摯的愛情生活

愛情是人類生活中最神奇的一部分，古今中外不知有多少歌頌愛
情的詩篇，其中有戀愛的欣悅、有相思的愁怨、有失戀的淒苦。無論
任何一種情況、無論任何一種身分，都說明了愛情的魔力。《樵歌》
中也不乏以男女戀情爲題材的作品，其中又以描寫女性情思者爲多，
這類作品的出現並非偶然。

北宋由於農工商業發達，促成社會經濟高度繁榮，在安享百餘年
的太平盛世之後，人心渙散，宮廷與社會瀰漫著奢侈腐化的風氣。詩
人詞客之流，更是狎妓酣歌、風流放浪，過著倚紅偎翠、淺斟低唱的
享樂生活。希眞此時無意功名，放浪形骸，青衫年少，醉入花叢，倚
馬斜橋，滿樓紅袖，〔註 13〕正是他這個時期的最佳生活寫照。北宋晚
年的社會現象與〈花間集序〉所描述的五代世俗態度相似：

> 有綺筵公子，繡幌佳人，遞葉葉之花牋，文抽麗錦，舉纖纖
> 之玉指，案拍香檀，不無清絕之詞，用助嬌嬈之態。〔註 14〕

〔註 11〕瀛洲爲傳說中仙人所居山名。希眞在紅塵既覺怠意，故思舊日悠遊
　　　　之樂，若名載仙籍，便肯定自己不該涉足紅塵。
〔註 12〕胡適《詞選・朱敦儒小傳》云：「詞中之有《樵歌》，很像詩中之有
　　　　《擊壤集》，但以文學的價值而論，朱敦儒遠勝邵雍了。將他比陶潛，
　　　　或更確切罷？」
〔註 13〕化用韋莊〈菩薩蠻〉詞句，借喻希眞早年生活。
〔註 14〕見歐陽烱〈花間集序〉。

為此類作品提供了最佳的溫牀。故希眞寫些綺情之作仍是十分正常的現象。再論南宋偏安江南，衣冠文士、富商大賈一時雲集於此，江南頓然成為經濟文化的中心，經濟復甦，山水風光賞心悅目，南宋君臣又忘卻了日前的慘痛，重拾以往奢靡荒誕的生活享樂。希眞此時已對國事灰心，再加以盛會難辭，不免又有以女性情思為主的綺情之作。〔註15〕

　　南唐五代寫女性情思之作，總少不了對女性之容貌、儀態、服飾的描寫，其主要目的是以誇飾的辭句，為空洞的詞章作些補妝。但如果這些描述能對女性有生動入微的刻畫，便會在讀者心中塑造出一個美人的形象，使人有宛若相識的感覺，進而對女主角的遭遇產生惺惺之情。希眞在女性情思的作品中，便對女子的容貌、儀態、服飾等方面有細膩而生動的描寫。他寫女子的容貌如：

　　　　臉嫩瓊肌著粉，眉峯秀，波眼宜長。（〈滿庭芳〉）

　　　　碧玉闌干白玉人。（〈浣溪沙〉）

　　　　接花弄扇，碧闌遙山眉黛晚。（〈減字木蘭花〉）

　　　　花作簾櫳玉作人。（〈鷓鴣天〉）

或描寫女子的神態，如：

　　　　眉澹翠峰愁易聚，臉殘紅雨淚難勻。纖腰減半綠羅裙。（〈浣溪沙〉）

　　　　惆悵黃昏前後，離愁酒病厭厭。（〈清平樂〉）

　　　　玉笙吹徹清商後，寂寞弓彎舞袖，巧畫遠山不就，只為眉長皺。（〈桃源憶故人〉）

　　　　碧尖虀損眉慵暈。淚濕燕支紅沁。（〈桃源憶故人〉）

　　　　日長時，懶把金鍼。裙腰暗減，眉黛長顰。（〈行香子〉）

　　　　閒倚金鋪書悶字。尤殢。為誰憔悴減心情。放下彩毫勻粉

〔註15〕宋人以聚飲、賦詩、遊妓為雅事，希眞能詩善詞，令名遠播，故時人必以邀其與會為幸。

淚。彈指你不知人是不知人。(〈定風波〉)

或描寫女子的動作，如：

玉人酒渴嚼春冰。(〈春曉曲〉)

雲鬟就，玉纖撥水，輕笑換明璫。(〈滿庭芳〉)

倚花吹葉忍黃昏。(〈浣溪沙〉)

低鬟暗摘明璫，羅巾把損殘妝。(〈清平樂〉)

或描寫女子的衣飾，如：

小羅金縷。結畫同心留不住。(〈減字木蘭花〉)

白玉闌干。倚徧春風翠袖寒。(〈減字木蘭花〉)

柳花陌上撚明璫。嬌紅新樣妝。悤悤曾貯一襟香。月痕金
縷涼。(〈阮郎歸〉)

結子同心香佩帶，帕兒雙字玉連環。(〈浣溪沙〉)

由以上詞句，不難看出希眞用心、用情地描寫女性的容顏神態。他巧
妙的組合這些描述於一闋詞中，展現出女子的款款情懷，如〈行香子〉：

寶篆香沈。錦瑟塵侵。日長時、懶把金鍼。裙腰暗減，眉
黛長顰。看梅花過，梨花謝，柳花新。　　春寒院落，燈
火黃昏。悄無言、獨自銷魂。空彈粉淚，難託清塵。但樓
前望，心中想，夢中尋。

首句描寫滯留在空中的香煙久久不散，錦瑟也因多時未拂彈而遭塵
封。女主角「懶把金鍼」而又無所事事，徒覺光陰遲緩，白晝苦長，
時空中散佈著一股慵懶無奈的氣息。作者透過梅、梨及柳花的相繼發
榮與凋謝，表現出時光在難熬的無奈中仍然悠悠而逝，更解釋了爲何
女主角「裙腰暗減，眉黛長顰」。過片則描寫在料峭春寒的黃昏裏，
院落中燈火逐一點起，女主角獨自無言地讓離別思念的愁緒啃蝕心
扉，這份情意卻又無法話與清塵代爲傳遞，徒然空彈粉淚，雖說不能
有所作爲以消思愁，卻又忍不住的每日在「樓前望，心中想，夢中尋。」
作者未著「情」字，但全詞卻透溢出綿綿無盡的情思；未著「愁」字，

而愁卻如雲湧而現。又如〈好事近〉：

> 春雨細如塵，樓外柳絲黃濕。風約繡簾斜去，透窗紗寒碧。　　美人慵翦上元燈，彈淚倚瑤瑟。卻上紫姑香火，問遼東消息。

細纖春雨飄濕樓外的柳絲，輕風吹開了繡簾，初春的清寒與青碧，由紗窗映入室。作者寫下一幅春回大地的醉人景色，但美人卻爲出征的夫婿憂愁著，連上元節的熱鬧都無心觀賞，只是倚著瑤瑟空灑相思淚。「卻上紫姑」是全詞點睛之筆，試想在春光明媚的時節，滿城歡慶上元佳節，獨坐閨閣的女子正寂寞傷心，音訊難得，卜卦問神是最能聊以解抒其愁情的方法，但也更顯得閨婦的困阨無助。作者將歡慶與傷悲對比，用醉人美景襯托出美人的寂寞。兵禍連結，天下多少情侶因而失散，希眞有感而記下這份苦難。再如〈柳梢青〉：

> 紅分翠別。宿酒半醒，征鞍將發。樓外殘鐘，帳前殘燭，窗邊殘月。　　想伊繡枕無眠，記行客，如今去也。心下難拚，眼前難覓，口頭難說。

首句便以紅華墜別葉叢，象徵著男女的離別。朦朧中，女子覺察行客正備馬待發，聽著樓外的杳渺鐘聲，睜眼所見只有帳前未燼殘燭和窗邊西斜殘月；想念著遠去的行客，倚著繡枕，卻已全無睡意。今日分別之後，何時方能重聚，心裏著實不捨得與他分別；但這份相思這份愁懷，有口又難說得清楚。作者以「紅分翠別」象徵情侶們生離之情。分，則不圓滿，所以連用了三個「殘」字，提昇離別的愁緒與分的意象。過片則言女子倚戀不捨之情。生離本比死別要難堪得多，作者又疊使三個「難」字來強化其中不捨之思情。全詞自然眞切，婉轉表現了女子深情。

　　除此之外，希眞還以宮女爲對象寫下承恩與失寵的天壤情懷。如〈南鄉子〉詞二闋：

> 宮樣細腰身。玉帶羅衫穩試新。小底走來宣對御，催頻。曲殿西廂小苑門。　　歌舞鬬輕盈。不許楊花上錦茵。勸得君王眞箇醉，承恩。金鳳紅袍印粉痕。

風雲打黃昏。別殿無人早閉門。拜了天香羅袖冷，低蹙。
催滅銀燈解繡裙。　　金鴨臥殘薰。看破屏風數淚痕。回
首昭陽天樣遠，銷魂。又過梅花一番春。

承恩時歌舞歡動的情景，曾幾何時，已遭風雪吹滅打散；君王昔日
的恩寵，如同西天殘陽漸失的光與熱，咫尺天涯的相思，更令人黯
然銷魂。

　　在希眞筆下，閨女、歌妓與宮女的地位是不分軒輊的，他或寫歡
情、或寫失意、或寫相思，無不專注而誠摯的刻畫女性內心深處那份
婉曲幽情。

　　另外一類作品，希眞表達的也是相思之情，不同的是所描述的乃
男性之相思情懷。如前述宋代經靖康之亂，人民流離失所，被拆散的
情鴛亦不知有多少，希眞所寫，或乃親身的遭遇，如〈點絳脣〉：

客夢初回，臥聽吳語開帆索。護霜雲薄。澹澹芙蓉落。　　畫
舫無情，人去天涯角。思量著。翠蟬金雀。別後新梳掠。

「臥聽吳語開帆索」，與故鄉不同的語音，強烈提醒著他身處異鄉的
事實。由「開帆索」可知船已離港，只見雲薄霜降，澹澹的芙蓉枯落，
時序已近秋。船行不止，所以覺得「畫舫無情」，絲毫不猶疑的將行
客載至天涯之遙，愈行愈遠，對情人的思念也愈來愈強烈。作者藉今
昔對比的手法，將畫舫遠去之無情與昔日閨房伴同梳妝之樂事相互映
比，更增強了胸中悲傷的情緒。再如〈憶秦娥〉：

霜風急。江南路上梅花白。梅花白。寒溪殘月。冷村深
雪。　　洛陽醉裏曾同摘。水西竹外常相憶。常相憶。寶
釵雙鳳，鬢邊春色。

於江南流浪的路上，梅花在霜風中綻開，見著梅花，沒有減去遊子
心中哀痛，眼前所見是「寒溪殘月，冷村深雲」的淒涼景色。下片
記言當年在洛陽歡醉後與情人攜手摘梅的情景，疊用「常相憶」以
示念念不忘；甚至清晰的記得美人當時髮鬢上的雙鳳寶釵，還聞得
她鬢邊白梅的芳香，以小處著眼彰顯遊子相思之深。人之分別，以
「雙鳳」形容與情人相聚之美滿愉快。試想遊子獨自浪泊天際，見

梅思念當年與紅粉知交嬉遊梅下的美好時光，而今芳蹤何在？面對著眼前清寒夜色，更覺淒涼與孤獨。再如〈昭君怨〉「悼亡」：

> 朧月黃昏亭榭。池上秋千初架。燕子說春寒。杏花殘。　　淚斷愁腸難斷。往事總成幽怨。幽怨幾時休。淚還流。

希眞悼亡之作僅此一闋，先寫在春日黃昏的庭園聽燕子泣訴春寒，使人聯想到冰冷的死亡。雪白的杏花，意味著女子的姣好容貌；但觸及殘褪的杏花，思憶起亡者，便也掩按不住激動的情緒。下片敘述中，作者以漸進的方式，不斷提昇情緒上的張力，描寫著臉上淚水可以強忍，但內心深處百繞千纏的愁思卻無法截斷。此時又自拈一個問句，這種不盡無止的悲楚什麼時候才會消逝？無言以對，但以「淚還流」作答，將這份愁思延續得無止難休。

　　希眞在情感上是關懷而同情女性的，他不同於世俗狎客將女性視爲冶遊縱樂的工具，雖是寫男女之情，卻不流於淫，對愛情的描述更是極爲眞摯深厚。賀裳曾評其非爲「素心之士」，某些作品稍與周邦彥、柳永把臂，〔註16〕此乃未作深入瞭解而產生的誤會。男女情感的發生本是自然天性，端看當事人的心態是否純正。希眞是多情之人，他並未刻意掩飾自己的感情，矯飾自己是位不近人情的「素心之士」。在難脫當時客觀環境的圍限下，反而以關懷的態度來描寫當時男女在情感上的遭遇，可證希眞不但是位多情之人，並且還是位「眞情之士」。

第四節　寓寄的詠物之作

　　劉勰云：「人秉七情，應物斯感，感物吟志，莫非自然。」〔註17〕人居於宇宙六合之內，目見風霜雪雨、四季推移而令大地呈現不同景觀，心爲之所感，發抒而成詩文，草木蟲魚因以爲詩材，詠物之作即肇始於此。舉凡《詩經》中「關關雎鳩」、「桃之夭夭」、「楊柳依依」、

〔註16〕見賀裳《皺水軒詞筌》「朱希眞風情詞」條。
〔註17〕見劉勰著《文心雕龍・明詩篇》。

「雨雪霏霏」之述，雖僅為主題之起興，但可視作詠物之作的先祖。
而正式以一物命題始於六朝，詠物之作其發展的歷史，清人俞琰云：

> 至六朝始以一物命題，唐人繼之，作者益之，兩宋元明之，
> 篇什甚盛。故詠物一體，三百篇導其源，六朝備其製，唐
> 人擅其美，兩宋元明沿其傳。〔註18〕

詠物詞至宋代發展到極盛，據全宋詞之統計，有詠物詞傳世者約有三
百人，詞作約計一千九百餘闋。希真側身流行之中，自然也有許多詠
物之作，依其內涵大致可分為賦物與寄興二類：賦物是以作者旁觀的
角度作如實的描繪，以窮物之情態。寄興是作者將己身融入作品，藉
物托出情志，雖亦具賦物之表現方法，但其重在題外求旨，取神而不
取形。

又因宋人十分重視節令習俗，因此希真詠記節令的詞也很多。一
般而言，詠節令之詞內容不外乎記遊寫景，宴饗歡騰的描述，但也有
藉時抒發感慨之作，因與詠物詞有部分旨意相同，故可視為廣義的詠
物詞。〔註19〕安排在此節與詠物統一論述。

希真詠物之作共二十闋，所擇取之題材，可歸納如下：

（一）天象——月、雪。

（二）動物——雙鸂鶒。

（三）植物——梅、木樨、菊、水仙、瑞香、桃。

（四）器物——舟。

（五）建築物——垂虹亭。

（六）其他——酒。

其中以詠梅之作五闋居冠，次為瑞香三闋，再次為菊與酒各二
闋，其餘均為一闋。二十首中有五闋是寄興之作，十五闋為賦物之

〔註18〕清俞琰《歷代詠物詩選·序》，頁4。

〔註19〕張清徽《南宋詞家詠物論述》分詠物詞為節令、山川風雲、草木花
果、蟲魚鳥獸、人物、名都勝跡、樓臺池館、雜物、雜事、題詠等
十類，定義甚廣，今從之將節令併入詠物詞討論。見《東吳文史學
報》第二期。

作，茲分別敘述於後：

首先談「賦物之作」。此類作品的特色是作者之情志未明顯託出，甚或完全沒有自己的寄託，只忠實的描繪物之情態、物性、物用及相關時地等。往往辭藻工麗、音調和諧，充分發揮語言文字之功能，而由體物狀物的描寫中，充分展現物之情態。如希真〈減字木蘭花〉「詠梅」即是一個很好的例子：

> 今年梅晚。懶趁壽陽釵上燕。月喚霜催。不肯人間取次開。
> 　　低鬟掩袂。愁寄玉闌金井外。粉瘦香寒。獨抱深心一
> 點酸。

言梅開得較晚，乃因「不肯人間取次開」，是蓄意而爲，縱然「月喚霜催」也無法動搖其志，上片中並化用壽陽梅妝與玉燕釵的典故，將梅比爲乘燕而降之仙子。下片「低鬟掩袂，愁寄玉闌金井外」，是以女子愁怯的神態，來說明梅仙既降、寄身院落邊上的模樣。「粉瘦香寒」正加強其心事重重的描寫。「獨抱身心一點酸」，寫梅無處可寄愁，而獨忍著內心深處的酸楚。希真以擬人化的表現手法添以視覺、嗅覺，將晚出之梅的神色，繪在字裏行間。再如另一闋詠梅之作〈鵲橋仙〉：

> 溪清水淺，月朧煙澹，玉破梅梢未徧。橫枝依約影如無，
> 但風裏，空香數點。　　乘風欲去，凌波難住，誰見紅愁
> 粉怨。夜深青女濕微霜，暗香散，廣寒宮殿。

希真以細膩的筆觸，描寫溪畔初放之江梅，上片寫其視覺與嗅覺所接觸到訊息。試想在煙澹月朧的夜色中，糾枝上梅花數朵，似有若無，是多麼醉人的一幅水墨美景，如非在輕風中捕捉到那輕逸的芬香，真以爲身在畫中。下片以擬人手法寫因無人體憐，故梅花欲乘風而去。希真佇立送花，直到暗香散逸廣寒宮殿，才察覺更深霜重。由此可見其知梅、愛梅的深情。再如〈鵲橋仙〉詠「十月黃菊」：

> 今年冬後，黃花初綻。莫怪時光較晚。曉來玉露浥芳叢，
> 瑩秀色，無塵到眼。　　支筇駐展，徘徊籬畔。弄酌金杯
> 自泛。須添羅幔護風霜，要留與，疏梅相見。

首句點明黃菊冬後才開，雖然時間上較晚，但並無礙花色的秀美。下片寫希眞愛而不捨的神態，惜憐之餘，還想留住花顏與梅花相見。全詞以白描繪寫，淡雅中表現出愛菊人的高潔，以梅花相並提，更襯托出黃菊的不流於俗。再如〈卜算子〉詠「木樨」：

> 人間花少。菊小芙蓉老。冷澹仙人偏得道。買定西風一
> 笑。　　前身原是疏梅。黃姑點碎冰肌。惟有暗香長在，
> 飽參清露霏微。

此詞是與向子諲等人唱和之作，[註20] 全詞以擬人之法將木樨喻爲得道之冷澹仙人，故能獨佔秋光，展露笑顏。下片以梅托襯，言梅魂經輪廻而化變爲木樨，是很特別的設計。但如何才能辨識梅爲木樨前身？「惟有暗香長在」，可以爲證。作者以「買定西風一笑」與「黃姑點碎冰肌」形容木樨的形態，更以梅香與之比擬，便是認同了木樨的高澹之格與梅相當。再如〈鷓鴣天〉詠酒二闋：

> 天上人間酒最尊。非甘非苦味通神。一杯能變愁山色，三
> 琖全迴冷谷春。　　歡後笑，怒時瞋。醒來不記有何因。
> 古時有箇陶元亮，解道君當恕醉人。

> 有箇仙人捧玉卮。滿酌堅勸不須辭。瑞龍透頂香難比，甘
> 露澆心味更奇。　　開道域，洗塵機。融融天樂醉瑤池。
> 霓裳拽住君休去，待我醒時更一瓶。

酒，不似草木霜月，有其特有形貌可藉表現，所以希眞著重在飲酒之後的特殊感受。酒雖非甘非苦，但可助以通神奇；如飲一杯之後愁雲消散，三琖之後冰谷亦能春回，更可藉之啓扣道域之門，洗淨塵穢。更有意思的是，無論飲時歡笑或瞋怒，酒醒後，全然不記爲何。並引陶靖節作「君當恕醉人」之事，讚其能識酒中妙趣。所以當遇美酒，就應開懷更飲一瓶。

　　此類詠物詞在抒情言志的傳統之下，評價一向不高，但如能充分

〔註20〕　《碧雞漫志》卷二「六人賦樨」條云：「向伯恭用〈滿庭芳〉曲賦木樨，約陳去非、朱希眞、蘇養直同賦，……希眞云：『人間花少，……（詞略）』」。

發揮語言文字的功能，由描繪中完全展現物之情態，則其仍有深刻的藝術價值存在。

其次再談「寄興之作」。此類詞作也同樣具備體物之情、盡物之態的表現手法，但旨在透過物之吟詠以抒懷寄情、諷諭時政。但如何判定詞中有寄興諷諭之旨呢？任二北《詞學研究法》云：「比興之確定，必以作者之身世，詞意之全部，詞外之本事三者為準。」〔註21〕葉師嘉瑩亦曾提出衡量詞中是否有比興寄託之意的三個標準：「第一當就作者生平之為人來做判斷；第二當就作品敘寫之口吻及表現之神情來作判斷；第三當就作品產生之時代背景來作判斷。」〔註22〕據此要點，從希真詠物詞中析出可識其深情之作品，共計六闋，分別是〈浪淘沙〉詠白菊、〈念奴嬌〉詠梅花、〈鷓鴣天〉詠虛舟以及〈卜算子〉詠古澗梅、旅雁、桃花之三首詞。茲列舉寄興之作中三闋以作說明。其中最能道出其逃避兵禍、顛沛之際的憂傷懼怕之情，則非〈卜算子〉詠旅雁莫屬：

> 旅雁向南飛，風雨群初失。飢渴辛勤兩翅垂，獨下寒汀立。　　鷗鷺苦難親，矰繳憂相逼。雲海茫茫無處歸，誰聽哀鳴急。

此為希真靖康之亂避難南方途中有感而作，希真將自身化為避冰霜而南飛的雁鳥，在風雨中與雁（家人親友）失散，身心疲憊，飢渴交迫，孤苦無依棲佇在寒冷的沙汀上。「鷗鷺」係指南方住民，遠來之人與之言語不同習俗、有異，所以無法與之相親。而「矰繳」代表北方追來的敵軍，苦苦相逼，在這進退兩難的情形下，只覺雲海茫茫而無處可以棲駐，有誰會憐憫這種哀苦的心情？希真親嚐變亂流離之痛，寫來格外感人。再如〈念奴嬌〉詠梅花云：

> 見梅驚笑，問經年何處，收香藏白。似語如愁，卻問我，何苦紅塵久客。觀裏栽桃，仙家種杏，到處成疏隔。千林

〔註21〕轉引自《迦陵論詞叢稿》，第332頁。
〔註22〕同前註。

　　無伴，澹然獨傲霜雪。　　且與管領春回，孤標爭肯接，
　　雄峰雌蝶。豈是無情，知受了，多少淒涼風月。寄驛人遙，
　　和羹心在，忍使芳塵歇。東風寂寞，可憐誰爲攀折。

此爲希眞任官被貶之後所作。上片以希眞與梅花相互關問爲起首。由
於「驚笑」意味著愕然與喜悅，可想其間睽違已久。此會意外相逢，
希眞驚異梅花竟願委身人間，而梅則怨怪希眞久滯紅塵不歸。「觀裏
栽桃，仙家種杏，到處成疏隔」，明言希眞別後經年，桃杏業已成林。
「千林無伴，澹然獨傲霜雪」，雖千林無伴，也不願降調求和，「澹然
獨傲霜雪」更顯梅花的氣清格高。下片「且與管領春回」，言梅此番
權且領命報春而來人間，「春回」有中興之象，暗喻己身固不忍國難
而權暫出仕以報國爲自述。「孤標爭肯接，雄蜂雌蝶。」蜂蝶喻指小
人，全句喻希眞高潔，不肯與小人往來。「多少淒涼風月」喻指希眞
政治主張與奸佞不合，而遭冷落排擠。「寄驛人遙，和羹心在，忍使
芳塵歇。」喻指遠方之遷客仍有恭順之心，君上怎忍棄之不顧？「東
風寂寞，可憐誰爲攀折」，希眞竭己報國但未獲君上青睞，空有熱情
與才學，卻未能有所作爲，悲而吟歎。以梅自喻，孤臣血淚化爲點點
梅花。黃蓼園云：

　　希眞梅詞最多，性之所近也。此作尤奇矯無匹。前段起處
　　作問答語，便自超雋異常；後段起處亦自高雅，豈是無情
　　一折，意更周密，結語黯然。〔註23〕

又如〈鷓鴣天〉詠虛舟云：

　　不繫虛舟取性顚。浮河泛海不知年。乘風安用青帆引，逆
　　浪何須錦纜牽。　　雲薦枕，月鋪氈。無朝無夜任橫眠。
　　太虛空裏知誰管，有箇明官喚做天。

一條未繫纜的空舟，代表了自由、無拘束以及無責任。「顚性」，希
眞經常用以自況，如〈蘇幕遮〉：「白鶴飛來，笑我顚顚地」，〈西江
月〉：「從來顚怪更心風」。所以他用以自比的虛舟，也染有顚性的性

〔註23〕見黃蘇《蓼園詞選》。

格與行迹。泛浮河海之中，不在意歲月的流逝，乘風而行不須借重青帆推引，逆流而上也不煩錦纜牽行。〔註24〕遨遊江海以白雲爲枕，月光爲氈，任其朝來夜逝，自由天地任我橫眠。在無盡太虛中有誰能加予管束，大概只有那無爲的蒼天吧！這闋詞乃希眞告老之後所作，〔註25〕他將虛舟作爲自己的投射對象，夢想自己自由無礙地優遊四海三江；當泛遊在一望無際的水面上，雲爲枕，月鋪氈，任歲月之悠悠，是何等快活而自在的享受！

希眞能以最自然的筆觸來「窮物之情」、「狀物之態」，並且把他們描述得生動活躍，趣味雋永。而詞中的託意，確能與希眞生平行徑相符，非一般濫用典故、做謎般的遊戲文字可相比擬。〔註26〕吳衡照曾云：「詠物如畫家寫意，要得生動之趣，方爲逸品。」〔註27〕以「逸品」譽希眞詠物之作，可謂當之無愧。

再論節序之作。宋人偃武修文，雖邊事頻頻，但內境卻一片笙歌太平。本文第一章第三節「自樂逍遙的時期」中曾介紹過宋人講究生活雅趣，又由孟元老《東京夢華錄》，西湖老人《繁勝錄》，周密《武林舊事》等書記載中，可知宋人又特別重視元宵、清明、七夕、中元、重陽等五個節日，文人留下許多作品記寫佳節情景，即「節序之作」。《樵歌》中節序之作共有十四闋，寫元宵者有：〈鷓鴣天〉「正月十四」、〔註28〕〈好事近〉（春雨細如塵）（春雨鬧元宵）三闋；寫中秋者有：〈水調歌頭〉「和董彌大中秋」與（中秋一輪月）、〈臨江仙〉「中秋」、〈柳梢青〉「丁丑松江賞月」、〈生查子〉（臥病獨眠人）五闋。寫重陽

〔註24〕 見《莊子・逍遙遊》：「若夫乘天地之正，正御六氣之辯，以遊無窮者，彼且惡乎待哉？」故可知希眞言顚而實爲至人。
〔註25〕 詞中寫睡、寫顚都是晚年之筆。況中國南船北馬，在江南見舟多而得舟性。
〔註26〕 胡適對詠物詩詞有十分獨到的看法。他云：「凡詠物的詞或詩，固然『最爭托意』，但托意不是用典，也不是做謎。」見《詞選》，頁358。
〔註27〕 語見吳衡照《蓮子居詞話》卷四。
〔註28〕 宋人特重元宵，在元宵之前更有早燒燈會，希眞在〈相見歡〉（好笑山翁年紀）詞中亦曾提及此事，故將之列爲元宵之類。

者有：〈沙塞子〉（萬里飄零南越）、〈菩薩蠻〉（老人語盡人間苦）二
闋、寫冬至者有：〈鷓鴣天〉「許總管席上」、〈點絳脣〉（至日春雲）、
〈憶秦娥〉「至節赴郡會，赦到」三闋。寫除夕者有：〈卜算子〉「除
夕」一首。這些作品中，有的純粹描寫熱鬧歡慶的景象，有的則藉以
抒發感懷，茲各舉一闋詞作說明。藉時抒懷的節序詞，如〈沙塞子〉
爲寫重陽節之作：

> 萬里飄零南越，山引淚，酒添愁。不見鳳樓龍闕，又驚
> 秋。　　九日江亭閒望，蠻樹繞，瘴雲浮。腸斷紅蕉花晚，
> 水西流。

首句點出希眞身在南越之地，與故園相去萬里之遙，眼前山水美景皆
只徒增悲傷。「不見鳳樓龍闕，又驚秋」，表示驚訝時光匆匆，而復國
之事又空蹉跎。下片言重九之日登高遠望，「蠻樹繞，瘴雲浮」，望眼
卻被遮蔽所苦，故國不見，悲從中來。「腸斷紅蕉花晚、水西流」，尾
句以南地特殊景象收結，更覺憂傷之情不絕，如西流之水。全首以「淚、
愁、驚、腸斷」等哀傷的字眼組成，其內心苦痛可想而知。〔註29〕

　　再論另一類純寫熱鬧歡慶的節序詞，如〈水調歌頭〉「和董彌大
中秋」之作：

> 偏賞中秋月，從古到如今。金風玉露相間，別做一般清。
> 是處簾櫳爭卷，誰家管絃不動，樂世足歡情。莫指關山路，
> 空使翠蛾顰。　　水精盤，鱸魚膾，點新橙。鵝黃酒暖，
> 纖手傳杯任頻斟。須惜曉參橫後，直到來年今夕，十二數
> 虧盈。未必來年看，得似此回明。

中秋時節，皓月當空，象徵著闔家團圓，吉祥圓滿，素爲中國人所重
視的節日，故希眞云「偏賞中秋月，從古到如今」，太平盛世時，人
人可盡興歡唱，所以「是處簾櫳爭卷，誰家管絃不動。」下片「水精
盤，鱸魚膾，點新橙。鵝黃酒暖，纖手傳杯任頻斟」描寫宴席間的熱
鬧歡樂景象，酒香餚美，更有佳人相伴助興。行樂須及時，因爲今夜

〔註29〕吳曾評此詞「不減唐人語」。見《能改齋漫錄》卷十七。

之後，要到第十二個月圓時，才能再見中秋月，況且「未必來年看，得似此回明」。詞中只見希眞「領取而今現在」的歡情，南渡時南北之隔、思鄉之愁，在此都看不到了。

希眞純寫熱鬧歡慶的節序詞，可作爲宋代社會習尚的研究資料，具有其特殊意義。藉詞抒懷的節序詞，亦可應合其平生行迹與心路歷程，作爲研究其人的資料。

第五節　實用的酬贈之作

由《花間》、《尊前》起，詞的內容始終表現的是閨情傷別的「坊曲情懷」，詞的地位一直被士大夫所輕視。直到蘇東坡擴展詞描寫的範圍，以至細事長語無不可入詞，詞的地位相對的提高，甚至原本詩所獨佔的「實用功能」，如獻壽、贈和，在宋代也被詞逐漸趁勢地分擔了。未能免俗的，《樵歌》二百四十五闋詞中，壽詞計有六闋，贈人之詞計有十二闋，和韻之詞有十一闋。分別討論如下：

壽詞，顧名思義是爲祝壽而作之詞。宋朝崇奉道教，人人冀得長生之道，在上位者追求壽考，生日時每愛聽些松壽鶴齡的吉祥話，下位者便百般討好，以是祝賀君王。以長官爲對象的壽詞日多，舉凡給父母、妻子、親友、同僚的壽詞，也日漸盛行。在詞的地位未能爲上層社會所肯定之前，壽詞並不流行。察觀《花間》、《尊前》中，未有壽詞之作。柳永雖有向君王獻壽的〈送征衣〉「過韶陽關」與〈永遇樂〉（薰風解慍），以及向友人賀壽的〈巫山一段雲〉（蕭氏賢夫婦）等詞，但未造成風氣。待黃庭堅之後，壽詞才逐漸盛行，成爲一種酬贈工具。

《樵歌》中六闋壽詞，分別是賀前輩生日的〈念奴嬌〉（楊子安侍郎壽）；賀友人生日的〈千秋歲〉（貫方七月五日生日，爲壽）、〈踏莎行〉（太易生日）；爲女兒生日作的〈柳梢青〉（季女生日）；以及爲自己生日而作的〈仙洞歌〉（今年生日）、〈如夢令〉（好笑山翁年紀）。

以爲鄉前輩楊子安所作之壽詞而言，首先點明時節爲臘末春近之

時，再稱讚楊侍郎「玉律冰壺此際顯，天與奇才英識。貫日孤忠，凌
雲獨志，曾展回天力。」下片敘述楊子安目前情境：「誰信夫子如今，
眠雲情意穩，風塵機息。避近初心得計處，伊水鷗閒波碧。」末了乃
加上希眞的賀詞：「但恐天敎，經綸緣在，未逐紫煙客。君王圖舊，
看公歸覲京國。」雖未刻意呈現一般壽詞設計的歡樂景象或附和奉承
的嘴臉，但已是希眞最嚴肅，最正式的賀詞了。由詞意可知楊子安當
時賦閒在家，希眞又正值青春年華、卑視功名之時，他對楊子安無所
求，是以不流於下流。

　　壽詞是應酬作品，是以眞情少而客套多，難以寫得動人。況周頤
云：「宋人多壽詞，佳句却罕覯。」〔註30〕原因是「易入俗」。如何才
能免於入俗，沈義父云：

　　壽曲最難作，切宜戒壽酒、壽香、老人星，千春百歲之類。
　　須打破舊曲規模，只形容當人事業才能，隱然有助壽之意，
　　方好。〔註31〕

但一般祝壽之作爲表現典雅，更不易有眞情感之流露；往往用大量典
故，雖極其富麗，却無法看出當事人其人其事，也顯現不出作者之喜
悅祝福的情意。而希眞的壽詞，除了對前輩的尊敬外，對友朋的祝福
也顯得眞摯自然。如爲楊貴方生日之作，希眞將一位而今生平不詳之
楊公子的風釆才藝與當時的處境，簡要地在讀者眼前展現。然後再祝
福他從此宦途無滯，延年壽考，待他年衣錦榮歸，再至淸溪訪友敘舊。
全詞未用一典，但却典雅而不落俗套。當太易生日時，希眞只勸他「聽
命寬心，隨緣適願。癡狂贏取身長健。」（〈踏莎行〉）更看出太易與
希眞之間情誼之深厚。〔註32〕

　　爲自己與女兒生日所作，則更眞實活潑。〈柳梢靑〉寫女兒生日，
全家歡聚，希眞那份滿足與喜悅躍然紙上。〈如夢令〉記七十四歲生

〔註30〕見況周頤《蕙風詞話續篇》卷一「雪坡壽詞」條。
〔註31〕見沈義父《樂府指迷》。
〔註32〕這點亦可由贈太易之〈洞仙歌〉尾句：「待接得、衆生總成拂，向酒
　　　　肆淫房，再逞年少」而證。

日事，純爲席間應景之作，不值得注意。倒是〈洞仙歌〉一詞述盡其
晚年生活與心態：

> 今年生日，慶一百省歲。喜趁燒燈作歡會。問先生有甚，
> 陰德神丹，霜雪裏、鶴在青松相似。　　總無奇異處，只
> 是天然。冷澹尋常舊家計。探袖弄明珠，滿眼兒孫，一壺
> 酒，□向花間長醉。且落魄、裝箇老人星，共野叟行歌，
> 太平時世。

「總無奇異處，只是天然。」用來形容希眞壽詞作，的確很適合。
希眞本著天然的個性，以天然的筆法向朋友祝福；即便是對前輩，
也未有阿諛諂媚，只是當稱讚處稱讚，要期許處仍期許。不過與人，
亦不示自卑，舒闊典雅的態度，正可應合壽筵莊重而祥樂的氣氛。

　　和韻之作多半是在席宴上遣興娛賓的應酬文字。「不免強己就
人，戕賊性情。」[註33] 常有因文造情、流於形式者，但也有能巧妙
脫出和韻的種種文字障礙，寓情寄愁，而更能展現其功力者。前者如
《樵歌》中〈青玉案〉「坐上和趙智夫瑞香」云一関：

> 芝房並蒂空稱瑞。幾曾見、香旎旎。也不論蘭休比蕙。王
> 孫高韻，說得的當，不減唐諸李。　　今朝影落瓊杯裏。
> 共才子佳人鬪高致。莫道衰翁都無意。爲他丰韻，爲他情
> 味，銷得眞箇醉。

此詞是典型的席間唱和之作，上片總結座上王孫詠瑞香之說，以同爲
瑞物的芝草來襯比瑞香，又認爲蘭蕙之香也比不上瑞香。下片前二句
言瑞香今供才子佳人遣興，後四句才說自己亦爲其丰韻情味所迷醉。
這是因文造情之作，全詞見不到情感的融入；若勉強以後四句充數，
表現的也只是泛泛之情。再舉〈驀山溪〉「和人冬至韻」爲例：

> 西江東去，總是傷時淚。北陸日初長，對芳尊、多悲少
> 喜。美人去後，花落幾春風，杯漫洗。人難醉。愁見飛
> 灰細。　　梅邊雪外。風味猶相似。迤邐暖乾坤，仗君王、
> 雄風英氣。吾曹老矣，端是有心人，追劍履。辭黃綺。珍

重蕭生意。

此詞乃希眞避難廣東時所作。當時其驚魂未定，且又流離失所，是以遇冬至佳節，反而徒增傷感。「美人去後，花落幾春風」喻指欽、徽二帝被擄北去，已經數度春風。「杯漫洗。人難醉。愁見飛灰細。」若說醉能解千愁，那難醉便是愁難遣，甚而以飛灰來形容心中之愁既多且細密。下片首言見前梅雪與故國風味相似。「迤邐暖乾坤，仗君王、雄風英氣」，是冀望高宗能施雄風英氣，逐步收回故土，就像春陽迤邐推移至整個乾坤大地。「吾曹老矣，端是有心人，追劍履。辭黃綺。珍重蕭生意。」希眞自嘆年華已老，無法協助君上完成中興大業；故鼓勵有為之士追效蕭何的精神，投身復國工作。希眞此時尚未料到，自己旋將「辭黃綺」、「追劍履」。此雖也是席上之作，但寫來自然流暢，未和韻文字所拘限，而且在內容方面，將其對故國與二帝之思念及復國工作的厚望，成功地表現出來。

　　另一類的酬贈之作，以餞別送行為主題。古代交通不便，士人宦途風波不定，隨時可能遷升調補，任所難免有所異動，故與親友分離的機會很多。加以南渡避亂之時，人們在流徙中求生存，生離死別的場面，幾乎是難免的現象；於是詞人常藉詞作來表達依依之情，更給予行者精神上的鼓勵。《樵歌》中如〈點絳脣〉（淮海秋風）、〈減字木蘭花〉（聞人行李）、〈踏歌〉（宴闋）、〈踏莎行〉（花漲藤江）等，都是此類作品。茲以〈踏莎行〉為例說明：

　　　　花漲藤江，草薰鴨步。錦帆蘭櫂分春去。二翁元是一溪雲，
　　　　暫為山北山南雨。　　綠酒多斟，白鬚休覷。飛丹約定煙
　　　　霞侶。與君先占赤城春，回橈早趁桃源路。

上片首三句寫想像中的藤江時景，又以雲雨隱喻自己與子權的深厚情誼以及眼前分離的情形。「暫」字引出了下片的約定：待君歸來再同遊赤城，所以請子權早日回橈。此詞乃希眞出仕後所作。再有以詞寫對遠人之懷念者，如〈木蘭花〉「探梅寄李士舉」：

　　　　前日尋梅椒樣綴。今日尋梅蜂已至。乍開絳萼欲生香，略

綻粉苞先有意。　　故人今日升沈異。定是江南無驛使。
自調絃管自開尊，笑把花枝花下醉。

此類作品也能反映當時關山阻隔、通訊困難的普遍現象。另有明爲贈
人而實抒懷寄托之作，如〈昭君怨〉：

晚菊花前歛翠蛾。接花傳酒緩聲歌。柳枝團扇別離多。　　擁
髻淒涼論舊事，曾隨織女度銀梭。當年今夕奈愁何。

整闋詞借歌者喻指國覆家摧、王孫流落之情，語少而意足，令人有無
限滄桑之感。由上所述，可知希眞於詞實用功能的運用已是十分圓
融，因其個性直率，故少有因文造情之實，酬贈和韻之作或許未能有
效提昇詞的文學成就，但卻大大提高了詞的社會地位。

第三章　《樵歌》之形式研究

　　在前一章曾就《樵歌》之內容加以分析，本章將繼續從《樵歌》的外在形式，來檢定《樵歌》藝術成就的第二要項。

　　詩歌是語言的藝術，若要將作者心中豐厚幽杳的思想感情，適如其分的表達出來，就必須運用特殊的技巧，否則直言吐露，與平常言語又有何異？故劉勰云：「虎豹無文，則鞹同犬羊。」〔註1〕正是此理。雖說詩歌為語言的藝術，而語言的藝術效用又須藉其本身所具之意義與聲音來展現。前者發展為詩歌繪畫性與空間性之效果，在技巧上端賴「遣詞用字」來表現；後者發展為詩歌音樂性與時間性的聽覺效果，在技巧上則賴「格律體裁」來表現。另外，語言應以何等的架構來推展詩歌內容，也是十分重要的一種形式技巧，即「章法結構」。故本章分遣詞用字、格律體裁及書寫手法三節，討論希眞詞的形式藝術。

第一節　遣詞用字

　　文字是詩詞藉以表理思想情感之工具，詩人必須以嚴謹的態度來斟酌文字的分量，尋求最適當的文字來傳達情思，而其難處在於字義的確定與控制。因為字有直指的意義與聯想的意義，直指之意義是明

─────────────

〔註1〕見《文心雕龍・情采篇》。

顯而確實的，而聯想之意義卻是文字在歷史文化中累積演化的結果，隨時隨地都會有各種不同的變化。尤其古典詩詞具有一定的格律形式，詩人在有限的空間下，卻要包容最多的情思，如何精確有效地選用文字以發揮語言最大的特質與作用，便是詩人重要之課題。

詩人的另一個難題是如何不斷賦予文字新的意義與生命，換句話說，就是要推陳出新、不落俗套。爲達到此目的，詩人必須刻苦自勵，要求自我在思想情感上必先不落俗套，再要求思想情感與文字的精鍊，才能達到完美的藝術成就。所以，「遣詞用句」有其重要性與積極性。

本節茲就用典、麗藻、對偶、口語四方面，分別研討希眞在文字駕御上的技巧。

一、用　典

「用典」是詩詞的重要表現技巧之一，由於詩詞講求的是以最精的凝鍊的語言來表達最深刻豐富的內涵，用典將有助於詩人精緻地運用語言。劉若愚云：

> 典故可做爲表現情況的一種經濟的手段。

又云：

> 不論典故是用以表現類似或對照，它們在情況之上加上過去經驗的憑據，因此而增強了詩的效果。更且，由於喚起對過去的一連串的聯想，它們能夠建立起別開生面的意思，而且擴大眼前上下文的意義內容。因此，典故並不是用以取代描寫和敘述的一個偷懶辦法，而是導出附加的含意和聯想的一種手段。〔註2〕

要成功地運用典故，除了要有深博的學養之外，還必須裁置得宜。以期達到「綜學在博，取事貴約、校練務精，捃理欲窮」〔註3〕的要求，才能使典故的效用發揮至極，而不致淪於「或微言美事，置於閑散，

〔註2〕　見劉若愚《中國詩學》第三章，典故、引用、脫胎，頁215、221。
〔註3〕　見《文心雕龍‧事類篇》。

是綴金翠於是足脛，靚粉黛於胸臆。」〔註4〕之譏。觀照《樵歌》中用典的情形有二：一爲事典，一爲以前人詩句入詞的文典，茲分別探討如下：

（一）事　典

　　奈長安不見，劉郎已老，暗傷懷抱。(〈蘇武慢〉)

分用二事，前者用《世說新語》一事：「晉明帝數歲，坐元帝膝上，有人從長安來，元帝問洛下消息，潸然流涕，明帝問何以致泣，具以東渡意告之。因問明帝：『汝意謂長安何如日遠？』答曰：『日遠，不聞人從日邊來，居然可知。』元帝異之，明日，集群臣宴會，告以此意，更重問之。乃答曰：『日近。』元帝失色曰：『爾何故異昨日之言邪？』答曰：『舉目見日，不見長安。』」。長安用爲國都之通稱，全句言故國淪陷，迄今仍未能收復。後者用《幽明錄》所記東漢永平年間，劉晨、阮肇在天台桃源洞遇仙，至太康年間，兩人重到天台之事。後世稱去而後回的人爲前度劉郎。希眞用指重遊故國之日仍未可知，徒坐時光流逝。

　　南歌客，新豐酒，但萬里，雲水俱東。(〈醉思仙〉)

係用《左傳》成公九年事：「晉侯觀于軍府，見鍾儀，問之曰：『南冠而縶者誰也？』有司對曰：『鄭人所獻楚囚也。』便稅之，召而平之，再拜稽首，問其族，對曰：『泠人也。』公曰：『能樂乎？』對曰：『先父之職官也，敢有二事。』使與之琴，操南音。」，用以自嘆身世飄零，客居江南而操楚聲。

　　莫作楚囚相泣，傾銀漢，洗瑤池。(〈沙塞子〉)

係用《晉書·王導傳》：「過江人士，每到暇日，相要出新亭飲宴，周顗中坐而嘆曰：『風景不殊，舉目有江山之異。』皆相視流涕，惟導愀然變色曰：『當共戮力王室，克復神州，何至作楚囚相對泣邪！』」一事，寫渡江後欲轉悲痛之情爲復國之力量。

〔註4〕同前註。

端是有心人，追劍履。辭黃綺。珍重蕭生意。(〈驀山溪〉)

係分用二典，前者用《史記‧蕭相國世家》：「關內侯鄂君進曰：『陛下雖數亡山東，蕭何常全關中以待陛下，此萬世之功也。』高祖曰：『善。』於是乃令蕭何賜帶劍履上殿，入朝不趨。」用以勉人學習蕭何起身報國建立功業。後者用《史記‧留侯世家》「商山四皓」典故，勸人不要隱居遁世。

何須麴老，浩蕩心常醉。唱箇快活歌，更說甚，黃梁夢裏。

(〈驀山溪〉)

係用〈枕中記〉盧生邯鄲逆旅遇道者呂翁之事。翁取囊中枕荐之，曰：「枕此，當令子榮商如意。」時主人蒸黃梁。生夢入枕中，娶妻崔氏，姿麗而財厚，生舉進士，累官至節度使，大破戎虜，爲相十年，子五人皆仕宦，孫十餘人，其姻媾皆天下望族，年逾八十而卒。及醒，黃梁尙未熟，怪曰：「豈其夢寐耶？」翁笑曰：「人生之事，亦猶是矣！」寫識得人生眞處，便無須藉黃梁夢來麻醉自己。

居士竹、故侯瓜，老生涯。(〈訴衷情〉)

分用二事，前者用《永嘉郡記》：「樂城張薦者，隱居頤志，家有苦竹數十頃，在竹中爲屋，常居其中，王右軍聞而造之。薦逃避竹中，不與相見，一郡號爲竹中居士。」後者用《史記‧蕭相國世家》：「召平者，故秦東陵侯，秦破，爲布衣，貧，種瓜於長安城東，瓜美，世俗謂之東陵瓜，從召平以爲名也。」皆借寫希眞老年隱居生活。

寄驛人遙，和羹心在，忍使芳塵歇。(〈念奴嬌〉)

係用《荊州記》之事：「吳陸凱與范曄善，自江南寄梅花詣長安與曄。並贈曰：『折梅逢驛使，寄與隴頭人。江南無所有，聊贈一枝春。』」與《尙書‧說命下》：「若作和羹，爾爲鹽梅。」《傳》：「鹽鹹梅醋，羹須鹹醋以和之。」本謂鹽多則鹹，梅多則酸，鹽梅適當就成和羹。後喻爲大臣輔助君上，和心合力，治理國政。希眞連用二典以表達被貶之臣渴望君上瞭解自己忠貞的心情。

以上這些用典情形，可見希眞所用之典均爲大家耳熟能詳，無論

是寫身世之感、鄉國之思或是老年澹然的生活，希眞除用「奈」「辭」、「更說甚」等字引領外，更能以極自然的方式，用自己的語言將典故融入詞中，毫無突兀造作之感。其用典功力之高妙亦可由整闋詞爲例說明，如〈水龍吟〉：

> 放船千里凌波去。略爲吳山留顧。雲屯水府，濤隨神女，
> 九江東注。北客翩然，壯心偏感，年華將暮。念伊嵩舊隱，
> 巢由故友，南柯夢、遽如許。　　回首妖氛未掃，問人間、
> 英雄何處。奇謀報國，可憐無用，塵昏白羽。鐵鎖橫江，
> 錦帆衝浪，孫郎良苦。但愁敲桂櫂，悲吟梁父，淚流如雨。

上闋寫希眞感於吳地山水而起隱退之心。詞中用巢父、許由之辭讓天下的典故，以稱往日伊嵩隱居時的朋友。用《異聞集》淳于棼入蟻穴爲南柯太守的故事，寫生平際遇常如南柯之夢，升降遽異，令人悵然低廻。下闋先用諸葛亮上〈隆中對〉獻聯吳制魏的奇策，可惜先生不能終用，伐吳而爲陸遜所敗，國勢頓弱，後主庸弱無能，終亡於晉之事；以寫自己獻身報國，不但君上未能重用，還被奸小所排擠而外放，一份孤臣孽子的悲慟油然而生。再用《晉書・王濬傳》晉大舉伐吳，杜預出江陵，王濬下巴蜀，吳人於江險磧要害處，並以鐵鎖橫江截之，然終爲晉所破之事，以寫南宋君臣偏安放逸，全然無視於大敵臨江、國祚危急，令人憂心忡忡。最後再用諸葛亮好爲〈梁父吟〉之事，顯示己身的悲慟與無奈。全詞運用四個典故，無不含蓄婉轉地將原典融於其中，寫出一份令人悵然而永難獲得圓滿貞定的感情。

除了上述希眞用以表達身世際遇、憂國傷時的典故外，他在描寫男女情愛，女性情思之時，也用了一些相關典故以提昇詞境，如：

> 直自鳳凰城破後，擘釵破鏡分飛。（〈臨江仙〉）

係用《太平廣記》陳太子舍人徐德言與妻，遇時亂恐不相保，乃破一鏡各執其半，約日後相見以破鏡爲信之事，寫男女情人因兵禍而拆分，却猶冀相見之情。

招要楚雨，留連漢佩，多謝青鸞。（朝中措）

係分用二典，前者用宋玉〈高康賦〉楚懷王夢見巫山之女之典。其辭曰：「妾在巫山之陽，高邱之岨，旦爲朝雲，暮爲行雨，朝朝暮暮，陽臺之下。」後者用《韓詩內傳》：「鄭交甫遵彼漢皋台下，還二女，與言曰：『願請子之珮。』二女與交甫，交甫受而懷之，趨然而去十步，循探之即亡矣！廻顧，二女亦即亡矣。」寫男女之間愛慕贈答之情。

一曲秦筝彈未徧。無奈昭陽人怨。（〈清平樂〉）

此詞「無奈昭陽人怨」係翻用趙飛燕入宮，班婕妤失寵，乃求供養太后於長信宮之典。

諸如此類的典故在希眞詞中另成風貌，雖非典重之事，但希眞用以描寫錯縱複雜的男女感情，確實收到精約簡鍊的效果，更使款款情意得以綿綿不絕。茲就整闋詞爲例，再觀察希眞處理此類典故的高妙技巧。如〈驀山溪〉：

東風不住。幾陣黃梅雨。風外曉鶯聲，怨飄零、花殘春暮。鴛鴦散後，供了十年愁，懷舊事，想前歡，忍記丁寧語。　　塵昏青鏡，休照孤鸞舞。煙鎖鳳樓空，問吹簫、人今何處。小窗驚夢，携手似平生，陽臺路。行雲去。目斷山無數。

此詞青鏡孤鸞舞二句，係用劉敬叔《異苑》：「罽賓王一鸞，三年不鳴，夫人曰：『聞見影則鳴。』懸鏡照之，鸞睹影悲鳴，中霄一奮而絕。」之事，寫女子相思之情。而「鳳樓空」以下三句，係用秦穆公之女弄玉及其夫婿蕭史築鳳臺之典。《列仙傳》曰：「蕭史者，秦穆公時人，善吹簫，能致孔雀、白鶴，穆公以女妻之，乃教弄玉吹簫作鳳鳴，有鳳凰來止其屋，公爲鳳臺居之。」寫女子獨守空閨之苦。「陽臺路」以下三句，係用宋玉〈高唐賦〉楚懷王夢見巫山神女之事，以寫女子眺遠而傷悲之狀。疊用三個典故却不見斧鑿之痕，亦未感任何一個典故是多餘的，反倒是作者所欲傳達的情思，因典故運用得當，而顯得特別濃郁感人。

（二）文 典

融鑄前人詩句以入詞，亦爲用典之一類。黃山谷曾云：

> 詩意無窮，人才有限，以有限之人才，造無窮之意，雖淵
> 明少陵不能盡也。然不易其意，而造其語，謂之換骨法；
> 規模其意，而形容之，謂之脫胎法。

宋詞多用此法以點染古人成句，可惜山谷之言未能周詳，本文引申其意，將希眞巡錄原句與略爲點染以入詞者，歸之爲「直用類」，另將希眞融化原句，模襲原意以入詞者，歸之爲「化用類」。茲分別論述如下：

1. 直用類

走馬長楸（〈雨中花〉）——曹植〈名都篇〉：「走馬長楸間。」

初聽寒蟬淒切（〈念奴嬌〉）——柳永〈雨霖鈴〉：「寒蟬淒切，對長亭晚，驟雨初歇。」

披襟四顧，不似在人間（〈滿庭芳〉）——蘇軾〈水調歌頭〉：「起舞清影，何似在人間。」

輕笑換明璫（〈滿庭芳〉）——江總〈宛轉歌〉：「鏡前含笑弄明璫。」

乘風欲去，凌波難住（〈鵲橋仙〉）——蘇軾〈水調歌頭〉：「我欲乘風歸去，惟恐瓊樓玉宇，高處不勝寒。」

早起未梳頭，小園行徧（〈感皇恩〉）——蘇軾〈永遇樂〉：「覺來小園行徧。」

只願人長久（〈點絳脣〉）——蘇軾〈水調歌頭〉：「但願人長久。」

芳草江南岸（〈卜算子〉）——溫庭筠〈菩薩蠻〉：「畫樓音信斷，芳草江南岸。」

歎我等閒白了少年頭（〈相見歡〉）——岳飛〈滿江紅〉：「莫等閒白了少年頭。」

前述這些例子，雖是希眞引用前人成句或於成句略加點染增減者，卻都能運用妥貼，渾然如出己意，使這些成句產生異於前人的妙趣。茲以〈浣溪沙〉爲例，以證希眞檃括前人成句的功力。

> 西塞山邊白鷺飛。吳興江上綠楊低。桃花流水鱖魚肥。　　青箬笠將風裏戴，短蓑衣向雨中披。斜風細雨不須歸。

在副題上希眞言明：「玄眞子有漁人詞，爲添作。」玄眞子原詞爲：

> 西塞山前白鷺飛，桃花流水鱖魚肥，青箬笠，綠蓑衣，斜風細雨不須歸。

希眞晚年曾作漁父詞五首，〔註5〕以寫其歸隱之情，或即因此而爲玄眞子添作。縱觀全詞首句直用原句而改「山前」爲「山邊」，二句爲增添，點明時地，第三句直用原句。下片前二句充實了原詞動感的不足，尾句則又延用原句。詞意全未破壞，寫漁父生涯自由恬樂，而希眞增添部分詞句，卻更顯現了原句的意境。

　　2. 化用類

> 白日去如箭（〈水調歌頭〉）——李益〈遊子吟〉：「君看白日過，何異弦上箭。」

> 澹澹飛鴻沒，千古共銷魂（〈水調歌頭〉）——杜牧〈登樂遊原〉：「長空澹澹孤鳥沒，萬古消沉向此中。」

> 莫指關山路（〈水調歌頭〉）——王勃〈滕王閣序〉：「關山難越，誰悲失路之人。」

> 常嘆茅屋暗悲秋（〈水調歌頭〉）——杜甫七言古詩〈茅屋爲秋風所破歌〉

> 桂子收香（〈水調歌頭〉）——反用宋之問〈靈隱寺〉：「桂子月中落，天香雲外飄。」

> 蘋葉起秋風（〈滿江紅〉）——梁昭明太子〈十二月啓〉：「蘋葉漂風。」

〔註5〕 即〈好事近〉（搖首出紅塵）、（漁父長身來）、（撥轉釣魚船）、（短棹釣船輕）（失卻故山雲）等五闋詞。

悔寄淚牋（〈臨江仙〉）──晏幾道〈鷓鴣天〉：「相思本是
無憑語，莫向花牋費淚行。」

古時有箇陶元亮，解道君當恕醉人（〈鷓鴣天〉）──陶淵
明〈飲酒詩〉第二十首：「但恨多謬誤，君當恕醉人。」

定是江南無驛使（〈木蘭花〉）──陸凱〈贈范曄〉：「折梅
逢驛使，寄與隴頭人。江南無所有，聊贈一枝春。」

浮生春夢，難得是歡娛（〈驀山溪〉）──李白〈春夜宴桃
李園序〉：「浮生若夢，為懽幾何？」

多謝江南蘇小，尊前怪我青衫（〈朝中措〉）──白居易〈琵
琶行〉：「座中泣下誰最多，江州司馬青衫濕。」

乘風縹緲，凌空徑去，不怕高寒（〈朝中措〉）──蘇軾〈水
調歌頭〉：「我欲乘風歸去，惟恐瓊樓玉宇，高處不勝寒。」

箇是一場春夢，長江不住東流（〈朝中措〉）──李後主〈虞
美人〉：「問君能有幾多愁，恰似一江春水向東流。」

有奇才，無用處（〈蘇幕遮〉）──杜甫〈古柏行〉：「古來
材大難為用。」

連雲衰草（〈十二時〉）──秦觀〈滿庭芳〉：「山抹微雲，
天連衰草。」

時平易醉。無復驚心井濺淚（〈減子木蘭花〉）──杜甫〈春
望〉：「國破山河在，城春草木深。感時花濺淚，恨別鳥驚
心。」

曲終人醉，多似潯陽江上淚（〈減字木蘭花〉）──白居易
〈琵琶行〉：「潯陽江頭夜送客，……座中泣下誰最多，江
州司馬青衫濕。」

畫船催發（〈點絳脣〉）──柳永〈雨霖鈴〉：「蘭舟催發。」

灼灼一枝桃（〈卜算子〉）──《詩‧周南‧桃夭》：「桃之
夭夭，灼灼其華。」

　　好把深杯添綠酒，休拈明鏡照蒼顏。浮生難得是清歡（〈浣
　　溪沙〉）——李白〈將進酒〉：「君不見高堂明鏡悲白髮，朝
　　如青絲暮成雪。人生得意須盡歡，莫使金樽空對月。」

以上所舉之例子，都證明了希眞融化前人詩意的能力，而將此項能力
表現到至極的則是在〈洛妃怨〉中，希眞整首詞濃括了曹植〈洛神賦〉
之情愫：

　　拾翠當年延竚。解佩感君誠素。微步過南岡。獻明璫。　　襟
　　上淚難再會。惆悵幽蘭心事。心事永難忘。寄君王。

在處理典故時，該重視的是它們是否有存在的理由。換言之，檢查用
典時，應該側重在：此處是否有使用典故的理由，或者不使用典故，
也能夠表現出典故所涵蘊之具體化的內容。〔註6〕觀照《樵歌》所有
用典的情形，發現希眞不但能以典故作爲一種信號，來代替一些需要
多做說明與佔篇幅的部份，還運用典故做爲對照工具，以增加所需的
特殊效果；典故非但未成爲累贅，反而提昇了其詞作的感染力。

二、麗　藻

　　北宋末年整個詞壇籠罩在周邦彥雅正的風格之下，希眞此時隱
居洛陽，安享其青春年華，整日尋芳飲宴，倚紅偎翠，雖是和光同
塵的心迹，但朝夕薰染，以是詞中映出當時生活上「穠妍」的色彩，
乃勢所難免。南渡後，華麗的詞藻由希眞詞中隱褪，但這朵潛藏的
艷華，偶爾也會隨著江南秀麗的景色、偏安遊冶的氣氛而綻放異采。
茲舉例如下：

　　輕紅徧寫鴛鴦帶，濃碧爭斟翡翠巵。（〈鷓鴣天〉）

　　飛雨過、繡幌盡卷。借水沈、龍涎旋碾。金盆弄水停歌扇。
　　涼在冰肌粉面。（〈杏花天〉）

　　碧尖瘦損眉慵暈。淚濕燕支紅沁。（〈桃源憶故人〉）

　　嬌鶯聲嫋杏花梢。暗澹綠窗春曉。（〈西江月〉）

────────────────────────

〔註6〕　見劉若愚《中國詩學》，第三章典故、引用、脫胎，頁214。

接花弄扇。碧鬪遙山眉黛晚。白玉闌干。倚徧春風翠袖寒。（〈減字木蘭花〉）

春寒雨妥。花萼紅難破。繡綫金鍼慵不作。（〈清平樂〉）

眉澹翠峰愁易聚，臉殘紅雨淚難勻。纖腰減半綠羅裙。（〈浣溪沙〉）

疊翠闌紅鬪纖穠。雲雨綺爲櫳。（〈眼兒媚〉）

紫帔紅襟艷爭穠。光彩爍疏櫳。（〈眼兒媚〉）

芭蕉葉上秋風碧。晚來小雨流蘇濕。新窨木樨沈。香遲斗帳深。（〈菩薩蠻〉）

風流才子傾城色。紅纓翠幰長安陌。夜飲小平康。暖生銀字簧。（〈菩薩蠻〉）

以上是南渡之前所作詞句。

盤雕翦錦換障泥。花添金鏊落，風展玉東西。（〈臨江仙〉）

綠池徑雨初收。穠桃偏會笑，細柳幾曾愁。（〈臨江仙〉）

任酒傾波碧，獨翦花紅。君向楚，我歸秦，便分路，青竹丹楓。（〈醉思仙〉）

綠酒多斟，白鬚休覷。飛丹約定煙霞侶。（〈踏莎行〉）

黃菊紅蕉庭院。翠徑苔痕軟。（〈桃源憶故人〉）

相逢心醉。容易堆盤銀燭淚。痛飲何言。犀筯敲殘玉酒船。（〈減字木蘭花〉）

小羅金縷。結盡同心留不住。何處長亭。繡被春寒掩翠屏。（〈減字木蘭花〉）

舞場樵鼓催回雪。金壺鏇酒瓊酥熱。（〈憶秦娥〉）

深勸玉東西，低唱黃金縷。（〈卜算子〉）

以上是南渡之後作的詞句。這些詞句帶給讀者的是一個綺雕妍琢的瑰麗世界金盆、金鍼、金縷、金壺、金鏊落、銀燭、銀字簧、玉酒船、

玉東西、繡帽、繡綫、繡被、綠酒……，金玉紅翠，堆砌成句。繽紛
的色彩，本是華麗藻飾的主要內涵，如《樵歌》常見的紫、青、丹、
紅、翠、綠、碧、黛、銀、金、黃、白……的使用，適足以增加這種
華美的外觀。

　　文學是以語言文字爲媒介的藝術，而語言文字是每個人表現情感
與思想的最直接的方法。文學作品若要令讀者索玩而生欣喜之情，則
必須能將作者獨特、新鮮的觀感與表現方式融合一體，達到有生命
的、和諧的整體境界，才能稱得上是好的文學作品。〔註7〕麗藻在文
學中是形式部分，特殊的表現形式。所以作品中如果僅具華飾外貌，
卻無法達到托襯、表現感情的目的，那也僅能視爲空有軀殼的堆砌文
字而已。觀照《樵歌》中麗藻與感情的關係，都能有效的提昇作者刻
意經營的意象。以〈滿庭芳〉爲例說明之：

> 花滿金盆，香凝碧帳，小樓曉日飛光。有人相伴，開鏡點
> 新妝。臉嫩瓊肌著粉，眉峰秀、波眼宜長。雲鬢就，玉纖
> 濺水，輕笑換明璫。　　檀郎。猶恣意，高敲鳳枕，慵下
> 銀牀。問今日何處，鬭草尋芳。不管餘醒未解，扶頭酒、
> 親捧瑤觴。催人起，雕鞍翠幰，乘露看姚黃。

全詞以華麗而又不失活潑的筆觸，描寫春日清曉時光，女子因有情郎
相伴而歡愉的心情。「花滿金盆」三句，燦放的鮮花，襯映以富麗的
金盆，滿字又道出一份美滿充實的意象，郁香織佈在碧羅帳內，跳動
的曉日金光又撒遍了屋間每個角落。這些耀眼奪目的描寫，烘托出「有
人相伴」的歡忻。「開鏡點新妝」以下七句，以細緻的筆法記述女子
爲「悅己者容」的情形，並以「瓊肌」、「秀眉」、「玉手」來強調女子
的青春美貌，在「輕笑換明璫」的動作下，吸引了所有讀者的目光凝
聚在「明璫」之上。下闋寫女子與情郎撒嬌的曼妙神態，通詞以「金
盆」、「碧帳」、「鳳枕」、「銀牀」、「瑤觴」表現室內璜飾的考究、器皿
的奢華，而「雕鞍翠幰」更可以襯顯其興奮的心情與神氣的舉止。華

〔註7〕　此段參考朱光潛《談文學》，〈文學與人生〉一文。

美的辭藻，成功的渲染著歡樂的氣氛，一位沐浴愛河的女子，心喜不禁的模樣，被真實而完整的呈現出來。再舉個與此相反的例子，如〈定風波〉：

> 紅藥花前欲送春。金鞭柘彈越芳塵。故傍繡簾接柳綫。恰見。澹梳妝映瘦腰身。　　閒倚金鋪書悶字。尤㜷。爲誰憔悴減心情。放下彩毫勻粉淚。彈指。你不知人是不知人。

首句以鮮美的紅藥花爲前景，也暗將女子比爲紅藥。「金鞭」句寫王孫公子出遊的排場，「故傍」句寫女子刻意捲簾按拾綠柳，以求吸引公子的注意。紅花綠葉，本是最佳的搭配，而路過的公子竟漠視無睹。「恰見」以下二句，寫女子見鏡中日益消瘦的清影，正如紅藥將逝般令人神傷。下片「閒依」句寫女子無聊書空，而戀昵難捨的情意只是殘戕著自己，無人相伴，亦無心妝飾自己。尾句以口語收結，更可顯現女子心憂如焚的情狀，十分自然稱情。「金鋪」、「繡簾」，寫女子居所之華麗，而若無人憐惜，即使得坐黃金屋亦然憔悴。「棄彩筆」正與「澹梳妝」相符。

　　「金鋪」所喚起的本是富麗甜蜜之感，而此刻卻成爲積怨抒悶的處所，往事成灰，空留人憔悴。希真用麗藻襯托出無限的悲愁，詞中隱伏的張力，正因美惡的對峙而增強，讀者可藉以體味出耀眼光華之餘所殘有的虛空、無奈。

三、對　偶

　　中國傳統文學中有一項獨有的特徵就是對偶。由於中國文字的特殊構造，[註8]天然具有字句整齊的條件，有時從類爲朋，藻飾詞章，一如龍門對峙，日月雙懸，真能巧奪天工。《樵歌》詞作受宋代盛興的散文影響，所以記情寫景時，多藉白描手法，白描雖可收質真明暢之效，但過度的白描卻使詞流於枯澀無味，此時若能適度增以駢絲儷片，不但可以增加詞的典雅風貌，更因對偶的正反變化，得以在平穩

〔註8〕中國文字方塊的造形和獨立的音節，適合作排比之表現。

的鋪敘中激起高潮。

劉勰曾針對對偶的方式與運用方法作有說明：

故麗辭之體，凡有四對，言對爲易，事對爲難，反對爲優，
正對爲劣。言對者，雙比空辭者也；事對者，並舉人驗者也；
反對者，理殊趣會者也；正對者，事與義同者也。〔註9〕

彥和雖標舉「四對」，但細按只是言對與事對的正反變化。在此謹將
《樵歌》中之對偶分爲「言對」與「事對」兩類，再配合正反變化加
以討論。《樵歌》中共計有一百多個對偶聯句，〔註10〕其中屬事對者
僅有六則，並均屬正對的方式。如：

書倩雁，夢借蝶。(〈踏歌〉)

居士竹，故侯瓜。(〈訴衷情〉)

肩拍洪崖，手携子晉。(〈聒龍謠〉)

但易水歌傳，子山賦在。(〈木蘭花慢〉) 〔註11〕

陶潛能嘯傲，賀老最風流。(〈臨江仙〉)

花外莊周蝶，松間禦寇風。(〈風蝶令〉)

事對須「徵人之學」，〔註12〕是比較困難的，作者必須將兩個以上的
歷史人物之某項生命經驗，凝聚爲特定意義的表徵，並設計其間意義
的正反關聯，以求達到對仗的積極效用。如何才能做到工麗精巧且不
露匠痕，全視作者的學識與才情。觀照前述六則事對例句，不難發現
希眞琢鍊的功力與富厚的學識。在兩事對比之間，其設定的微旨自然
流露，毫不澀滯。不但疊增希眞所欲傳達旨意的強度，更因駢句與散
句相互搭配，使得全詞氣韻愈加生動。

〔註 9〕 見《文心雕龍・麗藻篇》。

〔註10〕 其中不乏以異類爲對者。對偶之運用最好順其自然適可而止，太過
　　　　刻意追求一味求工，或因辭害意殘傷了詩的本質。

〔註11〕 「但」爲領字，故雖爲五，四之句，仍然可以對偶。

〔註12〕 同註9。原句爲：「凡偶辭胸臆，言對所以爲易也；徵人之學，事對
　　　　所以爲難也。」

其次再論言對。《樵歌》中言對佔了大多數，其中又可分為正對與反對二種情況。正對者如：

> 詩萬首，酒千觴。（〈鷓鴣天〉）

> 添老大，轉癡頑。（〈鷓鴣天〉）

> 射麋上苑，走馬長楸。（〈雨中花〉）

> 霧冷笙簫，風輕環佩。（〈念奴嬌〉）

> 枉裁詩字錦，悔寄淚痕牋。（〈臨江仙〉）

> 穠桃偏會笑，細柳幾曾愁。（〈臨江仙〉）

> 且喜面前花好，更聽林外鶯新。（〈西江月〉）

> 青史幾番春夢，黃泉多少奇才。（〈西江月〉）

> 天津帳飲凌雲客，花市行歌絕代人。（〈鷓鴣天〉）

> 結子同心香佩帶，帕兒雙字玉連環。（〈浣溪沙〉）

劉勰云：「正對為劣」，究其原因乃正對是雙舉同事而表明一個意思，不免有詞意重複的情形，所以為劣。但正對也有其重要的功效是劉勰所忽視的，張夢機曾云：

> 正對之句，在古大家詩中，佔十之七八。鋪陳故事，極情壯勢，未必為「劣」，如「吳宮花草埋幽徑，晉代衣冠成古邱」（李白）、「花迎劍佩星初落，柳拂旌旗露未乾」（岑參）、「武帝祠前雲欲散，仙人掌上雨初晴」（崔顥），「盤飧市遠無兼味，樽酒家貧只舊醅」（杜甫）等，信手拈來不勝枚舉……。〔註13〕

希真巧妙的選用了正對鋪陳的正面效果，而將文字的渲染力量推展到最高點，若將希真之作與前述大家作品並列，是絲毫都不遜色的。至於言對中的反對例句有：

> 聽龍嘯，看鸞舞。（〈聒龍謠〉）

〔註13〕張夢機《古典詩的形式結構》，〈對偶的體與用〉，頁156。

萬頃琉璃，一輪金鑑。(〈念奴嬌〉)

一雙新淚眼，千里舊關山。(〈臨江仙〉)

雖無金谷花能笑，也有銅駝柳解眠。(〈鷓鴣天〉)

溪清水淺，月朧煙澹。(〈鵲橋仙〉)

玉鳳凌霄，素虯橫海。(〈水龍吟〉)

秦嶂雁，越溪砧。(〈鷓鴣天〉)

好夢空留被在，新愁不共香銷。(〈西江月〉)

紅塵回步舊煙霞，清境開扉新院宇。(〈木蘭花〉)

其中或為剛柔之對、或為大小之對、或為有無之對、或為高下之對，但無論何種反對的變化，希真都能掌握理殊趣合的原則，在詞中靈活運用，而使虛實相生、斡旋變化，營造出莫測的神奇效果。

　　對偶，在希真詞中佔了舉足輕重的地位，所喜的是其並未因此而刻意強調工整，而造成以辭害意、斷傷詞質的情形。每個對偶聯句都呈現者「天然美滿」(希真詞語)的光暈，這也是《樵歌》作品中所獨有的特色。

四、口　語

　　詞之發展在商業經濟發達與城市繁榮的社會基礎上，成為歌妓配合歌舞所唱的曲詞，由於其適於豪門富賈之需要，也同時適合平民的需要，於是詞得以長足發展。沈義父《樂府指迷》云：「秦樓楚館所歌之詞，多是教坊樂工及市井做賺人所作」，這說明了詞在民間發展的情形。就因如此，早期詞的用語自然通俗，使人一聽就明白。如敦煌曲詞〈望江南〉：

　　　　哀客在江西，寂寞自家知，塵土滿面上，終日被人欺。朝朝
　　　　立在市門西，風吹淚點雙垂。遙望家鄉長短，此是貧不歸。

全詞文字淺顯，以白描手法寫商人落魄的境遇，表情深細真實而生動。但當文人加入詞的創作行列，逐漸注重雕琢求工，刻劃求美，以

是詞與大眾的距離愈遠。這種情形到了宋代，因散文的發達，道學家以口語說理，再加上時代丕變，許多詞人哀慟之際，捨棄文字的束縛，暢所欲言，於是詞又走向散文與語體化而大量使用口語。

　　希眞南渡之後，哀憤塡膺，在詞語上已不再刻意雕飾，晚年心境恬澹已是「無可無不可」(希眞詞語)，所以在詞風趨向自然平暢，口語的使用形成其詞作的一大特色。茲舉例如下：

　　　　悲歌醉舞，九人而已，總是天涯倦客。(〈鵲橋仙〉)

　　　　但且任，痛飲狂歌，欲把恨懷開解，轉更銷魂，只是皺眉彈指，冷過黃昏。(〈風流子〉)

　　　　伊是浮雲儂是夢，休問家鄉。(〈浪淘沙〉)

以上是寫南渡後對鄉國的愁思。

　　　　我是臥雲人，悔到紅塵深處。(〈如夢令〉)

　　　　不下山來不出溪，待守劉郎老。(〈卜算子〉)

　　　　人間難住。擲下酒杯何處去。樓鎖鐘殘。山北山南兩點煙。
　　　　(〈減字木蘭花〉

　　　　堪笑一場顚倒夢，元來恰似浮雲。(〈臨江仙〉)

以上是寫出仕後，有志難伸之感與心中的懊悔。

　　　　下了紙帳，曳上青氈，一任霜寒。(〈訴衷情〉)

　　　　一櫂五湖三島，任船兒尖耍。(〈好事近〉)

　　　　放教明月上牀來。共清夢、兩徘徊。(〈燕歸梁〉)

　　　　一箇小園兒，兩三畝地。花竹所隨宜旋裝綴。(〈感皇恩〉)

　　　　怎似我，心閒便清涼，無南北。(〈滿江紅〉)

以上寫晚年退休閒澹的生活情形。

　　　　自然天地，本分雲山，到處爲家。(〈訴衷情〉)

　　　　天然美滿。不用些兒心計算。(〈減字木蘭花〉)

　　　　平生塵想，老來俗狀，都齊驚散。(〈水龍吟〉)

箇是一場春夢，長江不住東流。(〈朝中措〉)

不須計較苦勞心。萬事原來有命。(〈西江月〉)

以上寫是晚年徹悟的人生態度。

插天翠柳，被何人，推上一輪明月。(〈念奴嬌〉)

萬頃琉璃，一輪金鑑，與我成三客。(〈念奴嬌〉)

青天許大，多少好風光，一歲去，一春來，只恁空撩亂。(〈驀山溪〉)

河橋酒熟，誰解留儂醉。(〈驀山溪〉)

以上乃記遊寫景之分。

一年價、把酒風花月。便山遙水遠分吳越。(〈踏歌〉)

二翁元是一溪雲，暫爲山北山南雨。(〈踏莎行〉)

以上是寫送別離情之部分。

歡少愁多因甚。燕子渾難問。(〈桃源憶故人〉)

日長時有一鶯啼，蘭佩爲誰結。(〈好事近〉)

歌雲舞雪畫堂前。長共阿郎相見。(〈西江月〉)

想伊繡枕無眠，記行客，如今去也。心下難揣，眼前難覓，口頭難說。(〈柳梢青〉)

以上寫閨中女子思念情人。

大量運用口語，使得希眞某些作品沾有曲的風味，〔註14〕所謂「詩莊、詞媚、曲俗」，詩、詞、曲在傳統文學觀念中，具有十分嚴格的分野。陳廷焯曾云：「詞中不妨有詩語，而斷不可作一曲語。」〔註15〕盧

〔註14〕 羅錦堂《中國散曲史》曾謂曲之特色云：「作品以豪放爲主。清麗爲輔，大半是充分地表現著曲中特有的那種民眾文學的通俗性和白話語氣，同時北方文學中所表現的直率的精神與質樸自然的美麗，也都通通顯示無餘。(第二章 39 頁)」依此標準來檢查希眞之詞，便能瞭解何以梁啓勳會認爲：希眞可能對元曲發展有所影響。見《詞學銓衡》，頁 71。

〔註15〕 見陳廷焯《白雨齋詞話》卷五。

前亦云：「詞曲各有其體，亦不可貿然合也。」又謂：「詞當上不似詩，下不似曲。」〔註16〕基本上陳、盧二氏所著重的是「體製」，而卻未明言何以沾上曲語的詞就不佳，口語的運用是否一定降低詞的格調？答案當然是否定的。但平心而論，《樵歌》中確有濫用口語而淪為率易俚俗之作，如：

莫聽先生，引入深山百丈坑。（〈減字木蘭花〉）

第一隨風便倒拖，第二君言亦大好。（〈憶帝京〉）

兩頓家餐三覺睡。閉著門兒，不管人間事。（〈蘇幕遮〉）

有何不可，依舊一枚閒底我，飯飽茶香，瞌睡之時知上牀。
（〈減字木蘭花〉）

莫恨中秋無月，月又不甜不辣。（〈相見歡〉）

鄭師因百評此類作品為淺率之作，價如一團茅草。〔註17〕高師仲華認為希真之詞「鄙俚不堪入目」，只能與寒山、拾得的詩同列為「打油」之作，〔註18〕正是這些作品所造成的惡劣印象。值得注意的是：希真以口語入詞，並非是特意做作，乃是縱身時代巨浪與文學潮流的洪濤之中，自然的風格改變。再添以晚年閑居時期，閱世既深，對人生已然看透，無愛亦無憎，所表現者為曠達與淡漠，在語言的運用上隨意自然，乃是任性而動的一種跡象，難免有些「淺率」，所幸未傷及全體之美。茲舉例說明希真運用口語在詞中造成的效果，如〈好事近〉：

漁父長身來，只共釣竿相識。隨意轉船回棹，似飛空無迹。　蘆花開落任浮生，長醉是良策。昨夜一江風雨，都不曾聽得。

此作品寫漁父生活，清幽超邁，淒然有箕山之志。上闋拈出「只共釣竿相識」五字，寫出漁父本分，「隨意」二字點活了漁父無拘無束的自由。下闋寫悠然自適的人生。「昨夜」二句，寫漁父物我兩忘的心

〔註16〕見盧前〈詞曲文辨〉，《詞學季刊》一卷二號。
〔註17〕見鄭師因百〈朱敦儒的樵歌〉一文。
〔註18〕見高師仲華〈論文學鑑賞的方法〉一文，收於《高明文輯》。

境。全詞由上述幾個口語詞句，便輕易鈎勒出漁父高潔不凡、熱愛自由的人格。陳廷焯云：「此中有眞樂，未許俗人問津。」〔註19〕梁令嫻云：「飄飄有出塵想，讀之令人意境翛遠。」〔註20〕作者恬澹閒雅的作風，因口語運用得當，而得自然流露。

希眞晚年創作許多挾添口語的詞，由上述述論中，可以發現他運用的口語，不是柳永、黃庭堅所用的粗俗字眼，所以其詞格仍是高遠的。梁啓勳讚其云：「《樵歌》風格，向『大眾語』方面發展，一洗過分含蓄、晦澀、無聊的氣味。獨闢蹊徑，允可稱爲豪傑之士。」〔註21〕所評甚是。

第二節　格律體裁

語言本身即具有自然聲律之美，每句話因聲音長短高低之差異，而帶有不同的韻律。人們自然的懂得用溫柔的語調來表達溫和的情感，用宏揚的聲音來表達高昂的情緒。在詩歌中，更講求聲律的諧美，詩人爲求藉聲律以增加情感的渲染力，便擷取自然音律之美，通過其心靈情感交感經營，獲得美感經驗。其美感經濟被肯定而錄載流傳，便成了詩歌的格律。

詞，本是應歌之作，在格律上之要求也極爲嚴格，無論節奏的長短緩急、旋律的抑揚輕重，都以達到聲情相合爲第一目的。因詞既以語言爲表現媒材，而語言又是聲義合一，故詞的意義與聲音兩層面是密不可分的。因此探討詞的格律形式，不僅應注意句中聲調之配合與句尾韻字的呼應，更應注意聲由情出、情在聲中的聲情配合。故本節不但將分從詞牌、平仄、用韻及類疊這四方面來探討希眞詞中的音響節奏，更兼審其聲情配合的安排。

〔註19〕見陳廷焯《白雨齋詞話》卷一第六十條。
〔註20〕見梁令嫻《藝蘅館詞選》，乙卷北宋詞，朱敦儒〈好事近〉「漁父」五首，頁80。
〔註21〕見梁啓勳《詞學銓衡》六，〈詞在文學上之地位〉，頁70。

一、詞　牌

　　詞牌即是詞的格律之名，古人為區別詞的格律，便以調本意、宮調、人名等方式為之命名。調名雖漸漸流為符號，但其所秉奉的宮調依然影響著詞意的風貌。詞本依聲而作，詞中作欲表現的感情，必應與詞調所代表之情相符，憑依調之本質風格，以敷詞旨之方向。若棄捐詞調之特質，率性而為，則不免偏頗之譏，不可不慎。謝章鋌曾云：

> 填詞亦宜選調，皆為作者增色，如詠物宜〈沁園春〉，敘事宜〈賀新郎〉，懷古宜〈望海潮〉，言情宜〈摸魚兒〉、〈長亭怨〉等。類各取其與題相稱，輒與辭筆兼美，雖難拘以律，然此倚聲家一著巧處也。〔註22〕

謝氏所謂「選調」並非徒選調名，實則選調之聲情。

　　《樵歌》二百四十五闋詞中，共用了七十七種詞調，作品數量在六闋以上者共有十七種，如〈減字木蘭花〉十七闋；〈鷓鴣天〉、〈好事近〉各十四闋；〈朝中措〉十一闋，〈臨江仙〉、〈西江月〉、〈浣溪沙〉、〈如夢令〉各八闋；〈念奴嬌〉、〈驀山溪〉、〈卜算子〉、〈相見歡〉各七闋；〈水調歌頭〉、〈鵲橋仙〉、〈桃源憶故人〉、〈柳梢青〉、〈清平樂〉各六闋，合計一百四十六闋，佔全數的百分之五十九點五，可見其對某些詞調特別鍾愛。但由於詞之樂譜俱失，歌法浸荒，後世欲究諸宮調聲情者，僅能據現存詞集所注之宮調，比類推求。茲以梁啓勳《詞學銓衡》所編分之宮調類別，將《樵歌》作品分類，並舉前述十四種詞調為例，〔註23〕如〈減字木蘭花〉屬歇指調；〈鷓鴣天〉屬大石；〈好事近〉屬仙呂宮；〈臨江仙〉分屬仙呂宮、高平調；〈西江月〉分屬中呂宮、道宮；〈浣溪沙〉分屬中呂宮、黃鍾宮；〈如夢令〉屬中呂宮；〈念奴嬌〉分屬大石調、雙調；〈驀山溪〉屬大石調；〈卜算子〉分屬高平調、歇指調；〈水調歌〉頭屬大石調；〈鵲橋仙〉分屬仙呂宮、歇指調；

〔註22〕見謝章鋌《賭棋山莊詞話》卷三第九條。
〔註23〕因〈相見歡〉、〈朝中措〉、〈桃源憶故人〉三詞之宮調不詳，故未采。

〈柳梢青〉屬中呂宮;〈清平樂〉屬大石調、越調。

　　詞調之宮調聲情既無流傳,茲借曲律來做說明,因「元人去宋不百載,且多通曉音律,詞之歌法雖亡,而調不遽失,是則元曲聲情,或有可借宋詞參酌者。」〔註24〕梁啓勳亦對《中原音韻》給十七宮調的四字評,加以印證,認爲可信。〔註25〕故今引《中原音韻》之說以爲檢查希眞是否愼擇選宮調之參考。

　　　　凡聲音各應律呂,分六宮十一調。唱仙宮調宜清新綿邈。南呂宮宜感嘆傷悲。中呂宮宜高下閃賺。黃鐘宮宜富貴纏綿。正宮宜惆悵雄壯。道宮宜飄逸清幽。大石調宜風流醞藉。小石調宜旖旎撫媚。高平調宜條暢晃漾。般涉調宜拾掇坑塹。歇指調宜急併虛歇。商角調宜悲傷宛轉。雙調宜健捷激裊。商調宜悽愴怨慕。角調宜鳴咽悠揚。宮調宜典雅沈重。越調宜陶寫冷笑。〔註26〕

如〈減字木蘭花〉十七闋中,寫閨怨者(按花弄扇,碧闌遙山眉黛晚)、(花隨人去,今夜錢塘江上雨)二闋;寫友朋相聚感慨國事者(尋花攜李,紅漾輕舟汀柳外)、(東風桃李、春水綠波花影外)、(閒人行李,羽扇芒鞋塵世外)三闋;〔註27〕寫思鄉之情者(劉郎已老,不管桃花依舊笑)、(慵歌怕酒、今日春衫驚著瘦)二闋;寫退休前失意之心態者(無知老子,元住漁舟樵舍裏)、(斫魚作鮓,酒面打開香可醉)、(無人惜我,我自殷勤憐這箇)三闋;寫曉梅寄託者(今年梅晚,懶趁壽陽釵上燕)一闋;寫不滿之情者(古人誤我,獨舞西風雙淚墮)一闋;寫殘宴之情景者(有何不可,依舊一枚閒底我)一闋;合計十三闋,均染有悲怨之色彩。而(年衰人老,矍鑠支離君莫笑)、(虛空無礙,你自痴迷不自在)、(無人請我,我自鋪氈松下坐)、(有何不可,依舊

〔註24〕見張夢機《詞律探原》,第三章〈詞樂之音律與宮調〉,頁185。
〔註25〕見《詞學銓衡》,頁22～25。
〔註26〕見周德清之《中原音韻》。
〔註27〕三詞同用「時」、「外」、「山」、「帆」、「醉」、「淚」、「言」、「船」等韻字,應爲同時所作。

一枚閒底我）四闋，或寫雖心情還勝少年，卻掩不住歲月侵漫之勢，或寫月下自酌自舞之樂，却揮不去那份孤獨之感，所以這四闋詞也缺乏一份安詳閑靜的神韻，故稱此十七闋作品詞風「急併虛歇」，應是不錯的。

再如〈念奴嬌〉，此調分隸雙調、大石調，依《中原音韻》所云，前者宜「健捷激裊」，後者宜「風流蘊藉」，以此驗查《樵歌》所收之八首作品，可依內容分為二類，如寫梅自託之（見梅驚笑）與寫初秋愁結之（晚涼可愛），屬於雙調，因此二首詞均由感傷而引發激動裊繞之情。如詠月之（插天翠柳），詠徹悟心態之（老來可喜），中秋和韻之（素秋天氣），為楊子安壽之（臘回春近）及垂虹亭所寫之（放船縱櫂）等五闋屬於大石調。詞中寫情記景筆觸灑脫，風格放逸，〔註28〕故稱其「風流蘊藉」並無不妥。由此可證，希真熟諳音理，在製詞選調時也曾經過考慮。

事實上，希真還能自創新調，如《詞譜》、《詞律》同收〈雙鸂鶒〉，並以希真之作為正例，《詞譜》並云：「此調無宋詞可校，平仄當遵之。」又云：「因詞有一對雙飛鸂鶒句，故名。」〔註29〕由此可知此調乃為希真所製，而以本詞中的一句作調名。再如《詞譜》所收〈醉思仙〉，乃以呂渭老之雙調八十八字為正體，而收希真所作九十一字者為「又一體」例，更云：「朱（敦儒）、曹（勛）詞，則又從此（呂渭老）詞添字也。」〔註30〕《詞譜》還以其〈杏花天〉、〈戀繡衾〉為正體。《詞律》以希真詞為正體者，除〈雙鸂鶒〉之外，尚有〈春曉曲〉與〈楊柳枝〉，〔註31〕而《詞律拾遺》收其詞為「補調」者，〔註32〕有〈促

〔註28〕 陸侃如、馮沅君認為（放船縱櫂）一闋詞風清逸似東坡。《中國詩史》下卷〈近代詩史〉，第三篇，頁574。
〔註29〕 前者見《欽定詞譜》卷七，後者見《詞律》卷五。
〔註30〕 見《詞譜》卷二十二。
〔註31〕 見《詞律》卷一、五。
〔註32〕 《拾遺・凡例》云：「詞律未收之調，今補收者，謂之補調。詞律已收而體尚未備，今擴增者，謂之補體。」

拍采桑子〉、〈踏歌〉及〈聒龍謠〉，〔註33〕以其詞爲「補體」者，有
〈沙塞子〉與〈夢玉人引〉等〔註34〕。

　　綜合以上探討，可證希眞不但熟諳音律，愼於因情擇調，且在詞
調創作上亦有其貢獻。阮元稱《樵歌》「音律諧緩，情至文生，宜其
獨步一時也」，〔註35〕甚爲允當。

二、平　仄

　　四聲是我國語言特有的構成要素，雖在齊梁之前，人們已知運用
語音高低急緩之差別，但並不十分確定。直待沈約發明四聲之理，才
將四種聲調析辨出來。四聲各有不同情調：平聲寬平或舒揚；上聲先
抑後揚，是「用力費事之表情」；去聲由升而降，偏於「秀媚、清脆、
嘹亮」；入聲短促急藏，表示「深切而直截」。〔註36〕四聲又可歸納爲
「平」、「仄」兩大類，「平」即平聲，「仄」即上去入三聲之合稱。平
仄的運用在詞體中之發展是漸進的，五代《花間》諸家僅分平仄，至
北宋二晏，始嚴格分辨去聲。柳永期，已知講求上、去及入聲直至周
邦彥，詞中四聲才完全具備。〔註37〕至此，詞對四聲平仄之運用已極
純熟，萬樹在《詞律·發凡》曾云：

> 平仄固有定律矣，然平止一途，仄兼上去入三種，不可遇
> 仄而以三聲概塡。蓋一調之中，可概者十之六七，不可概
> 者十之三四，須斟酌而後下字，方得無疵，此其故當於口
> 中熟吟自得其理。夫一調有一調之風度聲響，若上去互易，
> 則調不振起便成落腔，尾句尤爲喫緊。……蓋上聲舒徐和
> 軟，其腔低；去聲激厲勁遠，其腔高。相配用之方能抑揚
> 有致。大抵兩上兩去在所當避。……更有一要訣曰，名詞
> 轉折跌蕩處，多用去聲，何也？三聲之中，上入二者可以

〔註33〕　依次見《詞律拾遺》卷一、三、四。
〔註34〕　依次見《詞律拾遺》卷一、三。
〔註35〕　見阮元《揅經室外集》。
〔註36〕　劉麟生《詩學淺說》，頁7。
〔註37〕　見夏承燾〈四聲繹說〉，收於《古典詩的形式結構》。

作平，去則獨異，故余嘗竊謂，論聲雖以一平對三仄，論
歌則當以去對平上入也。當用去者，非去則激不起，用入
且不可，斷斷勿用平上也。

以經驗與學理將四聲辨析入微，正可據以探討《樵歌》中平仄配合的
情形。

（一）全首以律句配合而成者

　　唐五代詞體方興之時，作者所製之八九爲律句。而演進至宋朝，
詞人們已知運用詩的律拗變化，來與詞的內容相襯和；是以純爲律句
配合而成者並不多見，《樵歌》之作亦然，如〈臨江仙〉：

　　　　－｜－－－｜｜　　－－｜｜－－　　－－－｜｜－－　　－－
　　　　生長西都逢化日，行歌不記流年。花間相過酒家眠。乘風
　　　　－｜｜　　｜｜｜－－　　　　｜｜－－｜｜　　｜－－｜
　　　　遊二室，弄雪過三川。　　　莫笑衰容雙鬢改，自家風味依
　　　　－　　｜－－｜｜－－　　－－－｜｜　　｜｜｜｜
　　　　然。碧潭明月水中天。誰閒如老子，不肯作神仙。

本調共六十字，上下片各爲五句，每句皆爲平仄相配得宜的諧律之
詞。全詞敘寫早年愉悅的時光，以及眼前仍能安享生活的閒澹。敘寫
眞實，平鋪直敘，在聲律上選擇律句爲表現方式，正可借重律句之平
穩諧美的感覺。而五言如「弄雪過三川」是「去入去平平」，「不肯作
神仙」是「去上入平平」，七言如「花間相過酒家眠」是「平平平去
上平平」、「碧潭明月水中央」是「入平平入上平平」等，都能長於諧
調激徐相配，平和之中亦間有揚抑。再如〈鷓鴣天〉：

　　　　｜｜－－｜｜　　｜－｜｜－－　　－－｜｜－－｜　　　｜
　　　　草草園林作洛川，碧宮紅塔借風煙。雖無金谷花能笑，也
　　　　｜－－｜｜　　　　－｜－－　　｜｜｜｜－－
　　　　有銅駝柳解眠。　　　春似舊，酒依前。何妨倚杖雪垂肩。
　　　　｜－｜｜－－｜　　｜｜－｜－－
　　　　五陵俠少今誰健，似我親逢建武年。

這是希眞晚年退隱後所作，充份運用了律句平順的特性來襯托其安

享江南山水，往日雄心風煙消散的情景。而間用四聲變化，特加強律調之流動性。如「草草園林作洛川」是「上上平平入入平」、「何妨倚杖雪垂肩」是「平平上去入平平」，平聲寬平，上聲先抑後揚，入聲促而急藏，平上相配，和諧動聽，平、入相配，令人有勁直率切之感。至於「似我親逢建武年」是「去上平平去上平」，運用上、去相配，激徐相間之法，使得結句，抑揚有致，音韻詣婉。

（二）全首為律拗相間者

拗句，本為詩法，目的在破壞格律中平仄的妥貼，造成不平衡的態勢，進而追求句子的強度，並增強作品的音樂性及變化。《樵歌》中有許多此類作品，其中有夾一句拗句者，亦有多至五句拗句者。茲舉例說明，如〈水調歌頭〉：

——｜—｜　｜｜———　——｜｜　—｜—｜｜——
當年五陵下，結客占春遊。紅纓翠帶，談笑跋馬水西頭。

｜｜—｜—｜　｜｜｜——　｜｜｜——｜
落日經過桃葉，不管插花歸去，小袖挽人留。換酒春壺碧，

—｜｜——　　｜｜—　｜｜｜　———｜
脫帽醉青樓。　楚雲驚，隴水散，兩漂流。如今憔悴，

———｜｜——　｜｜——｜　—｜｜——
天涯何處可銷憂。長揖飛鴻舊月。不知今夕煙水，都照幾

——　｜｜｜｜—｜　—｜｜｜—
人愁。有淚看芳草，無路認西州。

全間以對照手法寫異鄉漂流客之難解憂思，上片以極亮麗的字眼記寫當年洛陽青春年少，意氣風發之貌。首句「當年五陵下」後三字依格律為仄平仄，本即是拗句。全句平仄為「平平上平去」，上聲先抑後揚，聲響舒徐和軟，配以激勵勁遠的去聲，乃是「上」、「去」分用的一種，把一激一徐之抑揚之情延長，點出當年五陵遙不可及的時地。當年五陵的時地，隱伏下片他鄉愁情的根由。第四句「談笑跋馬水西頭」第二字依格律拗為「去」，變成「平去平上上平平」，

去聲有勁切之感，強化了「笑」字的力量，而上、上運用，將歡笑
之情提昇至高潮。下片連寫三個三字句，如都用律句，則嫌平貼無
奇，故希眞在第二句「隴水散」串使三個仄聲，成「上上去」之勢，
承前句「楚雲驚」之情，兩個抑揚的上聲漲昇了悲緒，再以激逝的
去聲急降直下谷底。下片「不知今夕煙水」第四字原爲「平」，却
拗爲入聲，成「入平平入平上」，以兩個促短的入聲字，強調目前
的時節與不知的事實，和首句記寫當年的歡情相對應。同樣的墨
水，却是前歡後愁，再運用上聲結束，令人感到其情悲涼曲折。下
片第九句「有淚看芳草」之第三字，〔註38〕希眞刻意以激厲勁遠的
去聲取代，增強了「看」的動作感，將那份有家歸不得的低咽之情
婉轉道出。本詞能將前時歡樂與目下蕭瑟淒涼之情成功地作成對
照，難以平撫的感情，得藉聲律平衡之被破壞而完整呈現。再如〈桂
枝香〉：

　　—　—　｜　｜　　｜　｜　｜　—　—　　｜　—　—　｜　　—　｜　—　—
　　春　寒　未　定。　是　欲　近　清　明，　雨　斜　風　橫。　深　閉　朱　門，　盡　日　柳　搖
　　—　｜　　—　—　｜　｜　—　—　｜　　｜　—　—　　｜　—　—　｜　　｜　—　—
　　金　井。　年　光　自　趁　飛　花　緊。　奈　幽　人、　雪　添　雙　鬢。　謝　山　攜　妓，
　　—　—　｜　｜　　｜　—　—　｜　　　　　　｜　｜　｜　—　　｜　—　—
　　黃　壚　貫　酒，　舊　愁　慵　整。　　　　念　壯　節、　漂　零　未　穩。　負　九　江　風
　　｜　　｜　—　—　｜　　—　｜　—　—　｜　　　—　—　｜　｜　　—　—　—
　　笛，　五　湖　煙　艇。　起　舞　悲　歌，　淚　眼　自　看　清　影。　新　鶯　又　向　愁　時
　　｜　　　｜　｜　—　—　　—　—　｜　—　　—　—　｜　｜　　｜　｜　—
　　聽。　把　人　間，　如　夢　深　省。　舊　溪　鶴　在，　尋　雲　弄　水，　是　事　休　問。

全詞寫希眞南都病起，因念高宗苟安，奸人當道，國事日非，自己
年華老逝，不免百感交集，故生退隱之意。全首共用三個拗句，如
第三句「雨斜風橫」拗成「上平平去」，強化了雨的意象，承接上句

〔註38〕用平聲則爲律句，但見萬樹《詞律》卷十四「水調歌頭調條」，萬氏
　　　　引蘇軾（明月幾時有）之詞爲正例，並註云：「人長久之人字若亦用
　　　　仄聲，尤妙。後人多用平平仄，全不起調。」

「近清明」，寫清明時節雨紛紛之狀，喻示著己身似路上欲斷魂之行人。第八句「如夢深省」第二個字原爲平聲，却以去聲之「夢」代替，拗成「平去平上」，強化了「夢」的意象，而且「去平上」則是「去」「上」配用的延展，使得「如夢深省」的悲苦之情，得藉「一激一徐」之抑揚聲調烘托而出。

此外，希眞在詞中必嚴守平仄處，也有謹守不悖者，如〈好事近〉：

　－｜｜－－　　－｜｜－－　　－｜｜－－｜　　｜－－－｜

　春雨鬧元宵，花綻柳眠無力。風峭畫堂簾幌，卷金泥紅濕。

　－－－｜｜－－　　｜－｜－｜　　－－｜｜－｜　　｜－－－｜

　王孫開宴聚嬌饒，越山洗愁碧。休說鳳凰城裏，少年時蹤迹。

此調萬樹《詞律》以鄭獬〈江上採春回〉一調爲正體，並注下片第二句後三字之「仄平仄」者「甚起調」，另注兩結語應用「仄平平平仄」。希眞此闋詞下片第二句「越山洗愁碧」，後三字之平仄正和「仄平仄」，而上片結句「卷金泥紅濕」與下片結句「少年時蹤迹」之平仄亦完全合律。不惟這一首〈好事近〉如此。翻檢其餘十三首〈好事近〉，這三句的平仄，只有〈驚見老仙來〉之下片結句「勝剡溪風雪」、〈春去尚堪尋〉下片結句「勝黃金鑿落」，〈眼裏數閒人〉上片結句「惡風波不怕」與〈漁父長舟來〉之下片結句「都不曾聽得」等，稍有不合。但若仔細查驗，除「都」字外，其餘數字均爲上或入聲，可作平聲而觀，故可證希眞在音節攸關之處，守律嚴謹之一斑。

綜合上述研究，希眞在四聲平仄之運用上，不但已充分掌握平仄四聲之長短升降的特質，並藉以產生抑揚頓挫、妙曼鏗鏘的節奏音響，役聲順情而不泥於格律。

三、用　韻

詩歌用韻的目的有二：一是使詩歌易於琅琅上口，便於誦記；一是運用讀音的和諧來增加詩歌本身的音樂性與感染力。就詞的創作面，後者尤其重要，朱光潛曾云：

韻的最大功用在把渙散的聲音聯絡貫串起來，成爲一個完整

的曲調。它好比貫珠的串子，在中國詩裏這串子尤不可少。
邦維爾（Bainville）在《法國詩學》裏說：「我們聽話時，
祇聽到押韵腳的一個字，詩人所想產生的影響也全由這韵
腳字醞釀出來。」這句話對中文詩或許比對西文詩還更精
確。〔註39〕

所以韵字便是相同母音的字在詩歌作品中前後複沓出現，把其間散澳
的音節束結在一點之上，使人明瞭詩歌句子的起迄以及章節的終點，
甚而在那終點上有嬝嬝餘音，使得低廻的情緒得以充分抒發，形成一
唱三嘆的情緒效果。

　　詞初創之時，並無韵書可憑，故唐宋人作詞，有人以口語自然音
韵爲叶韵，即後人所謂的方音叶韵，而大部分詞人則以詩韵爲參考。
一般而言，詞韵較詩韵爲寬，後人依詞中用韵之情況，歸納而成專書
者，如弋戴《詞林要韵》、沈謙《詞韵略》、李漁《詞韵》，……等，
而此中之《詞林正韵》最爲精審，〔註40〕故依之考察《樵歌》用韵之
情形。遍檢《樵歌》詞韵，發現希眞最常使用第七部之寒、桓、山、
仙、阮、願、霰、線諸類，其次是第六部之諄、文、眞、魂等韵；第
三部之支、之、微、灰、止、寘、去、至、祭等韵；第十七部之陌、
職、昔、德、緝等韵；第十八部薛、月、屑、葉等韵。

（一）同部押韵

　　此爲詞韵正格，即一首詞韵腳同屬《詞林正韵》十九部中同一
部，無論其押平聲、仄聲（包括上聲、去聲以及上去通押）、入聲韵
者，均稱之爲同部押韵。今統計《樵歌》中同部押韵者有平聲獨押
者六十三首，上聲者四首，去聲者五首，入聲者四十首，上去通押
者四十五首。這種押韵方式，與近體詩一樣，變化性較小。但若能
妥善運每一韵腳的特質，以配合詞旨情感，則仍能使詞呈現不同之

〔註39〕　朱光潛《詩論》，第十章，〈中國詩的節奏與聲韵的分析（下）——
　　　　論韵〉，頁233。
〔註40〕　《詞林正韵・發凡》云：「取古人之名詞，參酌而審定之，盡去其弊。」

風味。如〈臨江仙〉：

> 直自鳳凰城破後，擘釵破鏡分飛。天涯海角信音稀。夢回遼海北，魂斷玉關西。　　月解重圓星解聚，如何不見人歸。今春還聽杜鵑啼。年年看塞雁，一十四番回。

通首押第三部平聲的微、齊、灰韻，此部音色沈暗婉轉並有連綿不盡之餘韻，藉以表達那份淒迷斷魂的相思之情最爲適宜。再如〈醉落魄〉：

> 海山翠疊。夕陽殷雨雲堆雪。鷓鴣聲裏蠻花發。我共扁舟，江上兩萍葉。　　東風落酒愁難說。誰教春夢分胡越。碧城芳草應銷歇。曾識劉郎，惟有半彎月。

全者押十八部入聲的帖、薛、月、葉韻，此部音色激越陡峭，用以呈現飄零之人那份淒苦鄉愁與浪泊異域的憂懼心理，至爲允當。

　　以上二詞固可看出希眞運用不同的韻腳音響，來達到表現詞情的效果。但不諱言的，舉凡詞牌的選用、平仄的律拗都能影響到這個效果，故特舉二闋使用同一詞牌且平仄之律拗十分相似的例證，說明《樵歌》用韻的巧思，如〈朝中措〉二闋：

> ——｜｜——　　—｜｜——　　｜｜——｜　　｜—｜｜
> 先生筇杖是生涯。挑月更擔花。把住都無憎愛，放行總是
> ——　　　　　——｜　　——｜｜　　—｜——　　｜｜———
> 煙霞。　　飄然攜去，旗亭問酒，蕭寺尋茶。恰似黃鸝無
> ｜　　｜—｜——
> 定，不知飛到誰家。

> ——｜｜——　　｜｜｜——　　—｜—｜｜　　｜—｜｜
> 登臨何處自銷憂。直北看揚州。朱雀橋邊晚市，石頭城下
> ——　　　　｜——｜　　—｜｜—　　｜｜——　　｜｜｜｜—
> 新秋。　　昔人何在，悲涼故國，寂寞潮頭。箇是一場春
> ｜　　——｜｜—
> 夢，長江不住東流。

以上二闋都是雙調四十八字，前段四句三平韻，後段五句二平韻之格式。二詞有八個字的平仄不合，且其中有七個是在可以不論的一、三

字，因而可說平仄聲調幾乎完全相同。然而二詞的聲情卻大不相同，前者曠達放逸，後者悠揚傷感，這固然與內容用字的不同有關，但在詞牌、平仄相似的節奏模式中，有如此之差異，不得不說與用韻極爲有關。前者詞韻是第十部的佳韻，後一首詞韻是第十二部平聲尤、侯韻。佳韻的主要元音是「a」，而尤、侯韻的主要元音是「u」。〔註41〕「a」是低前元音，響度大，聲音上直接而沉穩，適足以表達放行煙霞，都無憎愛的那份澹遠、曠達心懷。「u」是後高元音，響度小。聲音上起伏而縈旋不止，適足以表達那種去國懷鄉、憂思難解的悲涼之情。由此可看出希眞充分的掌握韻字的特質，並藉著聲音的廻旋往覆，以烘寫心中不同的情感。

（二）轉 韻

1. 平仄通韻

即在同一闋詞中有平韻換爲仄韻，或仄韻換爲平韻，或平仄相互遞換的情形，並且這些平仄韻字都在同一部之中者稱之爲平仄通押。《樵歌》中共有九闋屬於平仄通押。如〈西江月〉：

> 元是西都散漢，江南今日衰翁。從來顚怪更心風。做盡百
> 般無用。　　屈指八旬將到，回頭萬事皆空。雲間鴻雁草
> 間蟲。共我一般做夢。

此詞乃希眞晚年之作，旨在敘說對其一生之省悟，所押的韻腳有第一部平聲東韻的翁、風、空、蟲，與第一部去聲的用、夢等韻字。東韻的悠長綿遠，正可以表現出心迹的空無，而去聲的勁厲，正強化了人爲的百般無用與人生如夢的促逝。平仄相互遞用，也增加了聲韻上的變化，使聲情配合得更爲適切。

2. 平仄異部換韻

即是用一闋詞中有平韻換仄韻，或仄韻換平韻，或平仄相互遞換的情形，而這些平仄韻字並不在同一部者，稱之平仄異部換韻。如〈減

〔註41〕擬音依據董同龢《漢語音韻學》一書所擬。

字木蘭花〉：

> 劉郎已老。不管桃花依舊笑。要聽琵琶。重院鶯啼覓謝
> 家。　　曲終人醉。多似潯陽江上淚。萬里東風，國破山
> 河落照紅。

此詞寫渡江後聽琵琶而生悲悽之情，反用劉禹錫寫玄都觀桃花之典，
點明人老心衰已無意於桃花之豔美。但謝館琵琶響起，仍然多情善
感，淚眼映著夕陽的色彩；對故國山河的懷思，只能遣請春風傳送。
上片前二句用第八部上聲皓韻、去聲嘯韻，主要元音是「ia」；後二
句押第十部平聲麻韻，主要元音是「a」。下片前二句用第三部去聲支
韻，主要元音為「i」；後二句押第一部東韻，主要元音是「u」。平仄
的遞換，聲情的揚抑頓挫，很適合情感上的起伏延展；而句句用韻，
聲音收來的語言長度相當短，更顯得節奏緊快。以這種快速的節奏來
傳述個人的激越情緒，是很貼切的。

　　由以上詞例中，不難發現到希眞能夠善用韻字之音響效果，來增
強詞情的感染力。而由希眞用韻的情形中，也有與戈載《詞林正韻》
歸納宋人用韻的結論不合之處。茲分別說明如下：

（三）例外押韻

　　1. 變而不離其宗者——係指在《詞林正韻》未爲同部，而在《切
韻》系統中爲同類者。〔註42〕

　　　（1）第三部與第五部通叶，茲舉〈燕歸梁〉詞爲證：

帳掩秋風一半開 （咍，五部）

閒將玉笛吹 （支，三部）

過雲微雨散輕雷 （灰，三部）

夜參差、認樓臺 （咍，五部）

暗香移枕新涼住，竹外漏聲催 （灰，三部）

放教明月上牀來 （咍，五部）

〔註42〕此處所用之標題，均參用王力《漢語詩律學》第三章〈詞韻〉中所
標舉者。

共清夢、兩徘徊（灰，三部）

依《廣韻》韻目，「支」、「灰」與「咍」之韻尾均爲 i；而其主要元音 -ju、-uA、-A 亦極爲接近，有可通叶之理。

（2）第六部與第七部通叶，茲舉〈望海潮〉詞爲證：

嵩高維嶽，圖書之淵，西都二室三川（先，七部）

神鼎定金，麟符刻玉，英靈未稱河山（山，七部）

誰再整乾坤（魂，六部）

是挺生眞主，浴日開天（先，七部）

御歸梁苑，駕回汾水鳳樓間（山，七部）

昇平運屬當千（先，七部）

眷凝疏暇日，西顧依然（仙，七部）

銀漢詔紅，瑤臺賜碧，一新瑞氣祥煙（先，七部）

重到帝居前（先，七部）

怪鵲橋龍闕，飛下人間（山，七部）

父老歡呼，翠華來也太平年（先，七部）

依《廣韻》韻目，「先」、「山」、「仙」與「魂」之韻尾均爲 n；而其主要元音爲-uɛ、-uæ、-juæ、-uə，亦極爲相近，故有可通叶之理。

2. -t、-k、-p 相混——在《詞林正韻》中，第十六、十七兩部，-t、-k、-p 已經相混。在此所強調的是比十六、十七部更爲突出的現象，即超出了戈載所歸納之現象，如〈點絳脣〉：

淮海秋風，治城飛下揚州葉（葉，十八部）

畫船催發（月，十八部）

傾酒留君別（薛，十八部）

臥倒金壺，相對天涯客（陌，十八部）

陽關徹（薛，十八部）

大江橫絕（薛，十八部）

淚濕杯中月（月，十八部）

諸如此類之押韻現象，尚見於〈憶秦娥〉（霜風急）、〈念奴嬌〉（見梅驚笑）、（放船縱櫂）等詞作。

3. -n、-ng、-m 相混——在宋代，一般說來-n、-ng、-m 三個系

統仍舊是分明的，-t、-k、-p 界限之泯滅，遠在-n、-ng、-m 界限泯滅之前。但是詞人在無詞律的規限下，可純任天籟而叶韻，或許因而受到-n、-ng、-m 不分的方言所影響，而造成-n、-ng、-m 相混用的情形。《樵歌》中亦有-n、-ng、-m 相混用的現象，茲分別說明如下：

（1）《樵歌》-n、-m 相混的現象

-n、-m 相混的現象，即爲王氏所言的第七部與十四部通叶，茲舉〈朝中措〉詞爲例：

當年彈鋏五陵間（刪，七部）

行處萬人看（寒，七部）

雪獵星飛羽箭，春遊花簇雕鞍（寒，七部）

飄零到此，天涯倦客，海上蒼顏（刪，七部）

多謝江南蘇小，尊前怪我青衫（銜，七部）

依照《廣韻》韻目，「刪」、「寒」韻韻尾是-n；「銜」韻韻尾是-m。其他類似詞例尚有〈鵲橋仙〉（溪清水淺）、〈臨江仙〉（幾日春愁無意緒）、〈憶秦娥〉（西江碧）等。

另有屬上去通押類，而-n、-m 相混者，如：〈鵲橋仙〉（今年冬後）、〈感皇恩〉（早起未梳頭）、〈漁家傲〉（鑑水稽山塵不染）、〈卜算子〉（碧瓦小紅樓）、〈鼓笛令〉（紙帳嫻衾忒暖）等。

即王氏所言的第六部與第十三部通叶，茲舉〈朝中措〉詞例爲證：

紅稀綠暗掩重門。芳徑罷追尋（侵，十三部）

已是老於前歲，那堪窮似他人（真，六部）

一杯自勸，江湖倦客，風雨殘春（諄，六部）

不是醹釀相伴，如何過得黃昏（魂，六部）

依照《廣韻》韻目，「眞」、「諄」、「魂」之韻尾爲-n、而「侵」韻之韻尾爲-m。此類詞例尚有〈水調歌頭〉（白日去如箭）、〈鷓鴣天〉（通處靈犀一點眞）、〈行香子〉（寶篆香沈）等。

（2）有-n、-ng 相混的現象

-n、-ng 相混的現象，即王氏所言的第六部與第十一部通叶，茲以〈鷓鴣天〉詞爲例：

畫舫東時洛水清（清，十一部）

別離心緒若爲情（清，十一部）

西風挹淚分攜後，十夜長亭九夢君（文，六部）

雲背水，雁回汀（青，十一部）

只應芳草見離魂（魂，六部）

前回共采芙蓉處，風自淒淒月自明（庚，十一部）

依照《廣韻》韻目，「清」、「青」、「庚」韻之韻尾爲-ng，而「文」、「魂」韻之韻尾爲-n。此類詞例尚有〈風流子〉（吳越東風起）、〈鷓鴣天〉（鳳燭星毬初試燈）、（極目江湖水浸雲）、〈南鄉子〉（宮樣細腰身）、〈西江月〉（琴上金星正照）、〈采桑子〉（扁舟去作江南客）等。另有屬上去通押之類而-n、-ng相混者如：〈桃源憶故人〉（雨斜風橫香成陣）、〈卜算子慢〉（憑高望遠）等。

（3）有-ng、-m相混的現象

-ng、-m相混的現象，即王氏所言之第十一部第十三部通叶，茲以〈西江月〉詞爲證：

澹澹薫風庭院、青青過雨園林（侵，十三部）

銅駝陌上舊鶯聲（清，十一部）

今日江邊重聽（徑，十一部）

落帽酒中有趣，題橋琴裏無心（侵，十三部）

香殘沈水縷煙輕（清，十一部）

花影闌干人靜（靜，十一部）

依據《廣韻》韻目，「清」、「徑」、「靜」韻之韻尾爲-ng，而「侵」韻之韻尾爲-m。

（4）有-n、-ng、-m相混的現象

-n、-ng、-m相混的現象，即王氏所言之第六部、第十一部、第十三部通叶，茲舉〈沁園春〉詞爲證：

七十衰翁，告老歸來，放懷縱心（侵，十三部）

念聚星高宴，圍紅盛集，如何著得，華髮陳人（真，六部）

勉意追隨，強顏陪奉，費力勞神恐未眞（真，六部）

君休怪，近頻辭雅會，不是無情（清，十一部）

巖扃（青，十一部）

舊菊猶存（魂，六部）

更松偃，梅疏新種成（清，十一部）

愛靜窗明几，焚香宴坐，閒調綠綺，默誦黃庭（青，十一部）

蓮社輕輿，雪溪小櫂，有興何妨尋弟兄（庚，十一部）

如今且，趁花迷酒困，心迹雙清（清，十一部）

依《廣韻》韻目，「眞」、「魂」韻之韻尾爲-n，「清」、「青」、「庚」韻之韻尾爲-ng，而「侵」韻之韻尾爲-m。此類詞例尚有：〈水調歌韻〉（徧賞中秋月）、〈勝勝慢〉（紅爐圍錦）、〈臨江仙〉（最好中秋秋夜月）、〈鷓鴣天〉（唱得梨園絕代聲）、〈戀繡衾〉（木落江南感未平）、〈西江月〉（世事短如春夢）、〈卜算子〉（陌上雪銷初）等。

四、類　疊

類疊是中國文學古老的傳統技巧。由於語言文字的有限性，常遇到無法舒解的無限情感，故有時以反覆同一字詞，來達到拓展感情的目的，即是類疊。需要強調的是，本單元所討論的範圍，並不包括前人格律已規定類疊的情形；也惟如此，方能眞正體察希眞設計時之用心。

疊字是類疊中最常見的一種，早在《詩經》中已被大量使用，後世作品亦經常習用。所謂疊字，即同樣的字連續重複出現在一起，或表情、或托聲，性質各異，不一而足。但由於疊字是重複相同之字。所以必爲雙聲疊韻，讀起來的效果，便如二個樂音的重現，強化了音樂效用。再者，疊字乃單音節之延續，故音長比兩個異字所構成之複詞爲短，在節奏上蘊出輕快的節奏，更能增強意象之傳達。希眞深明此中眞趣，故經常運用疊字的藝術技巧，如：

草草園林作洛川。（〈鷓鴣天〉）

融融天樂醉瑤池。（〈鷓鴣天〉）

　　泠泠玉磬，沈沈素瑟，舞徧霓裳。(〈促拍醜奴兒〉)

　　日日深杯酒滿，朝朝小圃花開。(〈西江月〉)

　　澹澹薰風庭院，青青過雨園林。(〈西江月〉)

起首的重言疊字，強烈地吸引者人注意，如〈促拍醜奴兒〉「泠泠」
記下了磬清揚的聲音，「沈沈」描下了瑟沉鬱的吟鳴，一高一低一清
一沈，正烘托出席宴中音樂的動人，與下句「舞徧霓裳」聯結又將
歡樂的情景點化而出。又〈西江月〉「日日」一詞，在意義上而言，
「日日」即「朝朝」，以兩組疊字強調一個每天的意象，已收重複之
效，又因日是入聲字，朝是平聲字，故兩組疊字前後呼應，極具音
響效果。

　　重疊字置於句首，其聲情效果亦集中於前，產生先強後弱的效
用，若將疊字安排在句中，則在音律進行中，將突生強化音效，再轉
過平弱，而收起伏之美，如河中巨石激起奔流一般。如：

　　帆卷垂虹波面冷，初落蕭蕭楓葉。(〈念奴嬌〉)

　　深夜悄悄魚龍，靈旗收暮靄，天光相接。(〈念奴嬌〉)

　　流水滔滔無住處，飛光忽忽西沈。(〈臨江仙〉)

　　浩浩煙波，堂堂風月，今夕何夕。(〈柳梢青〉)

　　護霜雲薄，澹澹芙蓉落。(〈點絳唇〉)

　　雲海茫茫無處歸。(〈卜算子〉)

　　拖條竹杖家家酒，上箇籃輿處處山。(〈鷓鴣天〉)

以〈念奴嬌〉作說明，「蕭蕭」是形容搖動的樣子，而在音響上，亦
可藉收悲涼風聲之效，可助於加強搖落的景象。再如〈鷓鴣天〉之「家
家」、「處處」是同意而平仄相異的二組疊字，適以襯托希真年老後那
份隨緣適性的曠達之情。

　　若將疊字用於句尾，則因疊韻的關係，可產生綿延不絕的效果，
如：

恋峭惺惺。(〈減字木蘭花〉)

雨蕭蕭、衰鬢到今。(〈戀繡衾〉)

青雀窺窗,來報瑞雪紛紛。(〈勝勝慢〉)

悽慘年來歲往,斷鴻去燕悠悠。(〈木蘭花慢〉)

小樓簾卷路迢迢。(〈西江月〉)

惆悵黃昏前後,離愁酒病厭厭。(〈清平樂〉)

如〈木蘭花慢〉以「悠悠」形容鴻與燕的消逝是杳遠難尋的。再如〈勝勝慢〉以「紛紛」形容雪落得既多且密,而且無止無休。以上二例均以景收結,而句末疊字的運用,經營出餘音裊裊、意溢行間之感。

除疊字外,希眞還善運用類字、疊句,不但促使聲調增加美感,有時可用以拓展感情,使調的表達愈加生動逼眞。如:

江亭夜宴天涯客,天涯客。(〈憶秦娥〉)

秦關漢苑無消息,無消息。(〈憶秦娥〉)

江南路上梅花白,梅花白。(〈憶秦娥〉)

水西竹外常相憶,常相憶。(〈憶秦娥〉)

樓外殘鐘,帳前殘燭,窗邊殘月。(〈柳梢青〉)

月解重圓星解聚,如何不見人歸。(〈臨江仙〉)

懶共賢爭,從教他笑,如此只如此。(〈念奴嬌〉)

不下山來不出溪。(〈卜算子〉)

往事總成幽怨,幽怨幾時休。(〈昭君怨〉)

惆悵幽蘭心事,心事永難忘。(〈洛妃怨〉)

重複句較疊字出現的距離爲遠,所以製造出節奏跌宕廻旋、音聲悅耳動聽之美感。在詞意的補助效用上,亦能使濃郁的感情得以舒緩發出,而可完全表達出那種低廻縈繞的情思。

第三節　書寫手法

　　構成文學的主要成分，不外乎內容與形式。不過徒有內容，不能成爲文學；只有形式，也不能成爲文學，必須是以形式來表達內容，或說是將內容藉形式表達出來，才能成其爲文學作品。詞的形式包括表面形式與內在形式。表面形式即上節所討論的格律體裁。而內在形式是指表達的手法，以及謀篇布局的功夫，即本節所討論的主題。本節將分情景配置，對比手法、白描三部分來研討。

一、情景配置

　　經由設計的作品結構，可以提昇詞中情感表現的效果，劉熙載云：

> 詞以鍊章法爲隱，鍊字句爲秀，秀而不隱，是猶百琲明珠
> 而無一綫穿也。〔註43〕

可見詞亦如文章，除須注重辭藻的遣用，還須講求結構的安排；這種要求，在慢詞中更爲必要。張炎曾云：

> 作慢詞，看是什題目，先擇曲名，然後命意，命意既了，
> 思其頭如何起，尾如何結，方始選韻，而後述曲。最是過
> 片不要斷了曲意，須要承上接下。〔註44〕

其中「命意」，便是求全篇思想，情調的統一；「起」、「結」就是講結構層次的安排。至於過片承上接下，乃求銜接順當，聯貫自然。而詞較重於抒情，其表現方式，大抵是借景、物、事的描寫來顯現情感，而每每在這些景、物、事中，就寓含了情在。詞中情景的安排，如劉熙載所云：「或前景後情，或前情後景，或情景齊到，相間相融，各有其妙。」〔註45〕《樵歌》中情景的配置，亦不出此三種安排。先情後景者如〈念奴嬌〉：

> 晚涼可愛，是黃昏人靜，風生蘋葉。誰做秋聲穿細柳，初
> 聽寒蟬淒切。旋采芙蓉，熏熏沈水。暗裏香交徹。拂開冰

〔註43〕見劉熙載《藝概》卷三。
〔註44〕見張炎《詞源》卷下。
〔註45〕同註43。

簟，小牀獨臥明月。　　老來應免多情，還因風景好，愁
腸重結。可惜良宵人不見，角枕蘭衾虛設。宛轉無眠，起
來閒步，露草時明滅。銀河西去，畫樓殘角鳴咽。

上片寫的景象有：黃昏、蘋葉，秋聲，細柳、寒蟬，芙蓉、明月，由
這些景象構成一幅初秋時節由黃昏到月昇的景色。下片起句寫「老來
應免多情」，卻因風景好而愁腸重結，將上片景意延伸至下片。更引
出後文無限之情愁。再如〈芰荷香〉：

遠尋花。正風亭霽雨，煙浦移沙。緩提金勒，路擁桃葉香
車。憑高帳飲，照羽觴、晚日橫斜。六朝浪語繁華。山圍
故國，綺散餘霞。　　無奈尊前萬里客，歎人今何在，身
老天涯。壯心零落，怕聽疊鼓摻撾。江浮醉眼，望浩渺、
空想靈槎。曲終淚濕琵琶。誰扶上馬，不省還家。

上片寫在風停雨霽之時遊人外出賞花的熱鬧，高帳聚飲，見斜陽綺
霞。下片承前景而生去國懷鄉之憂，念韶華逝去壯心零落，不禁淚濕
琵琶，扶醉而歸。諸如此類的作品很多，如〈念奴嬌〉（放船縱櫂）、
〈蘇武慢〉（枕海橫山）、〈風流子〉（吳越東風起）、〈臨江仙〉（生長
西都逢化日）、〈望江南〉（炎晝永）、〈好事近〉（春雨細如塵）、〈柳梢
青〉（紅分翠別）、〈卜算子〉（碧瓦小紅樓）……等，俯手可得。此類
作品以景為先導，在敘景的時節便將情寄其間。在外景內情文互襯映
時，前面的景使後面的情有所依藉，後面之情也使前面的景有了生命。

再論先情後景的安排，如〈減字木蘭花〉：

有何不可。依舊一枚閒底我。飯飽茶香。瞌睡之時知上牀。
百般經過。且喜青鞋蹋不破。小院低窗。桃李花開春晝長。

上片寫老年閒遊自如的生活，下片起首承述前旨寫老年的心境，通旨
以白描手法敘寫，為使詞作不陷於輕率粗俗，所以尾句以「小院低窗。
桃李花開春晝長」為結拍，使這份愉快曠放的樂趣，引延通貫全詞。
此類作品最重要的是以景語做結，沈義父云：「做大詞，……最緊是
末句，須有一好出場方妙。」又云「結句要放開，含有餘不盡之意，

以景結情最好。」〔註46〕《樵歌》以景語作結意味深遠的好句子如：

又一番，涷雨淒涼，送歸鴻成陣。(〈卜算子慢〉)

如今但欲關門睡，一任梅花作雪飛。(〈鷓鴣天〉)

前回共采芙蓉處，風自淒淒月自明。(〈鷓鴣天〉)

行雲去。目送斷山無數。(〈驀山溪〉)

箇是一場春夢，長江不住東流。(〈朝中措〉)

一曲廣陵彈徧，目送飛鴻遠。(〈桃源憶故人〉)

相對清言，不覺黃昏雨打船。(〈減字木蘭花〉)

醉舞誰知，花滿紗巾月滿杯。(〈減字木蘭花〉)

都是以景結拍、融情入景的例子，令人覺得情意低迴不已，餘韻無窮。
《文心雕龍》云：「物色盡而情有餘」，即是這個道理。

最後論情景相間的情形，如〈醉落魄〉：

海山翠疊。夕陽殷雨雲堆雪。鷓鴣聲裏蠻花發。我共扁舟，
江上兩萍葉。　　東風落酒愁難說。誰教春夢分胡越。碧
城芳草應銷歇。曾識劉郎，惟有半彎月。

本詞乃希真南渡之初所作。當時他強烈懷念著故國山河，見春風重拂
大地，有感而發。通篇看似寫景之句，實都融深情於景中。如翠疊之
海山，似其內心起伏的情思，夕陽時節又本易令人黯然愁悵，殷盛的
雨如眼中不止的淚，堆累的雲乃似時增的恨，耳中聽的是鷓鴣「行不
得也」的哀啼，這些精心經營的濃郁愁緒，在「我共扁舟，江上兩萍
葉」中達到頂點。希真將避難流浪的自身與無繫的扁舟，喻為江上逐
波漫流的萍葉，這個比喻恰如其分地描繪其當時的處境，使得前述情
意得以完整提示出來。下片順承了這份愁情。「東風落酒」，難說之愁，
其實即是憂國思鄉之情，希真以「春夢分南北」來加強這份難堪之慟。
「心繫故園」，故常念往日情懷，更因此而想像橫禍之後人事皆非的

〔註46〕見沈義父《樂府指迷》。

情景。結語以情入景，只說舊識惟有天邊彎月，並不直露感傷，一股殘而難全的悽楚之怨，伴由景色而來，更令人爲之哽咽。

　　希眞此類融情入景之作，尚有：〈水調歌頭〉「淮陰作」，〈念奴嬌〉（放船縱櫂）、〈臨江仙〉（西子溪頭春到也），〈木蘭花〉（瓊蔬玉蕊）、〈浪淘沙〉（圓月又中秋）、〈西江月〉（正月天饒陰雨）等，都可品嚼出希眞所經營之情緒效果。

二、對　比

　　詞中常以對比來增強情感的矛盾張力，當情境突然急轉至相反的地位，會造成強烈的戲劇效果。《樵歌》中最常見的對比手法，是希眞南渡後尤愛用的今昔相對，此類作品主要是明顯指出時空的差異與事物消長的關聯，如〈雨中花〉。

> 故國當年得意，射麋上苑，走馬長揪。對蒽蒽佳氣，赤縣神州。好景何曾虛，過勝友是處相留。向伊川雪夜，洛浦花朝，占斷狂遊。　　胡塵卷地，南走炎荒，曳裾強學應劉。空漫説、蟠蟠龍臥，誰取封侯。塞雁年年北去，蠻江日日西流。此生老矣，除非春夢，重到東周。

此詞寫希眞緬懷當年快樂的時光，而傷痛眼下的流離無依。上片寫當年在洛陽歡愉、甜美的日子，想「伊川雪夜，洛浦花朝」、「射麋上苑，走馬長揪」眞是何等得意，而只因「胡塵卷地」，導致「南走炎荒」，眼前僅見北返之塞雁，與日日西流的蠻江。一時氣氛顯得晦暗失意，惶恐不安，猶如自百花怒放的原野，跌落陰森寒峭的谷底，意志的消沉可想而知。所以希眞失望的感嘆「此生老矣，除非春夢，重到東周。」急驟的情境變異，烘托出作者激慟的悲情，過去種種歡樂美好的情景在此只是更強烈的襯現出眼前的孤獨淒涼。再如〈鷓鴣天〉：

> 曾爲梅花醉不歸。佳人挽袖乞新詞。輕紅徧寫鴛鴦帶，濃碧爭斟翡翠卮。　　人已老，事皆非。花前不飲淚沾衣。如今但欲關門睡，一任梅花作雪飛。

此作寫希眞念記年輕時遊樂情景，而自嘆人老事非。上片以「曾」字

爲引，道出當年綺麗的生活。歡宴中，佳人環侍爭乞新詞，希眞何等風光：「輕紅偏寫鴛鴦帶」，則又何等的風流；「爭斟瑤觴」，又是何等的暢意。但下片突如其來的悲道「人已老，事皆非」，情境由此而逆轉。當年五陵少年，於今卻逢花不飲、縱淚沾衣，面對良辰美景徒有無力之感，以是無奈的「但欲關門睡」。年華的無滯而逝，造成今昔盛衰的強烈對比，天地爲物，盛衰或有定數，當人被迫面對時，不免有所感傷。本詞上片寫昔日情景，用詞華麗輕快，而下片寫老人悲痛之心態，筆調轉平，由尾句「一任梅花作雪飛」與首句「曾爲梅花醉不歸」前後關照，可以看出希眞老後在生命態度上截然的異變，全詞強烈的感傷情緒因此對映而生。

其他如〈水調歌頭〉（當年五陵下）、〈水龍吟〉（放船千里凌波去）、〈朝中措〉（當年挾彈五陵間）、〈一落索〉（慣被好花留住）等，皆使用這種寫法。

三、白　描

「白描」是由繪畫引申而出的形容詞，用在文學的表現技巧時，詩人以直接而明白的鋪敘手法表達情感與反映人生探索的態度。在前節口語的運用部分曾提到詞本起民間，多出於教坊樂工及鬧井做賺人所作，所以用語自然通俗，在表現手法上也就採用白描技巧。李後主後期作品便純用白描手法，以人人懂得的通俗語言，深刻且眞切地表現出最普遍卻也最抽象的離愁別恨，如〈虞美人〉：

> 春花秋月何時了，往事知多少。小樓昨夜又東風，故國不堪回首月明中。　　雕欄玉砌應猶在，只是朱顏改。問君能有幾多愁，恰似一江春水向東流。

由於希眞個性曠達，愛用口語來表現其感情與思想，所以在表現技巧上便常使用「白描」。口語與白描手法相結合，表現出來的便是自然流暢，游行自在的風味。其他大家或多或少都會有幾首白描作品，但旁人不過偶爾爲之，《樵歌》中這樣的作品卻很多，成爲希眞中與其

他詞家不同之處，也是《樵歌》中甚有特色的一體。《樵歌》中白描適度眞摯生動者，如：

> 堪笑一場顚倒夢，元來恰似浮雲。塵勞何事最相親。今朝忙到夜，過臘又逢春。　流水滔滔無住處，飛光忽忽西沈。世間誰是百年人。箇中須著眼，認取自家身。(〈臨江仙〉)

> 有何不可。依舊一枚閒底我。飯飽茶香。瞌睡之時知上牀。百般經過。且喜青鞋蹋不破。小院低窗。桃李花開春晝長。(〈減字木蘭花〉)

> 瘦仙人，窮活計。不養丹砂，不肯參同契。兩頓家餐三覺睡。閉著門兒，不管人閒事。　又經年，知幾歲。老屋穿空，幸有天遮蔽。不飲香醪常似醉。白鶴飛來，笑我顚顚地。(〈蘇幕遮〉)

> 慣被好花留住。蝶飛鶯語。少年場上醉鄉中，容易放、春歸去。　今日江南春暮。朱顏何處。莫將愁緒比飛花，花有數、愁無數。(〈一落索〉)

其他尚有〈西江月〉(日日深杯酒滿)、(世事短如春夢)、〈臨江仙〉(生長西都逢化日)、(信取盧空無一物)、〈感皇恩〉(早起未梳頭)、(一箇小園兒)等，可稱俯拾皆是，在此不煩贅舉。

《樵歌》中並有白描過度以致枯乾淺率的作品，如：

> 盧空無礙。你自癡迷不自在。撒手遊行。到處笙歌擁路迎。　天然美滿。不用些兒心計算。莫聽先生。引入深山百丈坑。(〈減字木蘭花〉)

> 元來老子曾垂教。挫銳和光爲妙。因甚不聽他，強要爭工巧。只爲忐忑忑，惹盡閒煩惱。　你但莫、多愁早老。你但且、不分不曉。第一隨風便倒拖，第二君言亦大好。管取沒人嫌，便總道、先生俏。(〈憶帝京〉)

其味如偈語，又流於油滑，讀之令人興味索然。鄭師因百曾評此類劣作云：

> 《樵歌》這類詞與《夢窗集》中一部分作品之堆砌晦澀，一

　　　　樣不成東西。峨冠博帶，紅綠纏身，固然有些討厭像；但不
　　　　衫不履，裼裘而來，也就行了，何必袒裼裸裎。……這些詞
　　　　讀過索然，了無餘味，烟多燄少，一團茅草而已。〔註47〕

所評至為允當。所幸這類的作品並不很多，汪莘序《樵歌》所云：「多
塵外之想，雖雜以微塵，而其清氣自不可沒。」這「微塵」即是指此
類白描過度而枯乾淺率的作品。

　　《樵歌》作品雖「雜以微塵」，但未傷及全璧之美。白描是希眞
晚年作品之特色，也是《樵歌》勝處之一，可與集中婉麗清暢、情景
渾融之作並觀。

〔註47〕　見鄭師〈朱敦儒的樵歌〉一文。

第四章　結　論

　　在兩宋之交的詞人中，朱希眞稱得上是位異人。他志行高潔，雖
爲布衣，卻有朝野之望。早年優遊嵩洛之間，不願應詔出仕；而當金
人南侵後，卻幡然挺身、共赴國難。後因見恢復無望，上疏請歸，退
隱秀州享其蕭閒之生活。終其一生，未曾間斷詞之創作。傳有詞集《樵
歌》三卷，不但寫下個人身世之感，也反映出時代的眞實風貌。由前
面諸章之研探，得到以下之結論：

一、內容方面

　　希眞身歷兩宋繁華與戰禍，目睹存亡興絕，體嚐悲歡離合；其
無盡之情思，藉由詞的律調而渲洩，其態度誠摯而認眞。在詞作中，
希眞曾以深刻細膩的筆觸，描寫男女愛情生活的酸甜；值得重視的
是，他是以嚴肅的態度來正視這種感情。同樣的，在國家遭到空前
災難時，他也以這種認眞的態度來表達其對胡虜之憤恨、二帝故國
之懷念，還寫下以身許國的豪情。滴滴血淚，不但聚凝出不朽的作
品，更爲題材的創新、詞境的拓展，立下鼓吹實踐之功，成爲辛派
詞人之先導。當他面臨自我生命意義追尋時，更以嚴肅而不失詼諧
的態度，來面對浴火焠勵之後所帶來的恬澹祥寧；不但延展了蘇軾
晚年閒澹之詞風，更深入了詞情描寫的層面。其次，在詠物興盛的

當時，希眞確實能以詞描繪社會安康、經濟繁榮的現象，或是描寫物之情狀，充分運用詠物詞託寄的特色，發抒其忠憤之情操與對國事時勢之憂思，將社會關懷的意識滲入詞作之中，提昇了詞的社會地位。另外，偏於實用的酬贈唱和之作，在希眞的筆下，不但完全發揮其本欲傳達之特殊效用，更可貴的是他融合以眞實的情感、灑脫的態度，使本爲虛應故事之作，呈現清新可人的一面，有效的提昇詞之實用價值。

二、形式方面

（一）在遣詞用字方面，希眞除融化典故、古句，運用麗藻、對偶外。大量的口語運用成爲《樵歌》之特色。他藉此表現其恬澹閒雅的風味，更一掃前人過分含蓄晦澀的習慣。平淡、高潔，不流於粗俗的口語，引領著詞林向大眾語言方面發展，是希眞特殊的貢獻。

（二）在格律體裁方面，希眞熟黯各詞調之聲情特色，善運平仄起伏之奧秘，更利用類疊來增強詞作之節奏效果。再以韻字將平仄、類疊所經營出之節奏貫聯，使成音律諧婉之作。希眞亦能自創新調以記特有之情思，其音律造詣之深厚由此可見一斑。

（三）章法結構方面，希眞善藉情景之搭配、應用對比手法來經營詞情的特殊效果。更引人注目的，是他以白描的筆法敘寫其情思，成功的創造出《樵歌》特有之清新風格。

文學作品的藝術成就，是在內容與形式的相互結合而產生的。分析了《樵歌》的內容與形式，可知希眞開創了詞的新風格，而在詞的發展史上，扮演著承先啓後的角色。茲分別說明如后：

姚一葦曾對風格做了一個定義：「風格乃一個時代的一般性或社會意識與一個藝術家的特殊性或個人意識，透過藝術的形式與品質，而形成的那一藝術家的世界。」﹝註1﹞姚氏所言的時代一般性與社會意識可視爲外在的影響，如：政治隆衰，經濟興頹，宗教信仰等因素。

﹝註1﹞ 見姚一葦《藝術的奧秘》，頁309。

而藝術家的特殊性與個人意識，則是指作家個人思想情感乃至於人格。其間有極爲複雜的化學變化，每二個因素之間的變化都可能有決定性的影響。龍沐勛曾云：

> 詞風之轉變，恆隨樂曲爲推移，柳氏《樂章》以應教坊樂工之要求，冀得取悅於俗耳，而不免「詞語塵下」。至徽宗朝，制禮作樂，乃出於朝廷之命，所造曲自不能爲淫靡之音，且當時掌管樂器之官，如周邦彥、万俟詠等，皆詞林宗匠，故作一以雅麗出之。大晟府之設置，所以促成樂曲之發展，亦即北宋後期詞風轉變之總樞也。

又云：

> 自金兵入汴，風流文物，掃地都休。士大夫救死不遑，誰復究心於歌樂？大晟遺譜，既已蕩爲飛烟，而「橫放傑出」之詞風，更何有於音律之束縛？此南宋初期之作者，惟務發抒其淋漓悲壯之情懷，不暇顧及文字之工拙，與音律之協否，蓋已純粹自爲其「句讀不葺之詩」，視東坡諸人之作，尤爲解放，亦時會使之然也。宋室南渡以來，既以時勢關係，與樂譜之散佚，不期然而詞風爲之一變。〔註2〕

可惜南宋中興的氣象，很快爲昏主奸臣所敗毀。高宗是一個善善不能用、惡惡不能去，並且私心自利的人。秦檜奪執朝權後，排除異己，殘害忠良，大興文字獄，以是朝中善類日減。許多良知之士見恢復無望，國事日非，便又轉而投身山水田園之間；佛道思想成爲排遣心中憂悶的良方，追求內心寧靜的人生觀，逐漸引領著他們步上陶淵明式的處世態度與生活方式，這種思想形態反映在詞上，便呈現出恬澹曠逸的風格。

　　靖康之亂與恢復無望，在《宋史》上造成二次重大的政治與社會變化，南渡詞人也因這二次重大刺激，使得詞風呈現前後三種異樣的風貌——穠妍、悲壯、曠達。〔註3〕檢討希眞的際遇與生命情感的起

〔註2〕　見龍沐勛〈兩宋詞風轉變論〉，《詞學季刊》第二卷第一號。
〔註3〕　當然並非每位詞人都具有這種詞風，如李清照即無曠達之類的作品。

伏，恰與宋代社會之遷變相符；而其在各個時期所表現的思想與所運用的形式技巧，也正分別呈現「穠妍」、「沉咽」與「閑澹」三種與時代風格相似的詞風。劉大杰《中國文學發展史》上說得尤為清楚：

> 他（希真）初期以少壯之年，處於繁華的盛世，……他這期的詞，無論內容與辭藻，都染上北宋時代的穠艷。中年身當國變，離家南遷，禾黍之悲，山河之感，懷家鄉、悲故國，使他的作品，變為沉咽淒楚之音。……到了晚年，他飽經世故，知道重回故鄉收復失地都成幻夢，熱情沒有了，壯志也銷磨了，漸漸地變成一個逍遙自適的樂天安命者。……出現於他作品中的，是那種沖淡清遠的情調。〔註4〕

與劉大杰意見相同者尚有：胡適、陸侃如、馮沅君等，這三種詞風適時、適性的呈顯，成功的表達了希真誠摯的情感與流動的思想，更反映了時代的真實面貌，所以，希真的藝術成就是可敬的。

歷來評者好以詞人相互比擬，以期強化各家風格評述的具體性。如陸侃如與馮沅君在《中國詩史》中云：「總起來看，我們可以說朱詞的作風是介於蘇周兩人間的。它清逸似蘇，精麗處似周。」〔註5〕並舉〈念奴嬌〉（放船縱櫂）為前者之代表，另舉〈風流子〉詞句：「扇邊寒減，竹外花明。」〈醉思仙〉詞句：「酒傾波碧，燭剪花紅」，為後期之代表。而有趣的是在馮沅君所著的《中國文學史》中，馮氏卻主張：「他（希真）的作風與蘇軾、周邦彥、辛棄疾都有類似的地方。他的清曠處近蘇，如〈念奴嬌〉（收船縱櫂）等；精工處近周，如〈滿庭芳〉（花滿金盆）等；悲壯處近辛，如〈水龍吟〉（放船千里凌波去）等。〔註6〕對這兩種同中有異的見解，筆者以為希真詞風受有周邦彥之影響，是顯而易見的，尤其在前期作品中所表現的那份個人享樂主義，寫艷情的大膽，描山水的秀麗，似乎渾然不知人間愁為何物。但由《樵歌》整體而言，這類詞風只佔了

〔註4〕 見劉大杰《中國文學發展史》，頁625。
〔註5〕 見陸侃如、馮沅君合著之《中國詩史》，頁690。
〔註6〕 見馮沅君《中國文學史》。

小部分，〔註 7〕並不影響其詩人之詞的本質。詩人之詞起於蘇軾，他以瀟灑狂放的性格，豐富的學識、難掩的才分和不經意的態度，寫出許多豪放曠逸的作品，將詞超脫出坊間遊戲的巢臼，開創以詩為詞的「別格」。希眞以其不羈的性格，承襲蘇氏精神，寫下許多詩人之詞，筆觸大方而不失細膩，措詞簡白而寄情深厚。尤其後期作品，在意境上與蘇氏同以淵明的人生觀為最後依歸，詞的風格上有許多相似之處乃是必然。但因學養氣度不如蘇氏之弘偉，故僅得蘇氏之飄逸而遺其豪雄。

　　不過，如將沉咽與閑澹之詞風者，都歸於似蘇之作，固然也說得通，但未若將沉咽之作的風格，比做辛棄疾之特色較為適宜。因為南渡時節，希眞所飽嘗的國破家亡之痛，是蘇氏所未具之經驗，故蘇詞中缺少因失國流離而有的悲壯淒楚之情。希眞為辛之前輩，當然未受稼軒之影響。但在同樣的時代巨輪輾壓下，詞人心中烙下的深切感痛，卻有其共通性。故鄭師因百曾云：

> 自來論朱希眞詞，大都注意他的蕭散樂易之作，而忽略了他作風的另一面：悲涼淒咽。……辛稼軒感皇恩（案上數編書）云云，似受右詞（希眞之詞）影響。〔註8〕

姜尚賢亦曾指出稼軒「放逸豪邁」之風是得自希眞，其云：

> 希眞流浪江南，萍蹤各處，豪情逸懷，時染嗚咽淒楚之音，不僅雄快蒼涼，而且沈鬱悲愴，與稼軒作品，更是渾極神似。〔註9〕

薛礪若亦云：

> 他（辛棄疾）不獨集此派詞人（憤世的詩人）之大成，且自蘇軾、晁補之、葉夢得一直到朱敦儒、陳興義所有豪放及瀟灑派的詞人特長，無不在他的包容涵淹中，造成了一

〔註 7〕　《樵歌》中希眞早年之作品並不多見，或許在戰火中散失，故受周詞影響之作品比例不高。

〔註 8〕　見鄭師因百《從詩到曲》，〈詞曲概說示例〉。

〔註 9〕　見姜尚賢《宋四大家研究》。

個空前的偉大作家。〔註10〕

所以說希眞之作上承蘇軾，下啓辛棄疾，是使詩人之詞由北宋之政治殘害中，得以迅速復甦的功臣。《四庫總目·方壺存稿提要》云：「余於詞所愛喜者三人焉：蓋至東坡而一變，其豪妙之氣，隱隱然流出言外，天然絕世，不假振作；二變而爲朱希眞，多塵外之想，雖雜以微塵，而其清氣自不可沒；三變而爲辛稼軒，乃寫其胸中事，尤如淵明，此詞之三變也。」〔註11〕將希眞與蘇、辛並舉，可謂慧眼獨具。〔註12〕

希眞之詞風對當世及後世有所影響，如同時的詞人楊无咎之〈鷓鴣天〉：「富貴何曾著眼看。」、曹勛〈滿路花〉：「清都山水客，何事入臨安。」很明顯的是引用希眞〈鷓鴣天〉（我是清都山水郎）之名句。朱熹〈念奴嬌〉（臨風一笑）、石孝友〈杏花天〉（把盃美唱陽關曲）、李伯〈念奴嬌〉（云不喜）、〈減字木蘭花〉（無可不可）、（如何則可），都是追和希眞之作。吳儆〈驀山溪〉（清晨早起）更注明「效樵歌體」。「他的『大眾語化』作品，和元曲的成立，也許有影響。後來（元）謝應芳的《龜巢詞》，就是這種路數。」〔註13〕民國初年，白話運動推行，《樵歌》又成爲詞人仿習之對象。〔註14〕

希眞有豐富的詞作與偉大的藝術成就，卻未被後世所重視，其原因可歸納爲二：

（一）希眞創作時好用口語，故詞清而不華。前人論詞每以婉麗爲正宗，要求要典雅，若使用口語就幾乎淪爲俚俗之流。雖在希眞之前亦有運用口語作詞者，但究竟偶一爲之，不像《樵歌》口語的比例那麼高，甚而成爲《樵歌》主要的特色，故爲「正宗」之士所不顧。

〔註10〕 見薛礪若《宋詞通論》，頁 207。
〔註11〕 見《四庫·方壺存稿提要》
〔註12〕 見梁啓勳《詞學銓衡》，頁 60。云：「先兄任公，在《方壺詩餘》之眉批上有『獨推三家，可謂巨眼』一語。」
〔註13〕 見梁啓勳《詞學銓衡》，頁 71。
〔註14〕 見丁文江所編《梁任公先生年譜長編初稿》，民國 14 年 6 月 20 日繫事，記梁啓超致函梁啓勳云：「近詞皆學《樵歌》，此間可闢新國土，但長調較難下手耳。」

再者，旋即而出的辛棄疾，善用口語，更兼備詩人之詞各家所長。希真原應有之光輝，爲其和吞而盡，以是後世只知有辛，而少論及朱。

　　（二）希真晚年爲秦檜強起復出，遭士人所不諒，認爲其「守節不終，首鼠兩端。」﹝註15﹞有關希真人格問題，本文已在第一章爲之辯明。但觀其時與後世之人，多不能以公平之態度來對待此事，整個文學史中論辯此事是非原委者已少，而爲希真辯護者更少；大多數文人都以消極的態度來杯葛此事，其方式是不錄希真之事，不選希真之詞，以致後世對其越發難以瞭解，甚而以訛相傳。這乃是希真未受應有重視的最大原因。

　　幸賴近世清王鵬運尋求完本覆刻於前，《樵歌》才得以完整流傳。民國之後，胡適推展白話文運動，爲《樵歌》淡而不俗的清新風貌所吸引，加以大力推崇，並將希真比爲詩中之陶潛，﹝註16﹞《樵歌》才漸爲世人所重視。與胡適持相同看法者如胡雲翼，他表示：

　　　　南宋的白話詞人，最偉大的要算朱敦儒、辛棄疾、陸游、
　　　　劉過、劉克莊幾位。﹝註17﹞

又如譚正璧云：

　　　　他（希真）的詞多爲白話，卻似一意模擬歌謠，但天資曠遠，
　　　　飄飄有神仙風致，詞的造境，純似不食人間煙火者。﹝註18﹞

當然「不知詞之佳與不佳，繫於內蘊之精神與表達之技巧，其分野不在文言與白話也。」﹝註19﹞希真喜用白話、白描的方式來寫詞，拿詞來表白自我，其最大好處便是能夠運用活潑的文字，來表現其真正性情，用詞而不爲詞所用，讓自己的個性與風格都能在詞裏活繪出來。但若用而不知歛收以致過度，流爲枯淺或油滑，皆適足以損及《樵歌》的藝術成就，如高師仲華斥樵歌爲「打油」之類作品的情形，詳見第

﹝註15﹞見張德瀛《詞徵》。
﹝註16﹞見胡適《詞選》，〈朱敦儒小傳〉，頁190。
﹝註17﹞見胡雲翼《中國文學史》，頁132。
﹝註18﹞見譚正璧《中國文學史》，頁255。
﹝註19﹞見饒宗頤《詞籍考》，頁109。

三章第一節。高師這項批評乃或未見得《樵歌》中佳妙之處，但《樵歌》中確有一些敗筆之作，也是不可諱言。

　　爾今文學觀念已十分健全，所以在欣賞《樵歌》的態度上，亦可做適當調整。白描、白話固然是樵歌的長處，「婉麗清暢」才是《樵歌》眞正的好處；故欣賞《樵歌》，仍當以南渡初期，以婉麗之筆抒寫傷感之情者爲上，晚年白描適度者爲次。如此一來，才能眞正體察到希眞之眞情厚意，以及《樵歌》藝術成就的不俗。

附錄一：朱希眞年表

帝　號	年　　號	西元	事　　　　略	大　事　記
神宗	元豐四年	1081	一歲。正月出生於宋西京河南府洛陽郡。	
哲宗	元祐六年	1081	十一歲。父朱勃閏八月舉御史	
徽宗	政和二年	1112	三十二歲。敦復雙鉤唐人本蘭亭。	
	政和七年	1117	三十七歲。代洛陽人作〈望海潮〉（嵩高維嶽）	
欽宗	靖康元年	1126	四十六歲。詔舉至闕命以初命官，辭不就。	
	建炎元年	1127	四十七歲。	靖康之亂，徽欽二帝被虜。 趙構南京就位（河南商邱）史稱南宋。
	建炎二年	1128	四十八歲。再詔舉至闕（南京），辭不就。避難雄州（經江西）。	
	建炎三年	1129	四十九歲。	金陷南京、南宋遷至臨安（杭州）。
	紹興元年	1131	五十一歲。	秦檜爲相。
	紹興三年	1133	五十三歲。九月特補右迪功郎，遣赴行在。	
	紹興四年	1134	五十四歲。	南宋大敗金兵。

帝號	年　號	西元	事　　略	大事記
	紹興五年	1135	五十五歲。十二月賜進士出身守秘書省正字。	
	紹興六年	1136	五十六歲。十一月兼權兵部郎中，行在供職。	
	紹興七年	1137	五十七歲。通判臨安府。	
	紹興八年	1138	五十八歲。	宋金和議。南宋定臨安爲行都。
	紹興九年	1139	五十九歲。五月爲都官員外郎。	
	紹興十年	1140	六十歲。	岳飛、吳玠破金兵。
	紹興十一年	1141	六十一歲。	岳飛遇害。
	紹興十二年	1142	六十二歲。跋蘭亭於會稽。	南宋受金冊封。
	紹興十四年	1144	六十四歲。任爲浙東路提點刑獄，任所於紹舉府（會稽）。 九月跋蘭亭。與傅朋相會嘉興。	
	紹興十六年	1146	六十六歲。十一月初七跋唐太宗賜韓王元嘉蘭亭於會稽。 十一月廿五日罷浙東路提點刑獄。	
	紹興十九年	1149	六十九歲。守本官（左朝請郎、主管台州崇道觀）致仕居秀州。	
	紹興二十四年	1154	七十四歲。作〈如夢令〉（好笑山翁年紀）。	
	紹興二十五年	1155	七十五歲。十月，秦檜強起之。 十月二日落致仕除鴻臚少卿。 十月廿三日依舊致仕。	十月二十二日秦檜死。
	紹興二十七年	1157	七十七歲。作〈柳梢青〉「松江賞月」。 十月爲嘉禾天慶觀作記。	
	紹興二十九年	1159	七十九歲。卒於秀州。	

附錄二：朱希眞詩

　　希眞詩風與其詞風十分相近，所描寫的內容同樣具有早年的優樂、南渡後的懷鄉悲時以及晚年的澹淡自適。茲將各書所收之詩句輯錄於後，以供參閱。

1. 「幾許少年春欲夏，一番夢事綠催紅。」
2. 「過時不語鶯解事，怕客深藏魚見機。」
3. 「人間萬事老無味，天下四時秋最愁。」
4. 「窘茆編鶴屋，篩米聚雞糧。」
5. 「燈昏鼠窺研，雨急犬穿籬。」（以上見《後村詩話‧前集》卷二）
6. 〈雲中〉：「但能閉戶酌季雅，安用馭風尋伯昏。」
7. 〈種蕪菁作羹〉：「且喜蕪菁種得成，薹心散出碧縱橫。膽甜肭子無反惡，肥嫩羔兒不殺生。樂羊豈斷兒孫念，劉季寧無父子情。爭似野人茆屋下，日高澹煮一杯羹。」
8. 〈歷世〉：「面朋面友風雨散，山鳥山花澹薄交。一榻氈毹容獨臥，漢杵杞菊是兼肴。」
9. 「天寒猶著絮，雨湮欲蒸書。」
10. 「吳地人情薄，西人客計疏。」
11. 「無書堪著眼，有法可安心。」

12. 「誰倚黃旗喚阿瞞，君終作可憐人。蕭然只有鹿門老，不帶孫劉一點塵。」

13. 「輕陰小雨晚難收，柳瘦梅窮卻秋。可恨水仙花不語，無人共我說春愁。」

14. 〈春怨〉：「梨花雨送海棠花，不借臙脂作小紅。幾日無人吹玉笛，鴛鴦飛入館娃宮。」

15. 「老鶴梅拋青嶂裏，客星倦倚紫邊。」

16. 「而今心服陶元亮，作得人間第一流。」（以上見《後村詩話·續集》卷四）

17. 「山中無曆日，寒盡不知年。」

18. 〈小盡行〉：「藤州三月作小盡，梧州三月作大盡。哀哉官曆今不頒，憶惜昇平淚成陣。我今何異桃源人，落葉爲秋花作春。但恨未能與世隔，時聞喪亂空傷神。」（以上見《竹坡詩話》）

19. 「青羅色鬢白行纏，不是凡人不是仙。家在洛陽城裏住，臥吹銅笛過伊川。」（見《栖真志》卷四）

20. 〈賦古鏡〉：「試將天下照，萬象總分明。」（見《畫繼》卷三）

嘉禾志卷第十七

天慶觀增修聖祖殿記

朱希
眞

皇天眷佑聖宋芳掎古太祖皇帝政運建極太宗皇帝
重華濬哲以道德有天下一海內始謀眞宗皇帝丕承
誤烈與天合德上帝昭貺感通眩照發揮面增天
苦朝受明：之命無得于秦漢不昇于晉唐自我剖見
起軟振古号大中祥符元年正月天吉降在永天門六
月降泰山十月廿四月春天吉泉打加工上卿九天司命眞君
寶卅五年十月廿四月聖祖降延恩殿詣上曰吾趙之
始祖也奉帝命下管趙氏於是欽延馭駕奪靈訓敕
遠古揆世之隆名岩萬年有那之寶應乃大教天下以

7494

其日為降聖御崇上尊號曰聖祖上靈高道九天司命

行使君才智高　祗爲政統稿素　欣然春招即日

遂不史之幹敬與道士之精勤者往其事前行晨夕察

從修鳴工度材妙出心計幣不偏時民不奪刀疫劉

初一新輪與降客增稷清之先真宮供侍之別周歷

應以營衛設重爲以監梅苦未合者皆惟帝制以二十

七年九月二十七日吉成奉安祥氣朱格來下帝

車與班郎有裕民大和會同不歡呼依有慇如臨

父每一日本觀宿德庵一大師朱子靈挑道正詭若謀

副正徐得淳鍵門内鴉子重挑立指挑徐泗清日增修

聖祖殿既恭功矢二子葢卲兩退精勤者夜存心風夜

宣勞相成　顧執事爲之記敦儒謝愚罷不然而勤

　　秦十七

　　　　　　　三

（中央下：7495）

請不已至於再至於三四日俯伏深恩求子古詞則崇

有烈祖祀中興之頌田自大降康豊年孫孫來格來饗

降福無疆周有稻稀太祖之頌曰然父皇天克昌厥後

緩武眉奇介以繁祉是皆用由于舉尊机之威歸美

報上而作也相惟聖祖天寄大帝保佑本朝大定爲年

之業皇帝陛下昭考幸祖欽崇禮記方龍受光明盛大

之福壇華室字朴荅賊臣爲　不策勵意紀述照事以

鳴臣子日諾述向洗心前戒丹科拾省擇二十七

年十月一日在朝請郎致仕維挢朱敦儒記

參考文獻

一、詞集、詞選

1. 《樵歌》，宋朱敦儒，《彊村叢書》本，廣文。
2. 《樵歌》，宋朱敦儒，委宛別藏本，臺灣商務。
3. 《樵歌》，宋朱敦儒，百家詞本，廣文。
4. 《詞綜》，清朱彝尊，世界。
5. 《詞選》，胡適，臺灣商務。
6. 《詞選》，鄭師因百，華岡。
7. 《全宋詞》，唐圭璋，世界。
8. 《李清照集校注》，王學初，里仁。

二、詞話、詩詞史、文學史、詞譜及詩詞專著

1. 《二老堂詩話》宋周必大，商務。
2. 《詞源》，宋張炎，《詞話叢編本》，廣文。
3. 《樂府指迷》宋沈義父，《詞話叢編本》，廣文。
4. 《詞品》，明楊慎，河洛。
5. 《皺水軒詞筌》，清賀裳，《詞話叢編本》，廣文。
6. 《古今詞話》，清沈雄，《詞話叢編本》，廣文。
7. 《蓮子居詞話》，清吳衡照，《詞話叢編本》，廣文。
8. 《賭棋山莊詞話》，清謝章鋌，《詞話叢編本》，廣文。
9. 《白雨齋詞話》，清陳廷焯，河洛。
10. 《詞學叢書》，清查培繼，廣文。

11. 《蕙風詞話》，清況周頤，河洛。

12. 《詞林紀事》，清張宗橚，河洛。

13. 《詞曲史》，王易，廣文。

14. 《中國詩史》，陸侃如、馮沅君，莊嚴。

15. 《中國詩詞演進史》，嵇哲，莊嚴。

16. 《中國詞史》，胡雲翼，啓明。

17. 《增訂本中國文學發展史》，劉大杰，華正。

18. 《中國文學史》，葉師慶炳，學生。

19. 《詞律》，清萬樹，商務。

20. 《欽定詞譜》，清陳廷敬、王亦清等，《景印摛藻堂四庫全書薈要本》，世界。

21. 《詞林正韻》，清戈載，世界。

22. 《漢語詩律學》，王力，文津。

23. 《詞律探源》，張夢機，文史哲。

24. 《詞籍考》，饒宗頤，香港大學。

25. 《宋詞四考》，唐圭璋，明倫。

26. 《讀詞偶得》，俞平伯，木鐸。

27. 《詞學詮衡》，梁啓勳，河洛。

28. 《文心雕龍》，梁劉勰，正中。

29. 《藝概》，清劉熙載，廣文。

30. 《談文學》，朱光潛，開明。

31. 《景午叢編》，鄭師因百，中華。

32. 《文學概論》，王師夢鷗，帕米爾。

33. 《宋詞通論》，薛礪若，開明。

34. 《嘉陵談詞》，葉嘉瑩，純文學。

35. 《詞學發微》，徐信義，華正。

36. 《宋四大詞家研究》，姜尚賢，自版。

37. 《北宋六大詞家》，劉若愚，幼獅文化。

38. 《中國詩學》，劉若愚，幼獅文化。

39. 《宋詩概說》，吉川幸次郎，聯經。

40. 《宋南渡詞人》，黃文吉，學生。

三、詩文集

1. 《苕溪集》，宋劉一止，商務。
2. 《渭南文集》，宋陸游，商務。
3. 《文忠集》，宋周必大，商務。
4. 《朱文公集》，宋朱熹，商務。
5. 《攻瑰集》，宋樓鑰，商務。
6. 《後村大全集》，宋劉克莊，商務。

四、史書及其他

1. 《南宋館閣錄》，宋陳騤，商務。
2. 《建炎以來繫年要錄》，宋李心傳，中文。
3. 《東京夢華錄》，宋孟元老，古亭。
4. 《夢梁錄》，宋吳自牧，古亭。
5. 《武林舊事》，宋周密，古亭。
6. 《直齋書錄解題》宋陳振孫，廣文。
7. 《宋史》，元脫脫，鼎文。
8. 《文獻通考》，元馬端臨，新興。
9. 《至元嘉禾志》，元徐碩，大化。
10. 《宋史紀事本末》，明馮琦等，鼎文。
11. 《宋元學案》，明黃宗羲撰、清全祖望補，世界。
12. 《栖真志》，明夏樹芳，商務。
13. 《四庫未收書目提要》，清阮元，藝文。
14. 《宋元道教之發展》，孫克寬，東海大學。
15. 《中國道教史》，傅勤家，商務。
16. 《宋儒與佛教》，林柯棠，商務。
17. 《宋代政教史》，劉伯驥，中華。
18. 《中國佛教史》，蔣維喬，史學。
19. 《宋人傳記資料索引》，昌彼得，鼎文。
20. 《宋人生卒考示例》，鄭師因百，華世。
21. 《宋史》，黎傑，九思。

五、藝術

1. 《寶真齋法書贊》，宋岳珂，世界。

2. 《畫繼》，宋鄧椿，商務。

3. 《圖繪寶鑑》，元夏文彥，商務。

4. 《畫史會要》，明朱謀垔，商務。

六、期刊與學位論文

1. 〈兩宋詞風轉變論〉，龍沐勛，《詞學季刊》二卷一號。

2. 〈朱敦儒生卒年歲考〉，鄭師因百，《台大中文學報》創刊號。

3. 〈朱敦儒與樵歌〉，葉師慶炳，《大陸雜誌》四卷九期。

4. 〈南宋詞家詠物論述〉，張清徽，《東吳文史學報》二期。

5. 《南渡三詞人生平及文學研究》，白禎喜，台大中研所碩士論文。

6. 《朱敦儒詞研究》，黃文吉，東吳中研所碩士論文。

7. 《周邦彥詞研究》，韋金滿，珠海中研所碩士論文。

8. 《兩宋詠物詞研究》，馬寶蓮，師大國文所碩士論文。

9. 《賀方回及其詞研究》，陳靜芬，輔大中研所碩士論文。